dt

Wien, 1881: Leutnant August Liebeskind quittiert seinen
Militärdienst und blickt einem ruhigen Sommer ohne Verpflichtungen entgegen. Erst im Herbst wird er bei seinem
Onkel, einem reichen Schokoladenfabrikanten, eine Stelle
im Kontor antreten. Dann jedoch begegnet er der unkon-
ventionellen Elena Palffy. August verliebt sich Hals über
Kopf in die geheimnisvolle Schöne, die mitten in der Stadt
Hochrad fährt, Mazagran trinkt und sich nicht um die
öffentliche Meinung schert. Um Elenas Herz zu gewinnen,
greift er zu einer ungewöhnlichen Verführungstaktik. Aus
exotischen Gewürzen, edler Schokolade und viel Liebe kre-
iert er himmlische Pralinés, um nicht zu sagen: die abso-
lute Versuchung. Seine Strategie geht auf, Elena erliegt den
Reizen ihres »Schokoladensoldaten«. Doch ihre Liebe hat
keine Zukunft, denn Elena ist verheiratet – und ihr Mann
auf mysteriöse Weise verschwunden ...

Ewald Arenz, geboren 1965 in Nürnberg, studierte in Erlan-
gen Anglistik und Amerikanistik sowie Geschichte und
publiziert seit Beginn der neunziger Jahre. Unter anderem
erschienen die beiden Romane ›Der Teezauberer‹ und ›Die
Erfindung des Gustav Lichtenberg‹. Für sein literarisches
Werk wurde er mehrfach ausgezeichnet, 2004 erhielt er den
Bayerischen Staatsförderpreis für Kultur. Ewald Arenz lebt
mit seiner Familie in Fürth.

Ewald Arenz

Der Duft von Schokolade

Roman

Deutscher Taschenbuch Verlag

MIX
Papier aus verantwor-
tungsvollen Quellen
FSC® C019821

Ausführliche Informationen über
unsere Autoren und Bücher
finden Sie auf unserer Website
www.dtv.de

4. Auflage 2011
2009 Deutscher Taschenbuch Verlag GmbH & Co. KG,
München
© 2007 by ars vivendi verlag GmbH & Co. KG,
Cadolzburg
Umschlagkonzept: Balk & Brumshagen
Umschlaggestaltung: Lisa Helm unter Verwendung
eines Fotos von Trevillion images/Allan Jenkins
Druck und Bindung: Druckerei C. H. Beck, Nördlingen
Gedruckt auf säurefreiem, chlorfrei gebleichtem Papier
Printed in Germany · ISBN 978-3-423-13808-6

DER DUFT VON SCHOKOLADE

I

I

Im Frühjahr 1881 quittierte der Leutnant August Liebeskind nach fast zehn Jahren den Dienst in der kaiserlichen und königlichen Armee Österreich-Ungarns. Es war ein regnerischer Tag, aber der Himmel war hell, und der Duft von Gras und Sonne lag schon als verwehter Hauch und wie ein Versprechen in der kühlen, grauen Luft, als August den Hof der Stiftskaserne durchquerte. Offiziell war er jetzt schon kein Soldat mehr, aber er grüßte die Wachhabenden am Tor wie gewohnt. Dann trat er auf die Mariahilfer Straße, blieb stehen und lächelte.

Das war alles. Er konnte stehen bleiben und weitergehen, wie es ihm gefiel. Es gab keinen Dienst mehr und keine Befehle. Er war frei. Hatte sich der Duft der Luft geändert? Er atmete tief ein und fand, dass sie wirklich anders roch. Sie roch frei. Ein klarer Geruch. Er schob die Mütze ein Stück aus der Stirn, und schon begann die Uniform, sich ein bisschen ungewohnter anzufühlen, so wie damals, als er sie das erste Mal getragen hatte.

Eigentlich war er nicht ungern Soldat gewesen, aber ein Schönwetterleutnant, dachte er, über sich selbst amüsiert, und grüßte noch ein letztes Mal, als ein kleiner Trupp durch das Tor kam und an ihm vorbei nach rechts abbog. Er war nie ein richtiger Soldat geworden. Ein Denker, hatten manche Kameraden spöttisch gemeint, ein Träumer, und dabei doch immer das Gefühl gehabt, dass die Beschreibung nicht traf. Er war nicht versponnen und nicht verträumt. Er war anders. Er konnte befehlen, tat es aber nur selten. Er konnte manchmal überraschend mutig sein, aber er war nie kühn wie die Kameraden. Er war in all den Jahren kein richtiger Soldat geworden.

Manches hatte ihm gefallen. Die Herbstmanöver. Wenn der Himmel über den Feldern hoch und blau war und es nach Rauch vom Kartoffelkraut roch und in den Wäldern nach Kastanien. Auch die frostigen Wintermorgen, an denen der Atem der Pferde und Reiter dampfte, das gefrorene Gras unter den Hufen knisterte und die Sonne so rot aufging wie im Sommer nie. Und in der Kaserne die Stunden, in denen Strategie gegeben wurde. Er mochte das Spiel mit Möglichkeiten, die Präzision, mit der eins aus dem anderen folgte und mit der sich alles berechnen ließ. Strategie war klar und genau, aber nur ein Spiel. Er war froh, dass es in diesen Jahren keinen großen Krieg gegeben hatte, auch wenn er das nie zu den Kameraden gesagt hätte. Er hatte sich nicht nach dem Abenteuer Krieg gesehnt, weil er zu viel Fantasie hatte, die ihm ungewollt ausmalte, wie sich eine Kugel anfühlen musste, wenn sie einschlug, oder ein Bajonett, wenn es traf. Ein Schönwettersoldat eben.

Diese zehn Jahre Dienst waren eigentlich nur wie eine Fortsetzung der Schule gewesen. Es hatte große und kleine Regeln gegeben, Unangenehmes und Angenehmes und hinter allem immer einen Hauch Gemütlichkeit, der durch die Gewohnheit entstand. Ein Abschnitt, der eben zu durchleben war.

Aber jetzt, wurde ihm mit einer kleinen Überraschung klar, jetzt war er das erste Mal seit seiner Kindheit ganz und gar frei. Ein langer, leerer Sommer lag vor ihm. Ohne Pflichten und ohne Verbindlichkeiten. Er war sein eigener Herr. Er war frei. Es war ein Schülerglück, das ihn erfüllte, während er durch den grauen Morgen in die Stadt hineinging, und er hätte bei jedem Schritt lachen können, unbeschwert und einfach so, weil es schön war, alles hinter sich und nichts vor sich zu haben.

Es regnete jetzt tatsächlich, aber das machte nichts. Wenn es das tat, roch alles nur noch stärker, und August liebte die Gerüche. Wenn er die Augen schloss, konnte er sie sogar sehen. Jeder Duft hatte eine Farbe, für die es in der Sprache keine Wörter gab. Auch der Geruch von Frühlingsregen, er war wie ein blasses, unaufdringlich heiteres Lindgrün. Um ihn herum hasteten die Damen und Herren die Straße entlang, und es war ein Spaß, ganz unberührt und gelassen und vergnügt durch den Regen zu gehen. Heute konnte er nicht nass werden. Alle anderen schon, aber er nicht. Als er um die Hofburg herum war, zögerte er einen kleinen Augenblick und überlegte, wohin er sich wenden sollte. Dann sah er die Schaufenster der Konditorei *Demel*, ging quer über die Straße und trat ein. Er ging gern ins Kaffeehaus, weil er die Düfte dort liebte. Wie er die Gerüche draußen liebte, so liebte er auch die Aromen im *Demel*, die in Schleiern in der Luft lagen, sich gemächlich umeinander drehten und alle zusammen die Atmosphäre des Kaffeehauses ausmachten. Als Erstes und am stärksten kam einem, wie als Begrüßung, schon an der Tür der Geruch des frisch röstenden und aufgebrühten Kaffees entgegen. Dann der Zigarrenrauch, der einzige Duft, den man sehen konnte. Und dann, ganz zart und jeder unverwechselbar, die vielen kleinen Düfte. Bitter, von geraspelter Schokolade. Oder geschmolzen und süß, von den Schokoladen der Damen an kühlen Tagen wie heute, mit einem Hauch Vanille darin. Tragant, der einfache, süße Geruch, der von all den Zuckerfiguren ausging. Honig. Überall, wieder wie Farben, die unterschiedlichen Gerüche des Honigs: rosigsüß im Rachat-Lougoum, blütensüß im Halwa, walddunkel in den Nonnenkrapferln, durchsichtig fein im Akazienblütenkonfekt. Wunderbar und gefährlich schön der Bittermandelgeruch vom Rehrücken, dieser langen, glänzend schokolierten Torte. Einen Geruch gab es, den erkannte August nicht gleich. Er blieb einen Augenblick stehen und sah sich um, bis er entdeckte, woher er kam. Ja. Das war der schwache, aber unverkennbare Heimatgeruch von warmer Milch, bevor sie in den Kaffee gegossen wurde. Und alles zusammen mischte sich zum Duft von Freiheit, denn wenn man im Kaffeehaus war, war man ja dort, weil man sich freigemacht hatte. Alles andere blieb außen vor. August setzte sich nahe den Fenstern, bestellte und trank den starken Kaffee unter dem kühlen Schlagobers. Er hatte eine Zeitung unberührt auf dem Tisch liegen und sah hinaus. Er war glücklich, und weil er wusste, dass Glück nie lange dauerte, bewegte er sich sehr behutsam, um es nicht vorschnell zu verjagen.

Vor den Fenstern blieben die Leute stehen. Ein kleiner Auflauf entstand. August sah neugierig hinaus. Die Leute standen mit dem Rücken zu ihm und blickten auf die Gasse. Durch sie hindurch konnte er sehen, wie auf einmal ein sehr großes Rad erschien, an ihnen vorbeifuhr, langsamer wurde und – für August außer Sicht – verschwand. Ein Hochrad. Er musste lächeln. Bisher hatte er immer nur Bilder davon gesehen. Als er gegen seine Neugier entschied, einfach sitzen zu bleiben, ging die Tür auf, und er sah das Rad an die Wand gelehnt stehen. Eine junge Frau mit einem sehr großen Hut trat ein; sie achtete nicht auf die milde Empörung, die sie in der kleinen Menge ausgelöst hatte, die noch immer vor dem *Demel* stand und Rad und Fahrerin begaffte. August sah ihr zu, wie sie sich setzte, ohne sich vom Ober einen Tisch zuweisen zu lassen. Seine Kameraden hatten sich manchmal über ihn lustig gemacht, weil er gerne im *Demel* war. Ein Kaffeehaus, in dem Frauen verkehren, hatten sie in gutmütigem Spott gegrinst, das schaut nach dem Liebeskind aus, nicht wahr?

August beobachtete die Frau und dann die Gäste – alle sahen zu ihr hinüber, bis auf den alten Herrn, der nur aus seinem Intelligenzblatt auftauchte, um pünktlich alle Stunde eine weitere Schale Kaffee zu bestellen – und war hin- und hergerissen zwischen dem Ärger über den Hochmut, mit dem sie hereingekommen war, und der Bewunderung für ihren Mut.

»Mazagran, bitte!«, bestellte sie schließlich, und das war wirklich maßlos arrogant. Mazagran war kalter Mokka mit Cognac. Man trank keinen Mazagran am Vormittag. Auf einmal ärgerte sich August doch. Über sich und über die Hochradfahrerin. Sein Glück von vorhin war verflogen, er hatte sich von ihr und seiner Neugier zurück in die Welt ziehen lassen. Und weil ihn ihr Hochmut reizte, sagte er wie nebenbei und nicht einmal bewusst an sie gerichtet:

»Ich dachte, in Wien sei das Hochradfahren verboten.«

Sie sah auf und ihn kühl an. Sie hob nicht einmal die Brauen. Plötzlich fühlte August sich dumm, aber gleichzeitig kam ihr Duft bei ihm an, ein Duft wie von fremden Gewürzen, farbig und voll, doch hinter diesem Parfum lag noch etwas Bitterschönes wie glimmendes Heu; ein Duft, den er sofort mochte, obwohl er die Frau nicht leiden konnte.

»Liegt das daran, dass die Wiener beim Hochradfahren zu oft stürzen, Herr Leutnant?«, fragte sie mit klarer und lauter Stimme, und ein paar Köpfe drehten sich zu ihr und ihm um. Sie hielt seinen Blick fest. August, der sonst im Gespräch nicht langsam war, fiel nicht sofort das Richtige ein.

»Sie sind keine Wienerin, nicht wahr?«, fragte er, aber was scharf klingen sollte, hörte sich nur stumpf an.

»Nein«, sagte sie und ließ seinen Blick immer noch nicht los, als sie mit Vorbedacht und effekthascherisch anfügte, »zum Glück nicht.«

An einem der anderen Tische murrte es in halbherziger Empörung. August konnte nichts sagen, obwohl er ihr gerne irgendwie über den Mund gefahren wäre. Aber ihm fiel einfach nichts ein. Immerhin hielt er ihren Blick aus, bis sie beide, fast gleichzeitig, den Kopf drehten. Er faltete die Zeitung auf, und sie trank ihren Mazagran. Die Gespräche an den anderen Tischen wurden wieder aufgenommen, die Kaffeemaschine summte, und aus der Küche hörte man gedämpft, wie der Lehrbub Obers aufschlug.

»Zahlen!«, rief August nach zehn Minuten, als es sich nicht mehr nach Rückzug oder Niederlage anhörte, beglich die Rechnung und ging an ihrem Tisch vorbei, ohne dass sie noch einmal herschaute oder er zu ihr. Als er aus der Tür trat, sah er das Hochrad noch immer an der Wand stehen, und er fragte sich unwillkürlich, wie sie ohne Hilfe aufsteigen konnte. Eine atemberaubende Überheblichkeit, dachte er, aber dann musste er über sich selbst lachen und sah nach oben. Der Regen hatte aufgehört, die Wolken waren hell geworden und trieben über einen immer blauer werdenden Himmel. Es lohnte nicht, sich zu ärgern. Augusts gute Laune kehrte zurück, etwas nachdenklicher zwar, aber sie war wieder da, und auf einmal hatte er Lust zu gehen, den ganzen Weg bis zu seiner Wohnung zu gehen und auf einen Fiaker zu verzichten.

Abends, als er am Fenster stand und in den kühlen, aber immer noch hellen Abend hineinsah, wehte der Rauch aus den Kaminen zu ihm, und auf einmal war der Duft der Hochradfahrerin wieder da, voll und farbig und hinter ihm, bitterschön, der Hauch von glimmendem Heu. Er wartete eine Weile und atmete mit halb geschlossenen Augen, aber die verwehten Farben des Duftes – wie die Farben, die nach dem Sonnenuntergang noch am Horizont standen – fügten sich zu keinem Bild zusammen. Da zuckte er mit den

Schultern, ging zu Bett und schlief traumlos in einen hellen Frühlingsmorgen.

2

Natürlich gab es auch in diesen Tagen Verpflichtungen. Sein Pferd musste aus der Kaserne geholt und untergebracht werden. Im Amt waren Entlassungspapiere zu unterzeichnen. Es waren Besuche zu machen, die er aufgeschoben hatte, und er musste auch im Büro des Onkel Josef vorsprechen, für dessen Fabrik er ab dem Herbst als Einkäufer reisen sollte. Aber das alles empfand August nicht als Einschränkung. Es waren nur wenige Termine und die meist nur lose vereinbart; nichts hatte Eile, und er konnte hingehen, wie und wann er wollte. Er hatte das Gefühl noch nicht verloren, das er auch als Schüler zu Beginn der großen Ferien immer gehabt hatte: Ein unabsehbar langer Sommer lag vor einem, ein Meer von Zeit. So schlenderte er durch die Tage, besuchte am Sonntag die Eltern, ging ins Kaffeehaus und traf Bekannte, holte einen Nachmittag seinen Neffen ab und ging mit ihm in den Prater. Eine Woche, zehn Tage, man merkte wohl, dass man auf diesem großen Meer der Zeit Fahrt machte, aber es gab keinen Horizont und keine andere Küste.

Am Montag der darauffolgenden Woche ließ sich August bei seinem Onkel anmelden. Josef war das, was man einen Ringstraßenbaron nannte. Als die große Demolierpolka angefangen hatte und der Kaiser die Basteien und Befestigungen rings um die Stadt hatte schleifen lassen, um Platz für den Ring zu schaffen, als eine Aktiengesellschaft nach der anderen gegründet wurde, weil man nicht wusste, wohin mit dem Geld, und alle, von der Büglerin bis hin zum Grafen, Aktien kauften, war auch Augusts Onkel reich geworden. Eigentlich war er ja nur ein Kolonialwarenhändler gewesen, aber für August war schon dieser kleine Laden als Kind ein Paradies gewesen: getrocknete Feigen und Zuckerhüte und Datteln ... Josef hatte immer nur lachend zugesehen, wie die Kinder sich die Taschen vollstopften.

»Viel Spaß auf dem Häuserl!«, hatte er dann gesagt und noch mehr gelacht, gutmütig und schon damals dick.

Reich aber war er mit dem Grundstück am Ring geworden, das er zurückhielt, bis man ihm das Hundertfache dessen bot, was es vorher wert gewesen war. Josef verkaufte, kaufte Aktien, spielte um Boden und Preise, gewann immer und immer wieder, und schließlich war aus dem Kolonialwarengeschäft die erste Schokoladenfabrik Wiens geworden.

»Der Herr Leutnant«, empfing er August in seinem Büro, das so von Kristall und seidenen Blumen überladen war, dass es mehr wie ein Salon aussah, »nimm Platz.«

»Nicht mehr, Onkel«, sagte August und sah sich um. Er war lange nicht mehr hier gewesen. Es roch schwül nach Veilchen und Staub. »Ich bin jetzt Zivilist«, sagte er lächelnd und setzte sich.

»Offizier bleibt man immer«, behauptete Onkel Josef, kramte in einem Kästchen nach Zigarren und bot ihm eine an, »Zivilisten sind gar keine richtigen Menschen.«

»Danke«, sagte August, musste lachen und lehnte die Zigarre ab, »nicht am Morgen.«

»Rauchen«, sagte Josef selbstzufrieden und zündete seine Zigarre an, »rauchen, trinken und essen kann ich immer. Dafür gibt's keine Tageszeiten. Kannst du eigentlich Französisch?«, fragte er übergangslos. »Wir kaufen viel über Kairo, da musst du Französisch können oder wenigstens Englisch.«

»Ich weiß doch noch gar nicht, ob ich zum Einkäufer tauge«, sagte August dann, »ich verstehe nicht viel von Spezereien.«

»Schmarrn«, sagte der Onkel, »das braucht es alles nicht. Das lernt man von allein. Was es braucht, ist eine gute Nase. Mehr nicht. Und dass du eine gute Nase hast, das habe ich schon gemerkt, als du noch nicht mal zur Schule gegangen bist. Dich hat man ja aus der Küche prügeln müssen!«

August musste wieder lächeln. Er hatte Josef immer gut leiden können.

»Vielleicht«, gab er zu, »aber du wirst am Anfang mit mir geduldig sein müssen. Ich will ja eigentlich nur eintreten, weil ich dann freie Schokolade bekomme. Wenn ich nur deine Fabrik nicht ruiniere ... Und wann fange ich an?«

»Wenn du mit dem Nichtstun fertig bist!« Josef schrie fast vor Vergnügen. »Wenn du es satt hast, das Herumscharwenzeln, dann! Und meine Fabrik – da kannst du lange falsch einkaufen, die richtet mir niemand zugrund!« Er schlug August auf die Schultern. »Auf den Herbst kommst du, im Oktober. Und davor kommst du noch einmal heraus und schaust dir die Fabrik an ... An der Pforte musst du nur sagen, wer du bist, kannst immer kommen, jederzeit.«

August konnte nur nicken, denn das war schon alles. Das Geschäftliche war damit besprochen, und Josef fragte nach der Familie, ließ sich Klatsch aus der Kaserne berichten und lud August schließlich zum Essen ein. Es war früher Nachmittag, als er endlich die Villa verließ und sich auf den Weg zurück aus der Vorstadt machte.

Die Regentage schienen vorbei zu sein, der Frühling war wirklich gekommen. Der Fluss sah nicht mehr kalt aus, und die Bäume wirkten, als hätte man in ihre Zweige lichtgrüne Schleier geworfen. Wie gut, dachte August, dass ich kein

Soldat mehr bin ... Schleier! Er ging weiter und lächelte über sich selbst, aber der Tag war eben einfach zu schön. Auf den Kieswegen entlang des Flusses waren die Kinderfrauen in Scharen unterwegs. Weil es der erste warme Tag war, hatten sie den Kleinen in ungewohnter Nachgiebigkeit Eiscreme gekauft oder Himbeerkracherln, und als August das sah, fühlte er sich unwillkürlich an Lenjas Küche erinnert. Josef hatte recht, als Kind war er immer gern in der Küche gewesen.

Die Küche in dem großen Bürgerhaus war ein Zauberland gewesen. Wenn er das Märchen von Zwerg Nase vorgelesen bekam, dann konnte die Küche der alten Hexe, in der die Eichhörnchen auf Walnusshälften Schlittschuh liefen, keine andere sein als die im eigenen Haus. Er stellte sich vor, wie sie auf den altweißen Fliesen, in die jeweils in der Mitte ein dunkelrotes Karo eingelegt war, hin- und herschossen, in den Pfoten Gewürzsäckchen und Abtropfgitter und Gäbelchen und Fässchen trugen. Die Küche hatte zwei Kreuzgewölbe, unter denen an langen Eisenstangen auf der einen Seite über dem großen gemauerten Herd das Kupfergeschirr hing, vom kleinsten Tiegel bis zum Kessel. Im Herd selbst brannte Feuer, wann immer August auch nach unten kam, manchmal leuchtete es durch die Spalten der gusseisernen Herdringe. An der anderen Stange hingen die Küchentücher. Und am Herd und der Esse hingen die Löffel, die Schneeruten, die Schaumlöffel und Kellen. Aber das war es nicht, was die Küche für den kleinen August zum Zauberland machte. Es waren die Düfte, die immer anders waren und ihn immer wieder hinunterzogen. Weil er dann immer um die Köchin strich, hatte sie es irgendwann aufgegeben, ihn hinauszuscheuchen, und so blieb er oft für Stunden. Dann stellte er sich vor, Lenja sei die Hexe, und er sei der schöne Junge, der die Kohlköpfe für sie nach Hause hatte tragen müssen.

»Du bist die Hexe, Lenja!«, schrie er manchmal, um sie zu ärgern. »Du musst mich kochen lehren!« Dann rannte er der Köchin mit seinem Schemel hinterher und stellte sich schnell darauf, um zu sehen, was sie tat.

Lenja war alterslos und dünn. Augusts Mutter mochte keine dicken Frauen. Die waren ihr zu gemütlich. Lenja war also nicht dick. Und sie war eine wunderbare Köchin. Sie redete nicht mit August, sondern mit sich selbst, die ganze Zeit, während sie kochte. Auf Böhmisch und auf Deutsch. Aber August hörte sowieso nicht zu. Er beobachtete und roch.

Der Kupfertiegel wurde ohne hinzusehen von der Stange genommen und trocken auf den Herd gestellt. Lenja griff ins Wasserfass, in dem die Butter schwamm, schnitt ein genau bemessenes Stück ab und warf die Butter zurück. Das andere Stück zerging schon im Tiegel. Sechs Deka Zucker wurden aus dem Schub gelöffelt, gewogen und in die Butter gesiebt. August sah zu, wie die Kristalle zu Glas und dann zu nichts zergingen. Zwei Suppenlöffel heller Sirup, und Lenja rührte, rührte, rührte, zog den Tiegel einen Augenblick über das offene Feuer, und schon duftete es, aber dann puderte sie Mehl hinein, der Tiegel rutschte in exaktem Schwung vom Herd hinüber auf den Marmor und kam zwei Fingerbreit vor dem Brett zum Stehen, auf dem Lenja schon die Zitronen presste. Sie goss den Saft durch ein Sieb dazu, dann murmelte sie etwas und fuhr mit dem Finger das lange Gewürzregal ab, bis sie ein hellgelbes Pulver gefunden hatte, das August so scharf süß in die Nase stieg wie das Kräutlein Niesmitlust, das er aus dem Märchen kannte. Ingwer, buchstabierte er viel später einmal. Das Blech segelte aus dem Ofenloch. Zischend mit dem Pinsel Butter darauf. Zehn, zwölf Kleckse des flüssigen Teigs auf das Blech, und dann war die Klappe des Ofens schon wieder zu. August blieb davor stehen und sah Lenja zu, wie sie blecherne Spitztüten aus einer Lade zog. Dann – Lenja ließ nie etwas verbrennen, nie – zog sie schon wieder das Blech heraus, und darauf lagen, goldbraun und träge Blasen werfend, zwölf runde Plätzchen. Sie wartete die Blasen ab, dann züngelte schon das lange, biegsame Messer unter die Plätzchen und hob sie ab, eines nach dem anderen fing Lenja sie aus der Luft und schlug sie in einer einzigen fließenden Bewegung um das blecherne Spitztütchen. Und wieder eine Minute später zog sie die blechernen Förmchen heraus, und da lagen zwölf Ingwerzuckertüten. Wo kamen das blaue Schlagobers her und die in Honig gestampften Blaubeeren? Wann hatte sie die gemacht? August sah nie alles. Immer blieb da etwas, das er übersah, das zu schnell für ihn war. Lenja drehte ein Tütchen aus Papier, eine Tülle flog in den papiernen Trichter, und dann spritzte sie die blaue Sahne in die goldenen Tütchen, und manche Tüten knisterten, weil sie noch ein wenig warm waren. Da kam Onkel Josef in die Küche, er war komisch, nie kam er durch die Haustür –, sagte zu Lenja etwas auf Böhmisch, nahm eines der Spitztütchen und warf es August zu.

»Da«, sagte er lachend, »und raus aus der Küche! Kinder gehören in den Keller zum Kohleschaufeln!«

Damals wusste August noch nicht, wann Onkel Josef ernst war und wann nicht. Das Tütchen aber behielt er immer in der Hand.

»Hast du Eichhörnchen, Lenja?«, hatte August einmal gefragt und sich vorgestellt, dass sie herauskamen, wenn er nicht in der Küche war.

Ausnahmsweise musste Lenja lachen.

»Eichhörnchen?«, fragte sie in ihrem schweren böhmischen Dialekt. »Nein, August. Nicht mal wir Böhmen essen Eichhörnchen.«

Wenn August dann aus der Küche nach oben kam, stellte er sich manchmal vor, seine Mutter würde ihn nicht wiedererkennen, weil er sieben Jahre in der Küche verbracht hatte und nun aussah wie ein hässlicher Zwerg. Und dass er in der Zeit zum Meisterkoch geworden war ...

Während er auf die Allee zur Rotundenbrücke einbog, dachte er noch einen Augenblick darüber nach, was das Kindsein wohl ausmachte, warum die Träume der Kindheit so anders waren als die, denen man als Erwachsener nachhing. Er wollte kein Meisterkoch mehr werden. Und Einkäufer, fragte er sich dann aber fast im gleichen Moment, wollte er denn Einkäufer werden? Und es war hier, mitten auf dem Weg und im hellen Licht der Frühlingssonne, dass August stehen blieb, als wäre er gegen eine unsichtbare Wand gerannt. Was wollte er eigentlich? Was war aus dem Jungen seiner Kindheit geworden? Er konnte sich erinnern, wie unglaublich voll die Küche von Düften gewesen war, wie aufgeregt er jeden neuen Geruch aufgenommen hatte, wie er ganz, von oben bis unten, von Aromen erfüllt gewesen war. Wo war das hin? Er wusste, dass man ihn ein andermal gefragt hatte, was er denn mal werden wollte, und er dann voller Sicherheit und selbstbewusst gesagt hatte: Prinz vom Morgenland.

Auf einmal sah er klar. Es war, als ob er jahrelang einfach nicht hingesehen hatte. Er war Soldat geworden, weil es sich eben so gehörte, und er war Soldat geblieben, weil man eben so lange diente, und er wurde Einkäufer für die Fabrik seines Onkels, weil sich das eben so eingerichtet hatte.

Um ihn herum rannten die Kinder vor ihren Kinderfrauen davon und trieben ihre Reifen quer über die Wiese. Sie schrien und lachten beim Stürzen, es war ein fröhlicher Lärm. August sah ihnen zu und hatte plötzlich ein Gefühl von Scham, als hätte er einen Freund für Geld verraten. War das alles? Der Lateinschüler Liebeskind und der Leutnant Liebeskind, der Einkäufer und irgendwann der Gatte Liebeskind? Die Freiheit, das große Meer Zeit zwischen heute und Oktober, war auf einmal nur noch ein Karpfenteich, auf dem man mit dem Fischerkahn große Fahrt spielte. Noch schlimmer: Der Kahn trieb nur, und er saß darin und ließ sich treiben. Auf einmal war sein Leben klein wie Spielzeug. Kleine Abenteuer: einmal quer durch die Donau geschwommen. Mit dem Regiment in Istrien gewesen und einen entgleisten Zug erlebt. Kleine Liebschaften, die mit einem Bedauern geendet hatten und manchmal sogar mit ein paar melancholischen Tagen und wenigen, längst vergessenen Gedichten in der Schublade, die schon beim Schreiben nicht wahr gewesen waren. Freundschaften, die nie auf die Probe gestellt worden waren. Ein farblos freundliches, ein kleines Leben.

Das alte Laub vom letzten Jahr unter den Bäumen der Rotundenallee roch modrig nach Herbst. Als August endlich weiterging, war die Heiterkeit, die er nach dem Kaffeehausbesuch wieder aufgebaut hatte, fort.

»Gewogen«, sagte er vor sich hin, »gewogen und für zu leicht befunden.«

Das war es. Sein Leben hatte kein Gewicht.

3

In den folgenden Tagen blieb dieses Gefühl einer eigenartigen, einer stärker werdenden Gewichtslosigkeit. Dieses Gefühl, zu leicht zu sein. Das Gefühl, in seinem Leben könne es gar keine Tiefe geben, weil er dazu nicht gemacht war. Vielleicht eignete er sich nicht für etwas Großes. Aber das Verlangen danach blieb.

Wie aus Trotz beschloss er, zum großen Derby auf der Bahn der Freudenau zu gehen. Wieder eine der Zerstreuungen, die eigentlich nichts bedeuteten. Aber immerhin Leben. Er hatte jahrelang nicht mehr das Rennen gesehen; immer hatte er entweder Dienst gehabt oder war sonst verhindert. Als Kind war er noch jedes Jahr dort, es war schöner als das Volksfest, vielleicht, weil es nur einen Tag dauerte, und damals war es noch ein Abenteuer gewesen.

August nahm die Tram den Ring entlang. Als er eingestiegen war, sah er sich nach einem Platz um, aber es war ja Sonntagvormittag und der Wagen gesteckt voll. Er zwängte sich bis zur Mitte durch, wo ein wenig mehr Platz war. Allerdings hatte er jetzt einen großen Hut im Gesicht und wollte die Dame eben bitten, mit der Hutnadel achtzugeben, als er den Duft wiedererkannte, den herben Feuergeruch, der diesmal unter einem anderen Duft wie von Safran lag. Er war so unverwechselbar, dass August im Rücken der Dame sagen konnte:

»Ach schau, die Hochradfahrerin! Sind Sie gestürzt, dass Sie mit der Tram fahren müssen?«

Diesmal war ihm gleich das Richtige eingefallen. Die Dame drehte sich zu ihm um, die Federn des Hutes fegten den Umstehenden über deren Gesichter. Sie wirkte keinen Augenblick lang überrascht, sondern immer noch so arrogant wie im Kaffeehaus. Sie sah ihn unangenehm lange an, dann erinnerte sie sich.

»Der gesetzestreue Herr Leutnant, nicht wahr?«, fragte sie gelassen. »Heute in Zivil? Keine Brautschau in Damencafés?«

Sie hatte ihre Stimme nicht einen Moment lang gedämpft. Manche der Mitfahrer grinsten unverschämt.

»Ich bin nicht mehr aktiv, gnädige Frau«, sagte August kalt und betonte das »gnädig«. Er bereute schon, dass er der Versuchung zu einer Retourkutsche nachgegeben hatte. Diese Frau hielt sich nicht an die Spielregeln.

»Als Offizier, meinen Sie?«, fuhr sie berechnend fort. »Denn ... was die Brautschau angeht – ist es in Wien üblich, Damen in der Tram anzusprechen?«

Jeder Satz eine Herausforderung. August fühlte, wie Hitze in sein Gesicht stieg. Man sah ihn an, von allen Seiten. Er holte tief Luft und sagte dann ebenso laut wie sie:

»Nein. Es ist nicht üblich, Damen anzusprechen.«

Diesmal hatte er sorgfältig darauf geachtet, das Wort »Damen« nicht zu betonen, aber weil er sich nicht entschuldigt hatte, verstand sie genau, was er meinte. Sie sah ihn voll an, sachlich, als ob sie seine Größe oder sein Gewicht abschätzte, und August war froh, dass er stand.

»Ich bin glücklich, dass die Herren in Wien so galant sind!«, sagte sie schließlich, ebenfalls ohne besondere Betonung und genauso unmissverständlich, und drehte sich dann wieder um. Die Federn fegten den Umstehenden wiederum über ihre Gesichter. Und einen kleinen Augenblick lang, trotz aller Erziehung, hätte August ihr am liebsten eine gelangt. Wahrscheinlich, dachte er kurz darauf spöttisch, sind wir Wiener Herren wirklich nicht galant.

An der Kettenbrücke stieg er aus. Sie auch. Er wartete kurz, um sie vorbeizulassen, aber sie überquerte die Brücke und bog nach rechts zum Prater und zur Freudenau ab. Es blieb ihm nichts anderes übrig, als ihr in angemessenem Abstand zu folgen. Während er hinter ihr herging, sah er unwillkürlich, wie sie sich beim Gehen bewegte. Ihm fiel dafür kein anderes Wort als »genau« ein, die Bewegungen stimmten, die Länge der Schritte und ihre Haltung. An einer Gabelung blieb sie einen Augenblick stehen, als wüsste sie nicht genau, wohin, und August wäre sich dumm vorgekommen, wenn er auch stehen geblieben wäre, also ging er weiter. Aber als er kurz hinter ihr war, fragte sie, ohne sich umzudrehen:

»Haben Sie vor, mir noch weiter zu folgen?«

Wie hatte sie wissen können, dass er hinter ihr war?

»Nein, gnädige Frau«, sagte August halb resigniert, halb verärgert, »ich kann nichts dafür, dass wir denselben Weg haben. Wenn Sie erlauben, gehe ich vor!«

Sie stand ungerührt da.

»Sie könnten Ihre Unverschämtheit wiedergutmachen«, sagte sie dann, ohne zu lächeln, »und mir den Weg zum Derby zeigen.«

»Ach nein«, sagte er dann überrascht und schon wieder verärgert. Wieso seine Unverschämtheit? »Ich hätte es mir denken können«, murmelte er.

Sie zog die Augenbrauen hoch. Nicht sehr viel.

»Ich bin auch auf dem Weg zur Freudenau«, erklärte August mürrisch, »auch wenn Sie das jetzt vermutlich nicht glauben werden.«

»So viel Aufmerksamkeit!«, sagte die Dame spöttisch. »Also, wohin?«

»Hier entlang«, sagte August.

Sie gingen eine Weile schweigend. Die Stille schien nur ihm etwas auszumachen.

»Sie dürfen sich vorstellen«, sagte sie schließlich beiläufig.

August stellte sich vor. Formlos und im Gehen.

»Aha«, sagte sie ohne wirkliches Interesse, »alter Wiener Adel, ja?«

»Nein«, sagte August mit leichter Befriedigung, »alte Wiener Bürgerfamilie.«

Sie schwieg wieder. Und er konnte sie ja schlecht nach ihrem Namen fragen.

»Elena Palffy«, sagte sie schließlich.

»Angenehm«, sagte August höflich. Dem Ton nach konnte man ihre Vorstellung als Waffenstillstandsangebot auffassen. Ihm fiel das sehr kurze Gespräch im Café wieder ein.

»Palffy ist doch ein Wiener Name. Hatten Sie nicht gesagt, dass Sie nicht von hier sind? ... Zum Glück?«, fügte er noch an.

Für einen Moment lächelte sie anerkennend.

»Sie erinnern sich recht genau – und, habe ich Ihren patriotischen Stolz verletzt?«, fragte sie dann aber schon beinah gewohnt ironisch nach. »Was für ein Glück für mich, dass ich nicht satisfaktionsfähig bin!«

»Ja«, sagte August trocken, »was für ein Glück. Wahrscheinlich wäre ich dann nämlich schon tot.«

Er war sehr überrascht, sie lachen zu hören, und schaute zu ihr hinüber. Wenn sie lachte, sah sie auf einmal schön aus.

»Sie haben sich schon recht gut in Wien eingelebt, wenn der Tod Sie amüsiert«, bemerkte August. Ihr Lächeln verschwand sofort wieder, und ihr Gesicht verschloss sich zu dem hochmütigen Ausdruck, den er schon kannte. Sie liefen eine Weile schweigend, und er hatte das Gefühl, zu weit gegangen zu sein.

Um sie herum belebte sich der Prater immer mehr. Alles war auf dem Weg zum Derby. Ein Herr in englischem

Kostüm und mit hohem Hut überholte sie zu Pferd, und sogar eine Gruppe deutscher Offiziere, deren Säbelspitzen im Staub schleiften, war unterwegs. Vor allem aber gab es viele Familien mit aufgeregten kleinen Jungen, die nicht stillhalten konnten und schon jetzt über die Wiesen rannten und Pferd spielten. Es lag etwas Besonderes in der Luft, und während sie in diesem unangenehmen Schweigen nebeneinanderher gingen, schnupperte August unwillkürlich. Es war nicht nur der gute, salzig scharfe Geruch von erhitzten Pferden, die nach dem Vorlauf neben der Rennbahn abgeritten wurden, nicht nur der Frühlingsduft des Parks und das Parfum der Dame neben ihm, Gerüche, die wie in Fahnen durch diesen leicht windigen Tag zogen, sondern es gab darin noch etwas Eigenes, etwas Fremdes, dessen Herkunft er nicht ausmachen konnte.

Sie hatten jetzt die Rennbahn erreicht, und August schlug die Richtung zum Lusthaus ein. Er wusste nicht, wie er sich jetzt richtig verabschieden sollte, und sagte deshalb höflich:

»Wenn Sie mich noch zum Lusthaus begleiten wollen, von da können Sie sich am besten ein Bild machen.«

»Wenn es Ihnen nichts ausmacht, mit einer Nichtwienerin gesehen zu werden«, sagte sie spöttisch, und August atmete auf.

»Sie müssen es ja nicht gleich allen sagen, bitte«, antwortete er, als sie die Stufen hinaufstiegen. Heute wirkte das schlossähnliche Lusthaus mit seinen großen Fenstern, seinen schönen Parkettböden und den amüsanten Stuckdecken nur wie eine überdachte Terrasse. Es herrschte ein ständiges Kommen und Gehen, und die Damen am Buffett kamen kaum mit den Bestellungen nach, dem Herauswechseln und dem Auffüllen. Alles drängte sich vor den Tischen, die es an normalen Sonntagen gar nicht gab.

»Darf ich Ihnen etwas bestellen?«, fragte August. »Das Rennen geht erst in einer Viertelstunde los.«

Die Luft im Lusthaus flimmerte von süßen Düften.

»Zwei Mal Crème du jour!«, rief es, und Eis wurde in silbernen Hörnchen gereicht.

»Rachat-Lougoum! Wer hat das Rachat-Lougoum?«, und der Duft von Rosenessenz schwebte auf, während das Konfekt in Papier eingeschlagen wurde. Die Dame Palffy trat neben ihn, um sich anzusehen, was es gab. Es war ein fast zärtlicher Blick, mit dem sie die Schokolade betrachtete, die da ausgestellt war. Auf langen, flachen Silberschalen, die man in gestoßenes Eis gebettet hatte, lagen Schaumrollen.

Sie beugte sich ein wenig vor, atmete den Duft und flüsterte etwas.

»Schokolade ist ein Versprechen«, verstand August, aber er war sich nicht sicher und wollte nicht nachfragen.

»Was ist das?«, fragte sie dann wieder klar und laut und deutete auf die krapfenähnlichen Teile, die, in buntes Papier gehüllt, aufgestapelt lagen.

»Indianer«, erklärte August, »die essen die Kinder am liebsten. Mit Schlagobers gefüllt. Mögen Sie süß oder herb?«, fragte er dann, unterbrach sich aber und sagte rasch, wie zu sich selbst, »was frage ich? Herb natürlich!«

Sie sah ihn an, den Kopf etwas schräg, und sagte: »Ach ja?«

Er zeigte auf die Melle Éclairs.

»Nehmen Sie die – die sind mit Kaffeecreme gefüllt.«

Ein Junge schob sich zwischen ihnen hindurch und rief der Bedienung zu:

»Geben's ma zwoa Nonnenkrapferln, bittschön!«

August nahm ihn sanft am Kragen und sagte gutmütig:

»Willst du der Dame nicht den Vortritt lassen?«

»Aber das Rennen geht doch gleich los!«, rief der Junge aufgeregt, und da war auf einmal der fremde Geruch wieder. August roch den Duft von Nelken und von Zitronen aus dem Nonnenkrapferl, in das der Junge eilig biss, und natürlich roch er auch die Pferde, aber darunter war, ganz stark jetzt, der Geruch von ... Eisen? Nein, kein Eisen. Es war ein ähnlich fader, metallischer Geruch, und er ging so stark von dem Jungen aus, dass August ein Stück zurückwich. Er kannte den Geruch, aber es war wie mit einem Wort, das einem nicht einfällt. Roch das denn niemand? Aber alle anderen um ihn herum schienen nichts zu merken. Er schüttelte den Kopf, als der Junge aus dem Lusthaus zur Rennbahn lief. Das hatte er lange nicht mehr gehabt ... dass er den Geruch der Dinge wahrnahm, die nicht für alle sichtbar waren.

»Bekomme ich jetzt ein Melle Éclair?«, fragte Elena Palffy.

»Aber natürlich!«, sagte August noch etwas verwirrt und kaufte ihr ein Melle Éclair, wofür sie sich überheblich mit einem angedeuteten Knicks bedankte.

Als sie hinaustraten, ging Elena Palffy in Richtung des Wasserturms.

»Der Einlauf ist aber dort drüben«, sagte August.

»Ich weiß«, sagte sie, »aber der Einlauf interessiert mich nicht. Ich will die Pferde dort sehen, wo sie noch kämpfen. Wo noch keines verloren hat.«

»Vorne ist wahrscheinlich eh kein Platz mehr«, gab August nach und folgte ihr. Sie gingen über den sandigen Vorplatz, der sich jetzt rasch leerte. Plötzlich trat Elena Palffy zu einem Falben, der den Kopf gesenkt hielt wie ein alter Fiakergaul. Den Unterschied konnte man nur sehen, wenn man einen Blick für Pferde hatte, wenn man die glänzenden Flanken betrachtete, auf denen die Haare straff anlagen, jedes hundert Mal auf Richtung gestriegelt, und unter denen große Muskeln halb angespannt warteten. Sie legte ihre Hand überraschend zart auf seinen Hals.

»Es wird gewinnen«, sagte sie halblaut, »vielleicht nicht heute, aber dann nächstes Jahr oder übernächstes. Irgendwann wird es gewinnen. Es ist ein Siegerpferd.«

»Dann muss es heute siegen«, sagte August trocken, »hier dürfen die Pferde nur ein Mal laufen. Nur ein einziges Mal, wenn sie drei Jahre alt sind.«

Sie sah das Pferd an. August konnte ihren Ausdruck nicht deuten.

»Schade, dass es das nicht weiß«, sagte sie dann und sah ihn an, »sonst würde es auf jeden Fall heute siegen.«

»Das Rennen fängt gleich an«, sagte August nach einer Pause, in der sie seinen Blick nicht losließ. Worüber sprachen sie hier eigentlich?

Das Pferd wurde nun weggeführt, und sie suchten mit den letzten Zuspätkommenden eilig nach einem freien Platz entlang der Strecke. Sie fanden ihn gegenüber der Kaiserloge, die heute leer war. Überall ragten die Hüte auf, weiß und ausladend, der größte sicherlich der seiner Begleiterin. Auf der anderen Seite waren ein paar Jungen auf Bäume geklettert, um besser sehen zu können. August lächelte. Das hatte er als Kind auch getan. Er zeigte Elena Palffy die Jungen, und auch sie nickte mit einem kleinen Lächeln. Wahrscheinlich mag sie Pferde mehr als Menschen, dachte August, und, als er einen Blick auf ihr Gesicht warf, natürlich, die widersprechen ihr nicht.

Es knallte, trocken kam das Echo aus dem Prater, und alle Köpfe flogen nach rechts. Es hatte begonnen. Da kamen die Pferde schon angedonnert. August konnte noch nicht sehen, wer vorne lag.

»Mein Falbe!«, stieß Elena Palffy ihn an, als das Pferd von vorhin vorbeikam, und er war überrascht, wie aufgeregt das klang, wie sie sich vom ersten Augenblick an mitreißen ließ.

Rasenstücke flogen, man sah das Gewirbel der Beine und außerdem: die Hufe. Vierundsechzig Hufe, die nur für einen allerkürzesten harten Schlag den Boden berührten, ihn aufrissen und fort waren. Wie ein Gewitter, das in Sekunden anzog und über einem war, ohne dass man Zeit gehabt hätte, Unterstand zu suchen. Und dann weiterzog.

Die Erregung ging durch die Menschen wie eine Welle. August sah, wie sich die Muskeln streckten und die Flanken beim Aufprall zitterten, hörte den Atem in angestrengten Stößen ... da waren sie vorbei. Ein Regen von Dreck und Rasenstücken ging auf die Zuschauer nieder. Elena lachte, August hörte es und musste mitlachen. Die Pferde gingen in die zweite Runde. Da überfiel August plötzlich wieder der Geruch, viel stärker jetzt. Ein Gemisch aus Zitrone, Nelken, Pferd und ... und ... jetzt wusste er, was es war: Der Eisengeruch von Blut. Er sah sich suchend um und erblickte tatsächlich den Jungen von vorhin. Er kletterte gerade schnell und geschickt die Stangen der Absperrung hinauf, um sich auf die oberste zu setzen. Jetzt! Jetzt konnte er fast die ganze Rennbahn übersehen.

Elena stieß ihn aufgeregt an. Da hinten kamen die Pferde schon wieder. Wie ein einziges großes, schweres Tier kamen sie heran, noch lauter als beim ersten Mal. August spürte, wie die Erde zu zittern begann. Die Jockeys hingen tief über den Hälsen. Die Erde flog. Mit den Pferden kam das Schreien der Menschen, die ihre Favoriten anfeuerten, entlang der Rennbahn, wie eine Welle an einem steinernen Kai entlangläuft, und da wandelte sich der Geruch vor Augusts innerem Auge plötzlich zu einem Bild, und er schrie.

»Runter! Runter, Junge!«, schrie er und drängte nach vorn, schrie, so laut er konnte, aber der Junge hörte ihn nicht. »Achtung!«, schrie August verzweifelt und kämpfte sich durch widerwillige Menschen. Aber der Junge stand jetzt auf, die Stange in den Kniekehlen und das Nonnenkrapferl noch in der Hand, in einer unsicheren Balance. Den Pferden flog Schaum von den Nüstern, sie tobten heran, die Menge schrie vor Begeisterung und Wildheit. Arme und Schirme flogen hoch, und ein Stock berührte den Jungen, nicht viel, ganz leicht nur, und August sah entsetzt, wie die Stange nicht länger in seiner Kniekehle saß, wie er das Gleichgewicht verlor, zu fallen begann. August versuchte, sich nach vorne zu werfen, nach ihm zu greifen, aber der Junge fiel, fiel mitten in das Getöse der Beine, der Hufe, mitten in die reißende Welle aus Lärm und in die viel zu schnellen Blitze aus Hufen, aus tausend Hufen. August sah, wie er noch einmal von einem dieser Hufe hochgerissen wurde, hörte den dumpfen Schlag, mit dem er hart auf den Sand schlug, und bemerkte, dass die Welle von Schreien nicht mit den Pferden weiterlief, sondern dass sie blieb, bei ihm und dem Jungen. Der Geruch von Nelken und Zitronen, Pferden und Blut wurde unerträglich stark.

Es gab Tumult, man lief, nach einem Arzt schreiend, hin und her, eine Trage wurde gebracht und der bewusstlose Junge daraufgelegt, und die ganze Zeit stand Elena nur am Rand der Menge und beobachtete alles mit unbewegtem Gesicht. August hatte den Jungen von der Rennbahn gezogen, dann kam der Arzt, und man ließ ihn nicht mehr heran. Der Junge wurde weggetragen, und endlich wurde der Blutgeruch erträglicher, blieb aber immer noch fad und süßlich in Augusts Nase, als hätte er sich dort festgesetzt. Wütend ging er zu Elena Palffy hinüber:

»Warum haben Sie nicht geholfen? Sie sind nur herumgestanden ... Waren Sie sich zu fein? Zu gut zum Helfen, was?«

Er schrie fast. Sie sah ihn ungerührt an.

»Es hat nichts gegeben, was ich hätte tun können«, sagte sie schließlich kalt, »ich kann nicht zaubern.«

August suchte nach Worten und sah schließlich ein, dass sie recht hatte, aber seine Wut blieb trotzdem.

»Auf Wiedersehen«, sagte er nach einer Weile genauso kalt und zornig und ging fort. Erst viel später merkte er, dass der Blutgeruch verschwunden war, weil er zuletzt Elena Palffys eigenartigen Duft von Gewürzen und Rauch geatmet hatte, und sein Zorn verschwand. Nur das Bild des unmöglich schief daliegenden Jungen blieb noch bis in die Nacht hinein bei ihm, bis er endlich genug getrunken hatte und einschlafen konnte.

4

Ziellose Tage folgten. Das Wetter war unbeständig und kühl, und August spürte seine Unzufriedenheit mit jedem Tag wachsen. Es war, als ob der Unfall ihm ein Zeichen hätte sein sollen, aber er wusste es nicht recht zu deuten. Mit den Tagen verblassten zwar die Bilder allmählich, aber es sollte noch dauern, bis der Geruch von Zitronen oder Nelken nicht mehr gleichzeitig den Eisengeruch von Blut mit sich brachte. Vor allem aber wurde er seit dem Derby das Gefühl nicht mehr los, dass er dem Leben etwas schuldete. Es war, als ob er sein Leben bisher verträumt hätte, in einem angenehmen, nichtssagenden Morgentraum verträumt hätte.

Doch er wusste nicht, was er tun musste, um seinem Leben Gewicht zu geben. Vielleicht sollte man fortgehen, dachte er, vielleicht liegt es daran. Als Kind schon hatte er reisen wollen. Ins Morgenland ... Aber das Reisen um des Reisens willen war es ja nicht, das konnte es nicht sein. Seinem Leben fehlte etwas, das er nicht benennen konnte. Es war wie ein Baum, der auf dem falschen Boden stand und im Frühjahr zwar blühte, aber nicht fruchtete. Ja, dachte er, so ist es. Man kann es noch nicht sehen, aber es fehlt etwas. Und auch, wenn er sich dagegen wehrte: Wenn er über das Gewicht seines Lebens nachdachte, kam ungerufen das Bild Elena Palffys, wie sie ungerührt und kalt dastand, als alle anderen gerannt waren. Es war ihm kein angenehmes Bild, aber es kam trotzdem.

Er hatte den Vater in der Kanzlei besucht, weil es um das Futter- und Stallgeld für sein Pferd einen Streit mit der Fourage-abteilung gab. Er hatte sich einen Brief aufsetzen lassen, danach nahm ihn sein Vater noch ins Kaffeehaus zur Jause mit. Zu einem Gespräch unter erwachsenen Leuten, wie er sagte. Er sorgte sich. August beruhigte ihn mit vage schlechtem Gewissen, erzählte ihm vom Onkel Josef und dass er im Herbst bei ihm beginnen würde. Und dass er Ferien machte.

»Ferien«, sagte sein Vater und schüttelte den Kopf, »früher gab es keine Ferien.«

»Und keinen Telegrafen, Vater, ich weiß«, sagte August in mildem Spott. Sein Vater lächelte.

»Ich werde wohl alt«, sagte er dann, »die Zeit vergeht mir immer schneller.«

August war einen Augenblick versucht, ihn zu fragen, ob er dieses Gefühl des Lebens auch kannte. Er mochte seinen Vater sehr, er mochte seinen warmherzigen, feinen Humor, aber er wusste nicht, ob er verstand, was ihn bewegte. Er hätte gerne gefragt, ob er sein Leben auch irgendwann als zu leicht empfunden habe, in der Hoffnung, dass es vielleicht allen so ging, aber im Grunde wusste er, dass es nicht so war, und er fragte also lieber doch nicht. Er hoffte, sein Vater würde mit einem Scherz das Thema wechseln, aber er wurde wieder ernst und sah ihn nachdenklich an.

»Und du wirst auch älter«, sagte er tonlos, »was willst du tun?«

»Du weißt, was ich tun will!« August fühlte sich angegriffen. »Es ist doch alles arrangiert. Reicht dir Einkäufer nicht?«

»Das habe ich nicht gesagt«, antwortete sein Vater und lächelte ein wenig, um seinen Worten die Schärfe zu nehmen, »jeder Beruf hat seinen Wert. Aber ein Beruf ohne Berufung ...«

Er ließ den Satz offen.

»Ich muss zurück in die Kanzlei«, sagte er dann und stand auf, »kommst du?«

»Ich bleibe noch ein wenig«, sagte August rasch. Er wollte lieber allein sein.

»Auf bald dann«, sagte der Vater und ging. August drehte die Schale Kaffee in seinen Händen und dachte nach. War es wirklich so? Ja, dachte er ohne große Erregung, es war so. Er kannte keine Berufung. Er hatte nie einen Ruf gehört. Er war ein guter Kamerad gewesen, man konnte sich auf ihn verlassen, man hatte ihn im Feld gern neben sich und in der Kaserne gerne auf dem Zimmer, man konnte mit ihm lachen und arbeiten. Aber er war zum Soldaten nicht berufen. Er war zu nichts berufen. Er ließ sich nicht berühren. Er dachte an die Mädchen, die man als Offizier immer gern als »Verlobte« vorstellte, mit einem kleinen, wissenden Lächeln, das bedeutete: kein Versprechen, nichts Festes. Es hatte immer nur diese Mädchen gegeben. Offiziersgeschäker auf den Bällen, Geflüster in dunklen Zimmern oder noch leiseres Wispern im Sommer auf den Wiesen. Alles schön, alles heiter und alles ohne Gewicht. Briefe voller Gefühl, aber mit was für einem Gefühl? Eigentlich nur eine Mode: Alle liebten, also liebte er auch. Was man so Liebe nannte. In Wirklichkeit gab es keine, die ihn im Innersten berührt hatte, die er auch heute noch unbedingt sehen musste, mit der ihn etwas verbunden hatte. Er wusste, dass sein Vater das missbilligte, auch wenn er es nie offen sagte. »Mit Menschen«, hatte er einmal gesagt, nachdem er August mit einer unbedeutenden jungen Dame gesehen hatte, »mit Menschen darf man nicht spielen.« Das hatte ihn getroffen. Weil er bisher immer nur gespielt hatte. Sein Vater hatte recht. Und er war zu nichts berufen. Vielleicht liegt auch das daran, dachte er, dass mein Leben kein Gewicht und keine Tiefe hat.

Er stellte den Kaffee ab, rief den Kellner, zahlte und ging. Es war ein sonniger Tag, die Straßen waren belebt. Er wich einer Waschfrau aus, die schwer bepackt aus dem Eingang nebenan trat, ohne links und rechts etwas sehen zu können. Ein Fuhrmann unterhielt sich vom Bock seines Holzwagens eingehend mit dem Trafikanten, der aus seiner Bude herausgetreten war, ohne darauf zu achten, dass hinter ihm der Verkehr allmählich zum Erliegen kam. Beide waren sich einig, dass die Welt aus den Fugen war, wegen des zu kühlen Wetters und weil die Preise so gestiegen waren. Normalerweise hätte es August amüsiert, als er sich zwischen ihnen durchschob und in die Wollzeile abbog, aber jetzt ärgerte er sich. Was hatte sein Vater ihm eigentlich anzuschaffen? Vielleicht war er einfach anders, dachte er, vielleicht brauchte er die anderen nicht, aber auch ohne das Lächeln seines Vaters kamen ihm diese Gedanken wie eine Verteidigung vor, und das ärgerte ihn noch mehr.

Er war in dieser unzufriedenen Stimmung, als er bei der Confiserie vorbeikam, und er wusste nicht, ob er zuerst den Duft gerochen hatte, einen Hauch von Rauch in der Luft, oder ob er sie schon davor durch das Schaufenster gesehen hatte. Jedenfalls war sie auf einmal da. Es überraschte ihn so sehr, dass es beinah ein Erschrecken war, Elena Palffy zu entdecken. Sie stand mit dem Rücken zu ihm im Laden und ließ sich eben ihren Einkauf einpacken. Sein Ärger, der eben noch so heiß gewesen war, verflog. Er bedeutete nichts mehr. August legte sich keine Rechenschaft darüber ab, warum er den Laden betrat, er ließ sich einfach treiben. Die Türglocke ging, die Tür fiel wieder zu, und er stand in der kleinen Konditorei. Sie hatte sich nicht umgedreht. Sie wartete, die leichten Handschuhe zusammengelegt in einer Hand, als ginge sie ihr Einkauf nichts mehr an, nachdem sie ihn ausgesucht hatte. Das Mädchen dagegen redete in einem fort, ein ununterbrochenes, sanftes Wortgeplätscher in breitem Dialekt, während es Gebäck in Bäckerseide einschlug und die Pralinés sorgfältig Stück für Stück in Pappschachteln sortierte. August stand noch immer im Hintergrund, sah sich die ausgelegte Ware an, strich mit dem Finger über die bunten Stoffbänder für die Verpackungen, die an Nägeln aufgehängt waren, und beobachtete Elena Palffy. Ihm gefiel, wie sie stand, gerade und ohne Nachlässigkeit. Ihre Handbewegungen waren sparsam, aber genau. Gegen die fließend weichen Bewegungen des Ladenmädchens, das wie eine Taube im Laden hin und her flog, wirkten sie streng und berechnend. Schließlich war alles eingepackt, Elena Palffy zahlte, gab ein Trinkgeld, drehte sich zum Gehen und sah August. Ohne Zögern wandte sie sich noch einmal zu dem Mädchen um und sagte:

»Bitte packen Sie doch noch ein Melle Éclair für den Herrn Leutnant ein, ja? Ich schulde ihm noch eines.«

August staunte. Da war sie wieder, diese außergewöhnliche Schnelligkeit, mit der sie Situationen erfasste, die ihn beeindruckte. Es gab keinen Augenblick des Zögerns; so, als würde sie jederzeit mit Überraschungen rechnen.

»Ich bitte Sie«, sagte er dann und verbeugte sich leicht, »ich verleihe üblicherweise kein Konfekt, deshalb erwarte ich auch keines zurück.«

»Dann packen Sie's wieder aus«, sagte sie zu dem Mädchen, das noch nicht einmal nach dem Gebäck gegriffen hatte, und dann zu August:

»Wie geht es dem Jungen?«

Er brauchte einen Augenblick, um ihr zu folgen. Dann zuckte er mit den Achseln.

»Ehrlich gesagt, ich weiß es nicht. Ich habe nichts mehr von ihm gehört.«

»Tot ist er nicht?«, fragte sie nach.

»Ich weiß es nicht«, sagte August, »aber ich denke nicht. Ich hoffe nicht«, verbesserte er sich hastig, »vielleicht sollte ich mich erkundigen.«

Sie nickte. Das Thema schien abgeschlossen. Dann ließ sie sich die Tür aufhalten und ging hinaus. August folgte ihr.

»Mögen Sie kein Konfekt?«, fragte sie ihn spöttisch, sobald sie vor der Tür standen. Ihre Mundwinkel hoben sich dabei ein wenig, »geschenkt nehmen Sie es nicht, und kaufen wollen Sie wohl auch nichts mehr?«

»Ich bin nicht wegen des Konfekts in den Laden gegangen«, sagte August rasch, »ich wollte ...«, er zögerte kurz, aber sie wartete ab, »... ich fand, dass ich mich etwas ... unhöflich benommen habe, letztes Mal. Ich wollte mich entschuldigen.«

»Aha«, sagte sie und schritt langsam weiter. Er fand sich einfach neben ihr gehen. Sie fragte in leichtem Plauderton, fast heiter:

»Wie kommt es, Herr Leutnant, dass wir uns in letzter Zeit so häufig begegnen, wo Sie mich doch gar nicht leiden können?«

Er fühlte sich ertappt und getroffen. Heftig sagte er:

»So ist das nicht! Ich fand nur, dass Sie ... dass Sie ...«, er suchte die richtigen Worte.

»Ja?«, fragte sie von oben herab.

»Sie sind etwas schwierig!«, sagte August schließlich offen, sah sie herausfordernd an und machte sich innerlich auf einen Kampf bereit. Aber dann sah er überrascht, wie ihre Überheblichkeit auf einmal fort war und sie das erste Mal richtig lächelte.

»Ja«, sagte sie und senkte den Kopf etwas, um ihre Heiterkeit zu verbergen, »das könnte wohl stimmen.«

Der Verkehr hatte zugenommen; Wagen und Fußgänger drängten zum Dom. Während August immer wieder grüßen musste, weil er Bekannte sah, schien sie niemanden zu kennen.

»Da Sie ja zum Glück nicht aus Wien sind«, sagte er schließlich, »erlauben Sie die Frage, woher Sie kommen?«

»Aus Afrika«, sagte sie kurz.

August holte tief Luft. Plötzlich war sie wieder da, diese Überheblichkeit, diese Weigerung, sich zu erklären, ein Gespräch so zu führen, wie es sich gehörte. Aber gut.

»Natürlich«, sagte er dann, »ich hätte es mir denken können – Ihr Parfum.«

Sie sah zu ihm hinüber.

»Ich trage nie Parfum«, sagte sie verwundert.

August wollte nicht widersprechen, aber er roch es ganz genau, und es war unverwechselbar. Jetzt hatte der Geruch auch einen Namen, es war wirklich ein afrikanischer Duft von sonnenheißen Gewürzen. Sie überquerten gemeinsam den Stock-im-Eisen-Platz, und dann bog sie nach rechts zur

Inneren Stadt ab. Er blieb stehen. Er wollte nicht den Eindruck erwecken, ihr nachzulaufen. Sie reichte ihm die Hand und sagte dann, wobei sie sich mit ihren Handschuhen beschäftigte und sich schon halb zum Gehen umgedreht hatte:

»Da Sie ja glücklicherweise Wiener sind, wollen Sie mir nicht ...«, diesmal zögerte sie einen winzigen Augenblick, »... Sie könnten mir morgen ein wenig von der Stadt zeigen. Gegen drei Uhr am Dom, ja?«

Sie reichte ihm ihre Karte, wartete nicht einmal seine Antwort ab und ging so gleichmäßig wie vorher fort. August sah ihr nach. Sie geht, wie große Vögel fliegen, dachte er, leicht und schwingend und mit gerade so viel Kraft als nötig. Und außerdem trägt sie doch Parfum, sagte er sich und schüttelte den Kopf. Erst jetzt, als er dieser kaum wahrnehmbaren Spur von Duft in der Luft nachhing, während um ihn herum die Leute nach allen Richtungen hasteten, schoben und drängten, erst jetzt merkte er, dass es in diesem Duft noch eine Note gab, eine dunkle, bitter und scharf, die sich doch in das Ganze einfügte. Ein beunruhigender Duft, dachte er, schwer zu vergessen. Dann ging er weiter seinen Geschäften nach, aber für den Rest des Tages war es, als sei sein Geruchssinn besonders wach – bis in den Abend war die Stadt voller farbiger Gerüche, und August ging, als er nach Hause kam, zeitig zu Bett.

5

Der nächste Morgen schien wieder einer jener kühl windigen Tage zu werden, aus denen dieser frühe Sommer zu bestehen schien. Die Blätter der Pappeln flirrten im Wind, und weil sie auf der Unterseite weiß waren und durch die Böen nach oben gedreht wurden, schimmerten sie silbrig. Auch die Akazien blühten weiß. Als August auf die Straße trat und ihren Blütenduft roch, diesen leichten, betörend sanften Geruch zwischen Jasmin und unbestimmter Süße, musste er an die nicht enden wollenden Sommer seiner Kindheit denken, wenn vor den Fenstern die Läden gegen die Abendsonne eingehängt waren und man in einem grünen Dämmer voll von diesem Duft unmerklich vom Wachen in den Schlaf glitt und dabei die Geräusche der langen Abende mit in den Traum nahm. Der Akazienduft war für ihn schon als Kind wie ein Versprechen gewesen, ein unbestimmtes, aufregendes Versprechen, wie man es Kindern gab: »Was ist es? Sag, bitte sag!« – »Warte ab. Du wirst schon sehen. Etwas sehr Schönes!«

Und nun lag dieser Duft in den langgezogenen Brisen, die durch die Straßen seines Bezirks wehten: »Was ist es?« – »Warte ab ...«

Er war wirklich zeitig fortgegangen, und es hatte noch nicht einmal drei Uhr geschlagen, als er zum Stephansdom abbog, aber sie stand schon da, gerade und an nichts interessiert, beide Hände leicht auf den halb durchsichtigen Bernsteinknauf des Schirms gelegt. Sie sah nicht zu ihm hinüber, und August blieb für einen Augenblick stehen. Ihre dunklen Haare waren flüchtig im Nacken zusammengenommen, nachlässig, als würden sie ihr nichts bedeuten, aber gerade die wenigen losen Strähnen machten das Gesicht interessant. Es gab zwei feine, strenge Linien um die Mundwinkel, von denen man nicht genau sagen konnte, woher sie kamen. Er wusste auch nicht, ob es an ihrem Gesicht lag, an ihrer Haltung oder an etwas ganz anderem: In dem bunten Treiben um den Dom herum sah sie fremd und kühl aus. Er kam von der Seite und sagte erst, als er schon sehr nahe war, guten Tag. Sie drehte sich zu ihm um, und er sah überrascht, wie die strengen Linien verschwanden, auch wenn sie nicht lächelte.

»Es tut mir leid, ich bin zu spät«, sagte August höflich, obwohl es erst fünf Minuten auf drei Uhr war. Er deutete eine kleine Verbeugung an.

»Sie sind nicht zu spät, Sie sind zu höflich«, sagte Elena Palffy. Sie sah ihn an. Die Linien blieben noch immer verschwunden. Lächelte sie?

»Ich halte nicht sehr viel von Höflichkeit«, sagte sie dann.

»Das«, sagte August immer noch im selben Ton, »hat Wien bereits bemerkt, denke ich.«

Diesmal lächelte sie wirklich.

»Wollen wir gehen?«

»Es wird kein üblicher Spaziergang«, warnte August sie, »wenn Sie den Dom sehen wollen, warte ich solange draußen.«

»Dieses Wien habe ich schon gesehen«, sagte sie, »zeigen Sie mir Ihres.«

August nickte.

Ein wenig später standen sie am Ufer der Donau. Es war ein Ort, den August sehr mochte.

Auf der gegenüberliegenden Uferbank standen Kastanien, die noch ein paar halb verblühte Kerzen trugen. Manchmal trug der Wind ihren Geruch über den Fluss. Ein paar Studenten ruderten, weit ausholend und kraftvoll, in schmalen Booten um die Wette stromabwärts. Die Wolken waren ein leichtes, schnelles Spiel am Himmel. Elena Palffy lehnte sich an einen Fahnenmast; die Leine des Wimpels, den man aufgezogen hatte, schlug im Wind gleichmäßig gegen das Holz.

»Das ist also die Donau«, sagte sie spöttisch und erstaunt, so als ob sie sie noch nie gesehen hätte, »ich bin sehr beeindruckt!«

Die Schwalben sirrten durch die warme Sommerluft. August stand neben ihr und sah ins Wasser.

»Es gab mal einen Onkel«, sagte er dann, »der hat den toten Kaiser von Mexiko die Donau hoch nach Hause gebracht. Hier am Josefskai haben sie ihn aus dem Schiff getragen. Schön, an so einem Ort nach Hause zu kommen, finden Sie nicht?«

Sie sagte nichts, aber als er zu ihr blickte, konnte er sehen, dass sie zwar nicht lächelte, dass aber doch der spöttische Ausdruck wieder verschwunden war.

»Was hat Ihr Onkel in Mexiko zu tun gehabt?«, fragte sie schließlich, stieß sich leicht vom Mast ab, stellte sich neben ihn und sah auch ins Wasser hinab.

»Er war bei der Marine«, sagte August, »er ist mit dem Admiral Tegetthoff nach Brasilien und nach Amerika gefahren. Und eben auch nach Mexiko, als sie Maximilian abgesetzt und erschossen haben. Unser Kaiser wollte, dass er in der Habsburgergruft beigesetzt wird.«

»Warum?«, fragte Elena Palffy.

»Weil«, erklärte August, »der Kaiser von Mexiko sein Bruder war, deshalb. Spätestens jetzt«, fügte er mit einem Lächeln hinzu, »weiß jeder, dass Sie keine Österreicherin sind.«

»Schade«, sagte Elena, »dass ich Sie da enttäuschen muss: Ich bin Österreicherin.«

Er sah sie an. Wieder einer dieser Sätze, die nichts erklärten.

»Sie haben aber doch gesagt, Sie kämen nicht aus Wien«, erinnerte August sie.

»Ja«, sagte sie, »das ist wohl richtig. Aber ich habe einen Wiener geheiratet. Nach dem Gesetz bin ich genauso österreichisch wie Sie.«

Sie hatte es dahingesagt, beiläufig, aber August fühlte sich auf eigenartige Weise getroffen.

»Das wusste ich nicht«, sagte er plötzlich steif.

»Natürlich nicht«, sagte sie und überhörte absichtlich, was er meinte, »wie auch?«

Es war ein sehr unangenehmes Schweigen zwischen ihnen. Warum machte das einen Unterschied, dachte August, was hatte er denn erwartet? Er merkte, dass er absichtlich nicht darüber nachgedacht hatte. Und ... irgendwie hatte sie auf ihn so frei gewirkt.

»Sind Sie ein guter Schwimmer?«, brach Elena die Stille und deutete mit dem Kopf auf die Donau. Eine leichte Wolke war an der Sonne vorbeigezogen, und der Fluss funkelte wieder. Ihr Parfum, Gewürze und Rauch und etwas wie Bittersalz, wehte an ihm vorbei.

»Ich bin einmal ganz hinübergeschwommen«, antwortete August mit einem Gefühl zwischen Befangenheit und Stolz, »dort, wo sie am breitesten ist. Ich bin über eine Meile abgetrieben. An die Strömung hatte ich natürlich nicht gedacht. Ich musste dann das ganze Ufer wieder hinauflaufen. Halb nackt.« Warum erzählte er das? »Und Sie?«

»Ich schwimme nicht mehr gern«, sagte sie ruhig. »Aber Wien dürfen Sie mir trotzdem weiter zeigen. Auch wenn ich Österreicherin bin.«

Meinte sie das, was man heraushören konnte? Sie ging weg vom Fluss, wieder hinauf zur Stadt. August folgte ihr.

»Haben Sie noch mehr solcher Onkel?«, fragte sie und lächelte auf einmal so unvermutet, dass er nicht anders konnte, als auch zu lächeln und zu sagen:

»Ja. Wussten Sie, dass unser modernes Wien von einem Verrückten gebaut wurde?«

Sie sah zu ihm hinüber, ihre starken Brauen halb hochgezogen. Sie war überrascht. Das erste Mal. Komisch, dass er sich darüber freute.

»Kommen Sie«, sagte er dann, »kommen Sie mit.«

Sie gingen die Straßen zum Ring hinauf. Die Schatten wurden allmählich länger. Manchmal, wenn er zu ihr hinübersah, bewegten sich die Haarsträhnen, die sie nicht hochgesteckt hatte, im Wind und machten ihr Gesicht weicher. Strenge Schönheit, dachte August, das war ungefähr das Wort. Doch ganz genau passte auch das nicht. Ihr Duft beschrieb sie so viel genauer. In ihrem Duft war alles, was sich nicht in Worte fassen ließ.

Auf dem Ring war Betrieb wie immer. Ein Tramkutscher ließ die Peitsche knallen und schrie ein Bauernweib an, das vom Markt kam, seinen leeren Karren schräg über die Straße geschoben hatte und natürlich in den Geleisen hängen geblieben war. Soldaten, Geschäftsleute, Träger, Dienstmänner, auf den breiten Trottoirs war trotz allem nicht genug Platz.

»Den Zirkus Renz kennen Sie, oder?«, fragte er.

Sie nickte. Natürlich kannte sie ihn. Jeder kannte ihn.

»Als der alte Renz vor zwanzig Jahren auch in Wien einen Zirkus wollte, hat er sich den Karl Tietz aus Berlin mitgebracht, damit der ihm einen bauen sollte.«

»Ihr Onkel?«, fragte sie.

»Ja«, sagte August, »naja, er ist nur ein Nennonkel. Meine Mutter stammt aus Preußen, und der Karl Tietz ist ein Jugendfreund gewesen. Und dann hat er den Zirkus in der Leopoldstadt gebaut.«

»Ach was«, sagte Elena und hob die Augenbrauen ein wenig, »Sie sind also auch kein richtiger Wiener. Glauben Sie im Ernst, das hier sei die Leopoldstadt?«

»Nein«, sagte August lachend, »natürlich nicht. Sie dürfen nicht ungeduldig sein. Das hier ist die *Börse*.«

Sie waren unter den weißen Säulen des Gebäudes stehen geblieben. Elena trat ein Stück zurück und sah zu den zahllosen Statuen, zu den Balkonen, zu den Pferden ganz oben auf der Balustrade hinauf. Marmor. Roter Backstein. Noch mehr Marmor. Sehr viele Reliefs.

»Mit diesem Haus«, sagte sie dann zu ihm, während es in ihren Mundwinkeln zuckte, »könnten Sie auch Muselmanen sehr glücklich machen. Es ist ... ein wenig üppig.«

»Ich dachte, Sie hätten für Höflichkeit nicht viel übrig«, sagte August, »und jetzt haben Sie sich doch tatsächlich bemüht.«

»Ich wollte Ihren Onkel nicht beleidigen«, sagte sie und sah schnell weg, weil sie lachen musste.

»Ich höre Sie so selten lachen«, sagte August lächelnd, »und nun ausgerechnet über meinen verrückten Onkel.«

»War er denn wirklich verrückt?«, fragte sie.

August zuckte mit den Achseln.

»Völlig«, sagte er, »er hat keine Äpfel mehr gegessen, weil er geglaubt hat, die preußische Landespolizei wollte ihn vergiften. Er hat immer mit den ungarischen Arbeitern gesprochen und behauptet, er könnte jede Sprache dieser Welt. Die Arbeiter haben später gesagt, sie hätten nichts verstanden. Er hat die Blaupausen hinter den Ziegelsteinen

versteckt, weil er in ihnen geheime Botschaften der Mond-
menschen gelesen hat.«

»Und dann hat man ihn ins Irrenhaus gebracht?«, fragte
Elena.

»Nein«, sagte August, »das ist ja das Schöne an der
Geschichte. Die Wiener hatten ja keinen besseren Architekten.
Er war verrückt, aber der beste. Es hat niemanden gegeben,
der so gut war wie er. Sie haben ihn gebraucht. Also hat man
das Irrenhaus zu ihm gebracht. Zwei Wärter waren immer
dabei, aber ihn haben sie Tag und Nacht bauen lassen. Auf
zehn Baustellen gleichzeitig. Das *Palais Schlick*. Das *Grand-
hotel* am Kärntner Ring. Das *Gewerbemuseum*. Und erst, als
die Ringstraße fertig war, ist er dann wirklich ins Irrenhaus
gekommen. Vor fünf oder sechs Jahren ist er gestorben.«

Elena sah sich die Fassade noch einmal an.

»Wir sind alle verrückt«, flüsterte sie kaum hörbar, aber
dann lächelte sie wieder und drehte sich zu August um.

»In Kairo trinkt man um diese Zeit Kaffee«, sagte sie.

»In Wien trinkt man immer Kaffee«, antwortete August,
»und jetzt lassen Sie sich ins *Café Sperl* führen. Das hat ein
anderer Ringstraßenarchitekt für den Ronacher gebaut,
der Jelinek nämlich. Er ist nicht ganz so verrückt gewesen,
aber das Kaffeehaus ist trotzdem ganz nett geworden. Nach
Ihnen, gnädige Frau.«

Das *Café Sperl* war nicht nur nett, es war überwältigend
großzügig gebaut. In einem Saal stand ein Billardtisch hinter dem anderen, darüber hingen die Messingleuchten. Im
geschliffenen Glas des Windfangs aus dunklem Holz fing
sich die späte Sonne und funkelte auf dem Boden, keiner
außer August sah es. Er freute sich, als Elena darüberging,
ohne zu bemerken, wie die Farben einen Augenblick lang
auf ihren Schuhen spielten.

Sie standen vor der Confiserietheke. Elena suchte sehr genau aus. Sie nahm von jeder Art von Konfekt nur ein Praliné, aber es waren dann doch acht Stück, als sie fertig war, und außerdem ein Stück von der Sperltorte, die leicht nach Mandeln roch. Dann setzten sie sich.

»Man sieht Ihnen nicht gleich an, dass Sie Süßes so mögen«, sagte August, als das Konfekt zusammen mit dem Kaffee kam. Mit seinem Kaffee und ihrem Mazagran.

»Das ist auch gut so«, sagte sie, »und hoffentlich sieht man auch nicht, dass ich Cognac mag.«

»Dazu wird er ja im Kaffee versteckt«, sagte August.

Es war eine leichte Unterhaltung, sie machte Vergnügen, aber sie war wie eine Fechtübung: Man musste schnell sein, damit der andere nicht die Lust verlor. August versuchte einen Ausfall:

»Wieso kommen Sie aus Afrika?«

Sie nahm sich ein Praliné und kostete.

»In Afrika«, sagte sie dann nachdenklich, »in Afrika gibt es Konfekt, von dem man hier nur träumen kann. Es gibt so viele Spezereien, die man hier noch nie gesehen hat. Manche kosten ihr Gewicht in Gold – wie im Märchen. Man kann dort den Süßigkeiten verfallen wie hier dem Wein. Safranperlen aus kandierter Orangenschale und Dattelhonig. In Kairo dürfen sie nur für den Vizekönig gemacht werden. Marzipan aus dem Honig der Bienenköniginnen, mit süßen Mandeln aus der Oase Fayoum und bitteren aus Farafra und richtigem Rosenöl. Kein Rosenwasser. Rosenöl. Man formt Münzen daraus. Und dann werden sie – ein paar Augenblicke nur – über einer Glut aus Ysopzweigen an den Rändern karamelisiert. Nichts schmeckt so wie dieses Marzipan. Und kandierte Rosen und Veilchen und Orangenblüten und Limonen. Kokosschnitten aus Schwarzafrika. Fast alles gibt es dort.

Nur Schokolade«, sagte sie dann leise, »Schokolade gibt es nicht.«

Es war eines der wenigen Male, dass keine Spur Spott in ihrer Stimme war. August war überrascht. Sie nahm noch ein Stück Konfekt. Als ob sie alles erklärt hätte.

»Sie erzählen nicht viel von sich«, sagte August nach einer Weile.

»Nein«, sagte sie, und nach einer kleinen Pause, »so wie Sie, nicht wahr?«

»Ich habe Ihnen doch den ganzen Nachmittag von mir erzählt!«

»Nein«, stellte sie kühl richtig, »Sie haben von Ihrer Familie erzählt.«

»Das ist dasselbe«, sagte er reflexhaft, aber dann merkte er, dass sie recht hatte.

»Es ... gibt nicht sehr viel zu erzählen«, sagte er nach einer Weile und fühlte sich auf einmal weit unterlegen, weil es wirklich so war.

»Mein Mann«, sagte sie schließlich, »hat mich auf eine Expedition mitgenommen. Er hatte Befehl, die Expedition von Oskar Lenz zu begleiten.«

»Ihr Mann ist Offizier?«

»Wie Sie«, sagte Elena flach, »ein Wiener Offizier wie Sie. Oder ... vielleicht nicht ganz so. Ich glaube, er war mehr Soldat als Sie.«

»Man bekommt nicht einfach Befehl für eine Afrikaexpedition«, sagte August endlich, »dafür muss man sich melden.«

»Richtig«, sagte sie, als hätte sie es vergessen, »das habe ich dann später auch erfahren. Aber erst, als ich schon lange in Afrika war. Er hat mich mitgenommen wie einen Koffer. ›Wir reisen nächste Woche, Elena. Du willst nicht nach Afrika, Elena? Aber Elena – du bist meine Frau. Pack die Koffer, Elena.‹ Immerhin habe ich kein Pappschild mit meinem Namen um den Hals bekommen.«

Sie wandte sich an die Bedienung: »Ich hätte gerne noch einen Mazagran.«

Das Gespräch war offensichtlich zu Ende. Sie war so feindselig unnahbar wie das erste Mal, als er sie gesehen hatte. Sie suchte die Handschuhe aus ihrer Tasche, und August fürchtete, dass sie jetzt einfach aufstehen und gehen würde. Ich hätte sie nicht fragen sollen, dachte er, und suchte nach einem Neuanfang. Er sah auf den Teller mit dem Konfekt, und ihm fiel etwas ein.

»Ich weiß jetzt, was ich falsch gemacht habe«, sagte er leicht, »ich hätte Ihnen keine Häuser zeigen sollen, sondern Schokolade!«

Sie ließ die Handschuhe sinken und sah ihn an. August lächelte und fragte: »Haben Sie schon einmal eine Schokoladenfabrik gesehen?«

Sie schaute ihn noch immer an, länger, als ihm angenehm war. Dann verschwanden die Linien um ihren Mund, und sie sagte von oben herab:

»Kein Wunder, dass Sie quittiert haben. Was für eine Art Soldat waren Sie eigentlich?«

August musste lachen. Dann bestellte auch er einen Mazagran.

Sie ließ sich nicht begleiten. Noch vor dem Café reichte sie ihm die Hand, wie sie es immer tat, unvermittelt und schnell.

»Vielen Dank für die Fremdenführung«, sagte sie.

»Und die Fabrik?«, fragte August hastig. »Hätten Sie keine Lust, bei Gelegenheit das Schlaraffenland zu besuchen?«

Sie zögerte fast unhöflich lange.

»Bei Gelegenheit«, sagte sie dann, lächelte aber wenigstens ein bisschen dabei, und so war es immerhin kein glattes Nein.

Als August nach Hause ging, wusste er nicht, was mit dem restlichen Tag anzufangen war. Es war ein Tag gewesen ... wie das Wetter an diesem Tag: unbeständig und kühl und mit sonnenhellen Augenblicken. Schön war das falsche Wort. Aber trotzdem war an diesem Tag etwas geschehen. Er konnte es nicht genau benennen, aber irgendetwas war geschehen. Als er am Naschmarkt vorbeikam, ging er durch die engen Gassen der Stände. Es war später Nachmittag und manche Händler fingen schon an zusammenzuräumen. Als er noch ein Junge war, hatte er manchmal an den langen, verspielten Nachmittagen im Wald oder am Fluss Blüten in die Hemdtasche gesammelt, Kiefernzapfen in die Taschen gesteckt, ein Büschel Heu in der Faust behalten. Zu Hause hatte er sich alles unters Kopfkissen gelegt und war später mit dem Geruch des Spiels, des Sommernachmittags eingeschlafen. Wie oft seine Mutter über das Harz an den Laken, die blauen Flecken der Salbeiblüten geschimpft hatte! Er hatte es trotzdem immer wieder gemacht. Nur in den Düften ließen sich Erinnerungen bewahren.

Er trat an den Stand einer Kräuterfrau und versuchte, sich an Elenas Duft zu erinnern, roch sich durch die Kräuter, die die Frau anbot. Dann kaufte er alle Sträuße Waldmeister, die sie noch hatte, und ein paar Büschel Zitronenthymian. Zwei Gerüche, die nicht zueinanderpassten, so wie die Gefühle an diesem Tag, aber Spuren von beiden Düften fanden sich auch in Elena Palffys kompliziertem Geruch. Zu Hause verteilte er die Kräuter in seinem Zimmer. Der Waldmeister, der frisch fast gar nicht duftete, war jetzt am Ende des Tages schon angewelkt und roch betäubend schwer: Das war Elena Palffys Mund, wenn die Linien verschwanden und die

Strenge für einen Augenblick verflog, das waren ihre grünen Augen mit braunen Einsprengseln, die schwer zu lesen waren, wenn er zufällig sah, wie sie ihn beobachtete. Der Zitronenthymian roch klar nach Zitrone und leicht würzig nach Sonne: Das war Elena Palffys Gesicht am Fluss, wie sie am Mast lehnte und die Leine träge im Wind schlug. Er machte sich seine Erinnerungen selbst. Die Abendsonne schien ins Zimmer, und die Luft war warm. Die Gerüche schwebten ineinander und wurden so stark, dass sie allmählich sichtbar wurden. Der Duft des Waldmeisters hing wie schwerer Rauch im Raum, tiefgrüne, matt glänzende Schwaden, die sich im leichten Zug träge um sich selbst drehten. Doch der Rauch wiederum drehte sich in einem Ozean aus leuchtend gelben Duftpünktchen, die wie Staubkörner im schrägen Sonnenlicht tanzten, einem funkelnden Meer aus dem Duft des Zitronenthymians. Bei jeder Bewegung wirbelten sie in komplizierten Mustern um August herum, und diese Muster waren die verschiedenen Aromen innerhalb des Duftes, winzige Noten von einem Hauch von Salz im Thymian, wie eine halb verlorene Spur Wermut im Waldmeister. Die Bewegung wurde zu flüchtigen Bildern. Die schweren Schleier hätten das Haar einer Frau sein können, die sich quer durch das gelbe Gefunkel der Wüsten bewegte und sich nach jemandem umsah. Das Grün hätte auch lang gezogene Wellen sein können, die langsam und mit Wucht an den hellen Strand rollten, ein paar Boote schaukelten wild an den Leinen. Die Farben flossen um- und ineinander, bildeten komplizierte Muster, immer verwirrender, immer verlockender. Wenn er die Augen schloss und nur noch roch, leuchteten die Farben viel stärker auf, machten ihn schwindelig und ließen ihn taumeln, bis er schließlich die Fenster aufriss, so dass die Muster, die wilden Bilder, die Farben und die Düfte allmählich verblassten.

Er stand am Fenster und atmete tief. Das war nicht mehr geschehen, seit er ein Kind gewesen war, und er hatte längst vergessen, wie außergewöhnlich schön es sein konnte.

6

Es war lange geplant worden, dass August in dem Jahr, in dem sein Militärdienst endete, mit der Familie in die Sommerfrische fahren sollte. Der Vater konnte sich ohnehin nur für eine Woche von der Kanzlei freimachen, sein Bruder Michael hatte zu tun, und so traf es sich gut, dass August die Mutter und die zwei jüngeren Schwestern begleiten konnte. Es war in diesen Tagen so kühl gewesen, dass der Sommer weit weg geschienen hatte. Doch jetzt auf einmal waren die Tage bis zur Abreise gezählt, und August hatte eine merkwürdige Scheu, Elena Palffy ein Billett zu schicken, mit dem er sie zum Besuch der Schokoladenfabrik einlud. In den ersten Tagen wäre es aufdringlich gewesen, und dann fand er es immer schwieriger, darauf zurückzukommen. Vielleicht hatte sie längst darauf vergessen. Und selbst wenn nicht: Was erhoffte er sich eigentlich? Sie hatte unmissverständlich klargemacht, dass sie verheiratet war. Trotzdem hatte er sich häufiger als sonst im *Demel* aufgehalten. Er hatte sich auf seinen Wegen in die Stadt auf einmal bei der Confiserie gefunden, in der er sie getroffen hatte. Manchmal hatte er Frauen auf den Straßen gesehen, die so ähnlich gingen wie sie, und dann war ein kleines Gefühl durch seinen Magen gegangen, als ob er von innen heiß angehaucht würde, wie Glut aus einer plötzlich geöffneten Ofenklappe. Aber dabei blieb es, und der Tag der Abreise war gekommen, ohne dass August Elena wieder getroffen hätte.

Während er in seinem Zimmer stand und eigentlich die Koffer packen sollte, dachte er darüber nach und sah immer wieder für ein paar Minuten auf die Straße hinunter. Es war ein richtiger Sommertag, heiß und still. Auf einmal klapperte es, und er sah einen Jungen, der sich auf Krücken qualvoll langsam fortbewegte, indem er immer beide Beine auf einmal nach vorne schwang. Erst nach einem kurzen Moment erkannte August in ihm den Jungen von der Rennbahn wieder. Unwillkürlich trat er zuerst erschrocken einen Schritt vom Fenster zurück, wie um nicht gesehen zu werden. Aber dann beugte er sich wieder vor und beobachtete ihn, wie er Schwung um Schwung die Straße überquerte. Und dabei sprang ihn plötzlich das Gefühl an, es könnte schon zu spät sein. Vielleicht gab es keine Möglichkeit mehr, seinem Leben noch Gewicht zu geben. Er sah den Jungen in der Erinnerung noch einmal auf dem Zaun stehen, schwankend, und wusste nicht, ob er selber nicht auch schon im Fallen war, ob es nicht schon zu spät war. Er drehte sich um, griff nach der Jacke, die über dem Stuhl lag und rannte die Treppen hinunter auf die Gasse. Dann lief er durch das Viertel, bis er auf einen freien Fiaker stieß, stieg ein und ließ sich zu ihrem Haus fahren, zahlte und hielt eine Sekunde auf dem Gehsteig inne, um zu ihren Fenstern zu sehen. Schließlich ging er hinein, durch den Innenhof, wo er an der Bassena kurz stehen blieb und sich Gesicht und Hände wusch, weil er so erhitzt war. Er ging die Stiege hinauf, kam an ihre Tür und läutete. Auf einmal durchfuhr ihn heiß der Gedanke, was er tun würde, wenn ihr Mann zu Hause war. Was sollte er dann sagen? Aber da stand er nun, hatte schon geläutet und hätte es beschämend gefunden, jetzt einfach wegzugehen. Das Mädchen öffnete.

»Ja?«, fragte es.

August nahm sich zusammen.

»Ich hätte gerne Frau Palffy gesprochen.«

»Wer ist es?«, rief es von innen. Elena Palffy. Das Mädchen sah August fragend an.

»Sagen Sie der gnädigen Frau«, sagte August. Und dann, nach einem kleinen Zögern: »Sagen Sie, es sei der Schokoladenoffizier.«

Das Mädchen ging, um ihn anzumelden, gelangweilt, ohne sich irgendeine Verwunderung anmerken zu lassen. August trat in die Diele und nahm den Hut ab. Das Mädchen kam zurück – mit Elena Palffy.

»Ein überraschender Besuch«, sagte sie und reichte ihm erst danach die Hand, aber es klang erfreut, und als sie aus der dunklen Diele ins Zimmer traten, konnte er sehen, dass sie tatsächlich lächelte. August schaute sich um. Die Fenster standen offen, und der Wind zog die Vorhänge hinaus. August hatte den üblichen Salon erwartet, aber dieser Raum sah eher aus wie ein Hotelzimmer als wie ein privater Wohnraum: zweckmäßig und mit wenigen Möbeln ausgestattet. Das Zimmer war so kühl eingerichtet, wie es Elena Palffy selbst war. Mit einer Ausnahme. Der Duft in diesem Zimmer war überwältigend schön. Er kam von den Schalen. Auf dem Tisch, auf der Kommode, auf den breiten Fensterbrettern und auf dem Regal zwischen den Büchern, auf dem kalten gusseisernen Ofen und sogar auf dem Dielenboden neben der Chaiselongue, überall standen Schalen. Ausnahmslos gläserne Schalen aller Größen und ausnahmslos mit Obst und Konfekt gefüllt. Es gab eine Schale nur mit Weinbeeren, grünen und blauen, und August fragte sich, woher man so früh im Sommer Weinbeeren bekommen konnte. Eine andere Schale in drei Tönen Rot: Erdbeeren, Himbeeren und Johannisbeeren. Eine flache Schale voller Nüsse, von denen August nur ein paar wenige Arten kannte.

Wieder eine andere Schale, länglich und schmal: Schokolade in allen Schattierungen von hellem Braun bis zur bitterschwarzen Herrenschokolade in Splittern und Bruchstücken. Und eine sehr kleine Schale mit einer Handvoll Pralinen, aus denen der Duft von Vanille und Likör stieg.

Es war die Sache eines Augenblicks, das alles zu sehen und zu riechen, aber Elena Palffy hatte Augusts Überraschung bemerkt.

»Ich dachte, Sie wüssten das«, sagte sie abfällig und machte eine Handbewegung, die den ganzen Raum umfasste, »wir Frauen ernähren uns nur von Süßigkeiten.«

»Das muss auch so sein«, sagte August, »wie sonst sollten all die Zuckerbäcker in Wien ihr Auskommen haben?«

»Von den Schokoladefabrikanten ganz zu schweigen«, fügte sie hinzu. »Weshalb sind Sie hier?«

Sie war so direkt, dass es fast an Unhöflichkeit grenzte. Warum gefiel ihm das? Konnte er ihr sagen, dass er nur gekommen war, um sie zu sehen, bevor er fuhr?

»Ich wollte mich entschuldigen«, sagte er stattdessen.

»Schon wieder? Wofür?«

»Ich hatte Ihnen einen Besuch in der Fabrik meines Onkels versprochen, und ich sehe jetzt, dass er wirklich notwendig gewesen wäre.« Er nahm die Schale mit der Schokolade hoch. »Das wird wohl keine vier Wochen reichen«, sagte er, »aber ich bin jetzt eine Zeit lang verreist. In die Sommerfrische.«

»Mit der Familie?«, fragte sie ruhig.

»Ja«, sagte er, und dann fiel ihm ein, was Familie auch bedeuten konnte, und er sagte hastig, »nein, das heißt, mit meinen Schwestern und der Mutter ... Mein Vater und mein Bruder sind unabkömmlich, und da ...«

»Wie nett«, sagte sie, aber August konnte durch den Spott Erleichterung hören, »vier Wochen also?«

»Vier Wochen.« Und dann fragte er einfach: »Darf ich Ihnen schreiben?«

Sie zog belustigt die Augenbrauen hoch.

»Fänden Sie es nicht viel einfacher, wenn Sie mir schon jetzt und hier sagten, was Sie mir nachher schreiben würden?«

Ihre Augen blieben aneinander hängen. Es gab ein kurzes Schweigen, in dem die Blicke auf einmal Gewicht bekamen, und das sie fast gleichzeitig wegsehen ließ.

»Sie wissen doch, wie wir Männer sind«, sagte August dann in ihrem leichten Ton, »von irgendetwas muss ja auch die Post leben!«

»Na, dann schicken Sie mir doch ein Souvenir aus der Sommerfrische«, antwortete sie leichthin, und das klang unverhofft vergnügt, so dass August sie wieder ansehen musste. Manchmal leuchteten die braunen Flecken in ihren Augen sonnig auf.

»Sehr gerne, Frau Palffy«, sagte er dann, wieder mit einer kleinen Verbeugung.

»Ich muss jetzt gehen«, sagte sie übergangslos. Und als sie sah, dass August sich hinausgeworfen fühlte, fügte sie rasch hinzu: »Nein, nein, Ihr Besuch hat mich wirklich gefreut.«

Sie rief nach dem Mädchen und sagte dann noch einmal wie zu sich selbst und nicht in seine Richtung, als sie schon in die luftigen weißen Handschuhe schlüpfte, die das Mädchen ihr hinhielt: »Sehr sogar!«

Sie verließen das Haus gemeinsam, und unten auf der Straße reichte sie ihm noch einmal die Hand, in Eile, und stieg in eine Mietdroschke, die schon gewartet hatte.

»Auf Wiedersehen, Elena Palffy!«, sagte August in das Geklapper der Hufe und das Quietschen der Lederriemen, und es hörte sich sehr ernst an. »Auf Wiedersehen.«

Er hatte Glück gehabt. Eine Viertelstunde später und sie wäre bereits fort gewesen. Als er nach Hause ging, unten am Ufer der Donau entlang, und keiner in Sichtweite war, fing er an zu singen.

Zu Hause saß er noch lange am Fenster und blickte in den immer dunkler werdenden Himmel über der großen Stadt, in der Elena Palffy irgendwo aß oder trank oder ging oder schlief. Elena Palffy, aus deren Duft er ihr Gesicht lesen konnte. Elena Palffy, von der er sich versprach, sie könnte seinem Leben Gewicht geben. Denn mit ihren Blicken hatte sie damit schon angefangen.

Am nächsten Tag reiste er mit den Schwestern und der Mutter in die Sommerfrische.

So kühl die meisten vorangegangenen Tage in Wien gewesen waren, so heiß war es in diesen Wochen am See. Niemand konnte sich erinnern, dass es jemals einen so warmen Sommer gegeben hätte. Es war so heiß, dass die Zeit dick und träge wurde und allmählich stillzustehen schien. Die Bäume in der Allee hinunter zum See standen fast reglos und so, als wären ihre Blätter zu schwer, um von der kleinen, heißen Brise bewegt zu werden, die ab und zu vom Wasser aufkam. Dazu war jeder Tag wie der andere. Hier gab es keinen Wochenablauf, es war immer die gleiche, leere, heiße Sonntagnachmittagsstunde. Auf der Veranda des Hotels essen, Spaziergänge unternehmen, lesen, Kaffee trinken. Im See schwimmen, lesen, spazieren gehen. Und danach ins Kurkonzert. Eine betäubende Gleichförmigkeit. Als Kind hatte er es gemocht, dass hier Kalender und Uhr außer Kraft gesetzt waren. Heute hätte er die Wochen als erstickend empfinden müssen, aber sie waren auf seltsame Weise so schön wie die in seiner Kindheit. Kam es, weil sie alle ein Versprechen waren? Wenn er aufwachte und die

Sonne schon durch die Läden schien, dachte er an Elena. Wenn er im See schwamm, dachte er daran, dass sie ihn gefragt hatte, ob er ein guter Schwimmer sei. Wenn er abends mit den Schwestern auf der Terrasse saß und die Düfte aus dem Gewürzgarten des Hotels in der immer noch warmen Luft aufstiegen, dachte er an sie. In der Hitze dieser Tage war die Erinnerung an ihren Salon, in dem alle Fenster offen gestanden waren, wie eine kühle, anregende Erfrischung. Ein Souvenir, hatte sie gesagt. Keinen Brief, aber ein Souvenir. Am liebsten hätte er ihr schon am ersten Tag etwas geschickt, aber was für ein Souvenir konnte man ihr aus einem Ferienort wie diesem schicken? Vielleicht lag es am Bild, das sie in ihrer Wohnung voller Obst und Süßigkeiten abgegeben hatte, diesem Bild einer schönen Elena Palffy im hellen Sommerkleid, vielleicht lag es auch an den Düften, die aus dem Hotelgarten stiegen, während man von ferne ab und zu die Kapelle aus dem Kurpark hörte, aber die beiden Eindrücke vermischten sich, und auf einmal wusste er, was er ihr schicken musste. Er saß da, sah über die Balustrade der Terrasse hinunter auf den dunklen See, in dem sich ein paar Lichter spiegelten, und hörte Gesprächs- und Musikfetzen und atmete die Düfte der warmen Nacht ein. Es war, als ob man in den Sommer fiele. Es war, wie wenn man sich verliebte und nichts dagegen tun konnte, weil das Schöne um einen herum stärker war als man selbst. Es war, als ob es bisher kein Wort für solche Abende gegeben hätte, an denen man unverhofft glücklich war, und jetzt hatte man die Worte gefunden, und sie waren Elena Palffy.

7

Am nächsten Morgen ging er zur hiesigen Confiserie, die den Namen eigentlich gar nicht verdiente, aber es gab doch immerhin ein paar Sorten an Pralinés und Schokolade, und August kaufte einfach, ohne hinzusehen, alles Mögliche ein. Mit zwei Tüten verließ er das Lädchen. Dann ging er beim Schreiner vorbei und ließ sich auf den nächsten Morgen ein Dutzend Spanschächtelchen machen. Danach kehrte er zurück zum Hotel. Er hatte schon in den letzten Tagen gemerkt, dass halb Wien in der Sommerfrische war, aber war doch überrascht, als er den Hasek traf.

»Liebeskind! August!«, schrie Hasek quer über die Straße und winkte wild mit den Handschuhen. An seinem Arm hing eine junge Frau in einem billigen Baumwollfähnchen, mit nettem, rundem Mädchengesicht. August ging hinüber, lächelte und roch Haseks sanften Stallgeruch; nach freundlichem Bullen, so hatte er immer schon gerochen, unverwechselbar. Er hob die Hand, aber Hasek stieß ihn mit der Faust ein, zwei Mal spielerisch gegen die Brust, schlug ihm auf den Rücken, zog ihn am Ohr; er konnte nicht anders, er musste die anderen anfassen, wenn er sie mochte, und er mochte August.

»In der Sommerfrische! Natürlich. Kaum ist er Zivilist, ist er in der Sommerfrische. Sag servus, Annerl!«, stieß er jetzt auch seine Begleitung an. »Das ist der Leutnant Liebeskind, mein bester Freund in der Garnison, mit dem kannst du Pferde stehlen …«, er lachte und redete, und August gab der jungen Frau die Hand.

»Gefällt sie dir?«, fragte Hasek offen und geradeheraus und stieß ihm wieder vor die Brust. »Ist sie nicht gerade zum Anbeißen?«

»Sie müssen in Milch baden, Fräulein Anni!«, riet August der jungen Frau und lächelte. »Milch mag er nicht, dann wird er sie auch nicht anbeißen.«

»In Milch baden«, Hasek war begeistert, drückte Annis Arm und fuhr genauso lautstark fort, »freilich, so schön wie deine Dame ist sie nicht!«

Das Fräulein Anni lächelte jetzt nicht mehr, aber Hasek achtete nicht darauf. Er zog August an einem Knopf seines Jacketts näher und flüsterte laut:

»Pass ein bisserl auf, August. Nicht, dass er dich fordert, wenn er zurückkommt aus Afrika, der Herr Oberleutnant!«

»Der Palffy ist noch in Afrika?«, fragte August verblüfft nach und bereute es sofort, weil er sich damit kompromittiert hatte, noch dazu für nichts. Hasek zuckte mit den Schultern.

»Na, zum Dienst in Wien hat er sich noch nicht zurückgemeldet. Dann stimmt es also? Der junge Czerny will euch gesehen haben. Fesch, sehr fesch!«, grinste Hasek verschwörerisch. »Na, und über meine Lippen ...«, er lachte und knuffte August wieder, »auf mich kannst du dich verlassen.«

Ja, dachte August spöttisch, das glaube ich dir gern.

»Hasek«, sagte er und nahm einen spielerisch drohenden Ton auf, »wenn du dein Maul nicht halten kannst, Sie entschuldigen, Fräulein Anni«, sagte er schnell zu dem Mädchen, »wenn du dein Maul nicht hältst, dann hau ich dich zu Krenfleisch, im Ernst, ob Zivilist oder nicht!«

Dann lachte er eine kleine Sekunde zu spät, so dass der andere nicht genau wusste, wie ernst er es gemeint hatte, hieb Hasek so auf die Schultern wie der ihm zuvor und lächelte das Fräulein wieder an. Das war der Ton, den Hasek verstand. Er lachte ein klein wenig unsicher, und dann gingen sie noch ein Stück nebeneinanderher, plauderten von der Garnison und gemeinsamen Freunden, und August dachte die ganze Zeit an Elena und wäre gerne allein gewesen. Einen Kaffee lehnte er ab, versprach, sich am Sonntag wieder zu treffen, gab dem Fräulein Anni die Hand, ließ sich von Hasek spielerisch am Ohr nehmen, lächelte und war endlich um die Ecke.

Was für ein Dorf diese Stadt war! Czerny hatte ihn mit Elena Palffy gesehen, und schon hatte er ein Verhältnis mit ihr. Er war verärgert, aber in den Ärger mischte sich ein gutes Gefühl. Sahen sie so aus? Wie ein Liebespaar? Wie ein Liebespaar. Er war stehen geblieben. Die Hitze auf der blendend hellen Straße war fast unerträglich, und er trat in den Schatten. Wie ein Liebespaar, dachte er lächelnd.

Am nächsten Tag lag er im Heu auf einer Wiese. Nein. Eigentlich lag er nicht *im* Heu. Er lag auf dessen Duft. Der Duft machte ihn leicht, und durch die fast geschlossenen Augen sah er, wie er allmählich, ganz, ganz langsam in den Himmel fiel. Es war ein wunderbares Gefühl, nach oben zu fallen. Wenn er seine Hand ausstreckte, würde er Elena Palffys Hand fassen können, und sie würden gemeinsam fallen, aber als er die Finger bewegte, hörte das Gefühl des Fallens auf. August drehte sich um und verbarg das Gesicht im Heu. Dann, plötzlich, kniete er sich hin und grub die grau gewordenen Blüten, die grauen Gräser und die grauen Blätter heraus, die so berauschend dufteten, als seien all ihre vergangenen Farben zu Düften geworden. Im Hotel legte er das Heu in die Spanschachtel und in das Heu, ohne Tuch und ohne Papier, ein Praliné. Dann wieder Heu auf das Praliné. Die Düfte von Schokolade und Heu mischten sich erst nach einem Augenblick. Er setzte den Deckel auf die Schachtel und verklebte alles sorgfältig mit Ölpapier. Die Schachtel wiederum schlug er in feuchte Tücher ein und setzte sie in ein mit Stroh gepolstertes Kistchen, damit die Schokolade in der Tageshitze nicht schmolz. Dann gab er das Päckchen auf die Post. Er musste lächeln, weil es so groß geworden war. Und das alles nur, um sicherzugehen, dass sein Praliné bei Elena kühl und frisch und duftend ankam.

Nachts lag er auf dem Bett, fast nackt, nur halb mit einem Leintuch bedeckt, die Fenster offen, es war heiß, und er dachte an Elena und wie ihr Haar wohl riechen mochte, mit einer trägen Lust, hinter der sich eine tiefe Ungeduld verbarg, die ihn lange nicht einschlafen ließ.

Von jetzt an bewegten sich die Tage um den Nachmittagsspaziergang wie um eine neue Achse. Er ging jetzt immer allein und aufs Geratewohl in den Wald, über die Felder, durch den Kurpark, um den See.

An einem Tag stand die Hitze zitternd über den Sandwegen und glühte aus den Stauden am Wegrand den Duft von Kamille. Am Abend legte August ein Stück Herrenkonfekt aus bitterer Schokolade auf einen Berg wilder Kamillenblüten in die Spanschachtel.

An einem anderen Tag blieb er im Kurpark im Schatten eines Baumes tief einatmend plötzlich stehen. Mitten in die Hitze hatte ihn ein kühl grüner Duft angeweht, ein Duft wie ein Brief, der einen Besuch ankündigt, ein Hauch von Herbst. An diesem Abend lagen in der Spanschachtel acht Nougatstückchen, jedes in eine halbe, grünstachelige Schale einer unreifen Kastanie gebettet. Ein frischer Duft stieg aus dem Schächtelchen. An Elena Palffy, schrieb er auf das Päckchen; ihren Namen zu schreiben, war ein heimliches Vergnügen. Die Nacht war unverändert heiß, die Vorhänge bewegten sich schwach hin und her und die Gedanken waren schwer und süß wie der Nougat.

Wieder an einem anderen Tag, nach einem Gewitter, war es der Geruch von nassem Gras, einfach und klar und wie ein Versprechen, aber dieses Päckchen war das allerschwerste, denn August musste es die Strecke von einem Expressboten bringen lassen, dem er mit einem absurd hohen Trinkgeld einschärfte, das Gras vor der Tür der gnädigen Frau Palffy noch einmal mit dem Regenwasser zu besprengen, das er ihm in einem Fläschchen mitgab. In dem Bett aus Gras lagen Bonbons: Himbeerkracherln.

Mittwoch: dreiundzwanzig grüne Eicheln und ihr bitter mehliger Geruch und dazwischen eine zuckerweiß überzogene Mandel.

Sonntag: ein eleganter Kranz aus den langen, graugrünen Blättern des Salbeis, die sich so zart pelzig anfühlten. Darin ein Stück orangefarbenes Marillenkonfekt. Die Düfte stießen klingend aneinander wie dünne Gläser.

Freitag und nur noch zwei Tage bis zur Heimreise: ein wildes Nest aus den Stängeln und blauen Ysopblüten, ein zartes Gestrüpp aus dem bitteren Likörduft, und darin drei Kugeln Honigkonfekt. Zwei archaische Düfte, mittelalterlich und unvergesslich wie Heloise und Abelard.

August Liebeskind hatte die Tage, bis er Elena Palffy wiedersehen konnte, in Düften und Süßigkeiten gezählt. Und in Nächten voller Bilder und Sehnsüchte.

Als er mit der Familie in Wien aus dem Zug stieg, hatte der Herbst begonnen. Es regnete stetig, und obwohl es nicht wirklich kühl geworden war – was nach so vielen heißen Tagen wohl auch kaum möglich gewesen wäre –, sah die Stadt kälter aus, als sie tatsächlich war, und man fröstelte mehr in Gedanken als in Wirklichkeit. August kümmerte sich mit nervöser Ungeduld um die vielen Koffer und Taschen der Schwestern und der Mutter. Er hatte auf keines seiner kleinen Pakete eine Antwort erhalten, so waren sie ja auch nicht gedacht gewesen. Er hatte auch keine Antwort gewollt. Für jedes seiner Duftgeschenke hatte er eine Vorstellung von Elena Palffy gehabt, wie sie sie öffnete: In seiner Fantasie stand sie einmal am offenen Fenster und hob die Schachtel ganz nah vors Gesicht, oder sie lag in der Nachmittagshitze auf der Chaiselongue, wenn das Mädchen das kleine Paket brachte, oder sie kam selbst zur Tür, wenn der Bote läutete und das Mädchen nicht schnell genug öffnete. Aber jetzt, in diesem grauen, hellen Regenlicht der Stadt, jetzt sahen all diese Vorstellungen viel zu bunt, viel zu gemalt und ausgedacht aus. Fast schämte er sich, dass er sich zu ihnen hatte hinreißen lassen.

Der Fiaker fuhr ihm viel zu langsam. Als er vor der Tür des elterlichen Hauses hielt, half er, das Gepäck nach oben zu tragen, damit alles etwas schneller ging. Die Schwestern küssten ihn zum Abschied auf die Wangen: Was für schöne Ferien, August, nicht wahr? So nett, dass er sich schon wieder schämte – er war ja in diesen Wochen mit den Gedanken nie bei ihnen gewesen, er hatte die Ferien in einer anderen Welt als sie verbracht.

Abends stand er in der Straße vor ihrem Haus. Es regnete gleichmäßig, und die Stadt war leer. Für ein paar Augenblicke stand er unentschlossen still, dann ging er plötzlich hastig hinein, nahm immer zwei Stufen auf einmal, so dass es eine Entschuldigung gab, warum er oben außer Atem war und zwei Mal tief Luft holen musste, um sein wild schlagendes Herz zu beruhigen. Er läutete.

»Bitte?«

Das Mädchen sah ihn an, als wäre er noch nie zuvor da gewesen. Er fragte nach Frau Palffy.

»Frau Palffy ist aus«, sagte das Mädchen mürrisch und bat erst nach einem kleinen Zögern widerwillig um seine Karte. August gab sie dem Mädchen, aber er schrieb nichts darauf. Elena Palffy hielt ja nicht viel von Geschriebenem. Als das Mädchen die Tür wieder zuzog, stand er noch immer da, und für einen sehr kurzen Moment sah er hinter der halb offenen Tür zum Salon eine kleine weiße Bewegung, die von einem Vorhang im Zugwind kommen konnte, aber auch von einem Kleid. Die Tür schloss sich mit einem unfreundlichen Klappern. Auf einmal waren die Tage in der Sommerfrische fortgewischt. Im Treppenhaus roch es dumpf nach dem regennassen Stoff seiner Jacke. Was tat er hier eigentlich, fragte er sich, was tat er? Er drehte sich um und ging ordentlich Stufe für Stufe die Treppe hinunter und fragte sich noch einmal, zunehmend wütender auf sich selbst: Was tat er hier eigentlich? Elena Palffy war eine verheiratete Frau. Was hatte er erwartet? Dass sie ihn empfing wie … Er dachte nicht weiter. Er hatte sich über die Wochen in etwas hineingeträumt, in eine Bubenverliebtheit, ein dummer Bub, der Herr Leutnant, nicht wahr? Schokolade in Heu verpackt. In feuchtes Gras. Er stellte sich vor, wie der Bote das Gras noch einmal nässte, bevor er das Päckchen übergab, und plötzlich stieg ihm das Blut brennend ins Gesicht. Zu was für einem Narren er sich gemacht hatte. Fast rannte er aus dem Haus und dann ziellos durch den Regen, ohne Schirm und ohne sich unterzustellen. Es war ihm gerade recht, sich durch und durch nassregnen zu lassen. Aber der Regen kühlte nicht, und sein Gesicht brannte auch noch, als er nach zwei Stunden nach Hause kam.

»Dummkopf!«, zischte er verächtlich in seinen Rasierspiegel. »Dummkopf!« Das Leben war nichts anderes, als es zuvor gewesen war, und keine Liebe konnte einem bedeutungslosen Leben Gewicht geben, keine. Und schon gar keine eingebildete.

»Dummkopf!«, schrie er dann, so laut er konnte, und dann, in einer einzigen wütenden Bewegung, nahm er die Schachtel mit dem restlichen Konfekt, die auf dem Bett gelegen hatte, und schleuderte sie aus dem Fenster.

Der Sommer war vorbei.

8

Die Arbeitstage in der Schokoladenfabrik waren viel länger und viel mühsamer, als er gedacht hatte. Onkel Josef hatte nur den Kopf geschüttelt, immer wieder den Kopf geschüttelt, als August gekommen war, um seine Stelle anzutreten.

»Lass mich erst ein paar Wochen in der Fabrik arbeiten«, hatte er gesagt, »ich muss ja erst einmal von Grund auf ...«

Der Onkel unterbrach ihn derb:

»Willst du ein Huhn sein und Eier scheißen, bevor du dir ein Omelette machst? Eine Drecksarbeit ist das in der Fabrik, und von uns braucht die keiner machen! Wozu bin ich reich? Na, wozu bin ich reich geworden, was meinst du? Damit sie über mich sagen, aus meiner Familie muss einer in der Fabrik arbeiten? Damit es heißt, ich lasse meine Familie im Dreck arbeiten?«

Er war ernsthaft verstimmt, was nur sehr selten vorkam. August bemühte sich wortreich, ihn zu beruhigen.

»Ich bin ja kein Sozialist, Onkel Josef«, sagte er zum Schluss leicht und lächelte, »wenn ich dir die Fabrik hätte in die Luft sprengen wollen, hätte ich mir aus der Kaserne eine Feldschlange geborgt! Ich will bloß von Grund auf lernen, wie man Schokolade macht.«

Josef starrte ihn einen Augenblick an, dann gab er nach.

»Ein Schmarrn ist das«, brummte er halb versöhnt, »ein depperter Schmarrn!«, aber dann winkte er ab und hieß ihn auf den nächsten Tag anfangen. »Je eher es vorbei ist, desto besser«, sagte er, und August war froh, dass es von nun an keine freie Zeit mehr gab.

Und wirklich: Die Tage endeten nie und waren anstrengend. Er wusste nicht, ob der Onkel daran schuld war; ob er wollte, dass August aufgab oder einsah, wie dumm seine Idee gewesen war, aber er wurde einfach wie jeder neue Arbeiter an den Maschinen angelernt. Es wusste wohl auch keiner, dass er der Neffe des Direktors war. Alles musste schnell gehen. Der Lärm war groß, und er verstand kaum die Hälfte von dem, was ihm der Vormann zuschrie. Über ihm flogen die Transmissionsriemen von der großen Dampfmaschine, die in der Maschinenhalle nebenan stampfte. Es duftete nicht nach Schokolade. Es roch nach heißem Eisen, schal nach Messing und nach Maschinenöl. An langen Wannen standen Frauen und spülten die Gussformen in heißem Wasser, andere trockneten, wieder andere puderten sie ein. Die ausgespülte Schokolade schwamm in dünnem, fettigem Film auf dem Wasser. Es ging alles im Flug, und alle Spülerinnen hatten rot verwaschene, aufgeweichte Hände mit vielen Schrunden. An den Einwickelmaschinen standen Männer, die Tafeln aus großen Holzwagen nahmen, und die ein wenig so aussahen wie die Kohlenhunde in Bergwerken. Eine Tafel nach der anderen wurde in die Mulde gelegt, eine Arbeit, bei der man keinen Fehler machen durfte, denn die Mulde hob sich sofort in den Bauch der Maschine, es wurde gedreht, gewickelt, die Tafel aus der Mulde geworfen, und schon senkte sie sich wieder, alles dauerte nur Sekunden, und die Männer an der Maschine waren so grau wie die Maschine selbst und ihre Arme wie Kolbenschwengel. Ob sie abends aufhören konnten, fragte sich August flüchtig und stellte sich für einen Augenblick vor, dass sie mit derselben Bewegung ihre Suppe aßen, ihre Kinder hochhoben, sich kämmten ... Ihn selbst stellte der Vormann an eine Maschine, in der die Deckel der Blechdosen mit dem Emblem der Schokoladenfabrik geprägt wurden. Ein Märchenmotiv, Onkel Josef hatte Märchen schon immer geliebt. Nach vier Stunden an der Maschine fing August an, das Märchen zu hassen. Blech in die Mulde. Der Stempel fuhr herab: Es krachte scheppernd. Der Stempel flog hoch, der heiße Blechdeckel musste heraus und sofort das neue Blech in die Mulde. Kaltes Blech hinein, heißes Blech heraus. Hinein, heraus. Manchmal erwischte August den Deckel nicht, und dann stampfte die Maschine das zweite Blech in den Deckel, und beides war verdorben. Der Vormann sah hinüber, verzog den Mund und sagte nichts. Eigentlich war es eine kleine Bewegung, aber nach vier, nach sechs, nach acht Stunden fühlte August nur noch das beißende Brennen in den Armmuskeln, und nichts, überhaupt nichts wäre so schön gewesen, wie einfach die Arme sinken zu lassen. Er biss die Zähne zusammen. Zwei ganze Wochen blieb er an der Maschine. Er wankte nach Schichtende nach Hause und schlief fast immer sofort ein. In der dritten Woche stellte der Vormann ihn dann an den Walzenstuhl, wo die Kakaomasse zu einer hauchdünnen Schicht gepresst wurde. Nach jedem Tag an der Maschine hatte er Schokolade im Haar und am Körper, und der Schweiß, der ihm übers Gesicht lief, schmeckte salzig süß.

Am letzten Samstag kam Josef in die Fabrik. August hatte ihn vier Wochen nicht gesehen, genauso, wie er unter der Woche die Sonne nicht gesehen hatte oder Regen oder den Himmel. Er kannte nur das Wetter der Sonntage, und das Voranschreiten des Herbstes war auf vier Tage zusammengerückt: am ersten Sonntag Regen, am zweiten die ersten bunten Blätter, am dritten wieder Regen, am vierten die ersten Kastanien auf den Straßen.

»Na«, schrie Onkel Josef durch den Lärm und die Hitze und grinste dabei, als er auf August zukam und ihm eine Schaufel wegnahm, »na, kannst jetzt auch Eier legen?«

Da musste auch August lächeln. Dann nickte er.

»Gut!«, schrie Onkel Josef, schlug ihm auf die Schultern, dass August es bis in die Fingerspitzen spürte, und schrie weiter: »Du bist promoviert, August Liebeskind!«

Der Vormann grinste, als August sich von ihm verabschiedete. Vielleicht hatte ihm Josef ja doch Bescheid gesagt, dass er der Neffe des Direktors war.

August ging hinter Josef her, wusch sich in der Villa seines Onkels die Schokolade aus dem Haar und sah seit vier Wochen das erste andere Märchenmotiv im Fries an der Wand. Die zwölf Schwäne. Er kannte das Fries seit der Kindheit. Hier die Brüder, hier die Verwandlung, hier die stumme Schwester, die im Kerker Nesselhemden wirkt, und hier schließlich die Erlösung. Ja, dachte er, aber hinter all den Märchen steckt genauso viel Schmerz wie hinter der Schokolade. Eines der Nesselhemden war nicht fertig geworden. Einer der erlösten Brüder hatte statt eines Armes einen Schwanenflügel zurückbehalten. August hatte Elena Palffy nicht vergessen können.

Es war schon weit im Oktober, als er ihr wieder begegnete. Ein schöner, windiger Herbstnachmittag, die Wege im großen Park waren leer. Schon als Kind, als Schüler, als Soldat – immer hatte er den Park gemocht, viel mehr als den Volksprater. Es roch hier anders, vor allem im Herbst.

August wanderte die Wege entlang, bog ab, ohne zu denken, kam schließlich an die Wettersäule. Es war vom Karolinentor schon ein ganzes Stück bis hierhin, aber man konnte auch einigermaßen sicher sein, keine Bekannten zu treffen. August war vom Kaffeehaus *Landtmann* gekommen, wo er mit den Kameraden Billard gespielt hatte. Eigentlich mochte er das *Landtmann,* vor allem wegen des Schanigartens zum Ring hinaus, und er hätte sich bei diesem klaren, kühlen, windigen Wetter gerne hinausgesetzt und seine Schale Kaffee getrunken, aber natürlich war der Schanigarten längst in die Keller geräumt. Obwohl das *Landtmann* so elegante, zwei Stockwerk hohe Räume hatte – an diesem Tag fand er es eng. Er war nur kurz geblieben, er war zerstreut und fand heute die Unterhaltungen der Kameraden, in denen er sonst gerne mit trockenem Witz oder einer schnellen Bemerkung geglänzt hatte, schwer erträglich. Er hatte aus den Fenstern in die windigen Straßen gesehen, und auf einmal hatte er nicht nur vor dem Café sitzen wollen, sondern sich nach dem Wind gesehnt, zwischen die Bäume und ihr Rauschen, mitten in die wilden, wehmütigen Herbstgerüche, die vom Vergehen und vom Fortziehen und von der Sehnsucht nach der Ferne wisperten und klangen. Da hatte er das *Landtmann* so eilig verlassen, dass der Ober – wieder einmal – seufzend hatte anschreiben müssen.

Die Wege entlang saßen Kindermädchen auf den gusseisernen Parkstühlen nebeneinander, hatten großrädrige Kinderwagen vor sich, die sie mit dem Fuß hin- und herschoben, und lasen dabei ihre Groschenromane. Ein alter Herr ging mit kleinen Schritten an den Beeten rund um die Säule entlang und grüßte kurzsichtig, als er an August vorbeikam, für alle Fälle, um trotz seiner Sehbehinderung nur ja niemanden zu übersehen, den er kannte. Die Luft roch herbstlich nach Rauch. August hätte gerne die Arme ausgebreitet und sich vom Wind fortwehen lassen. Ein schönes Gefühl. Ein Gefühl von Leben. Atmen.

Es war in diesem Augenblick, dass er Elena Palffy sah, die in einiger Entfernung eilig den Park durchquerte. Das Laub auf den Wegen wirbelte in kleinen Kreisen hinter ihrem Kleid her und legte sich dann wieder. Eigentlich wäre er lieber stehen geblieben. Oder in eine andere Richtung entkommen. Kein Wort von ihr in über zwei Monaten. Aber er konnte nicht anders, als loszugehen, sie einzuholen und, nur kurz hinter ihr, zu sagen, was ihm eben einfiel:

»Wollen wir ein Stück gehen?«, fragte August Liebeskind Elena Palffy, und die drehte sich im Gehen um und sah ihn an. Verschlossen und schön. Und ohne Überraschung.

»Ja«, sagte sie dann nach einem winzigen Zögern, höflich und kalt.

Sie gingen die Wege entlang, ohne Hast und ohne Ziel. Es war ein eigenartiges Gefühl, nebeneinander zu gehen, als sei nichts gewesen. Die leichten Wolken an dem herbstlich hohen Himmel hatten es eilig, aber es war ein blauer Tag, einer der Herbsttage, an denen man den Sommer nicht vermisst. Es roch kühl, wenn man an den verwehten Wasserfontänen vorbeiging, und nach Kastanienlaub. Sie gingen nebeneinanderher, aber sie schwiegen. Da nahm August seinen Mut zusammen und sagte:

»Sie haben mir nicht geantwortet.«

»Sie haben mich nichts gefragt«, sagte Elena Palffy beiläufig. August wollte eben sagen, dass er sich nicht auf heute bezog, aber dann merkte er, was sie meinte. Und auf einmal verstand er, warum sie die Dinge so genau beim Wort nahm, warum sie sich weigerte, gesellschaftlich zu denken. Was sie da tat, das hatte er zehn Jahre lang gelernt, und er hätte es schneller merken müssen: Es war Taktik. Sie dachte, wie Soldaten denken, wenn sie den Gegner überraschen wollen. Deshalb war sie den anderen immer einen Zug voraus.

»Ja«, gab er zu, »Sie haben recht.«

Und ich führe keinen Krieg mit dir, Elena Palffy, dachte er und fragte:

»Haben Sie denn ... Haben Sie meine Post bekommen?«

»Ja«, sagte Elena Palffy und sah zu ihm hinüber, im Gehen, für einen Augenblick. Lächelte sie?

»Von Männern habe ich Düfte bisher nur als Parfum bekommen ... und dann meistens die falschen«, sagte sie abfällig. »Sie dagegen ...«, sie suchte nach dem richtigen Wort, »Ihre ... Duftschokoladen sind sehr ungewöhnlich. Sie haben mich ... überrascht.«

August merkte, wie sie jedes Wort abwog, wie vorsichtig sie war. Ich führe keinen Krieg mit dir, Elena Palffy, beschwor er sie noch einmal im Stillen.

»Ich wollte Ihnen nur eine Freude machen«, sagte er laut.

Sie waren beide auf der kleinen Ungarnbrücke stehen geblieben, gleichzeitig, als wäre es eben so, dass man auf der Brücke stehen bleiben und die Hände auf das Geländer legen und ins Wasser sehen müsste. Die ersten Herbstblätter trieben wie bunte Flecken die Wien hinunter. Elenas Duft schwebte um sie wie eine Wolke Herbstrauch und Süßigkeit und ein klarer Geruch wie von Wind. Aber sie blickte noch immer ins Wasser und sagte nichts, sondern sah den Strudeln zu, als ob August nicht neben ihr stände. Auf einmal hatte er das Gefühl, dass alles sinnlos war. Er benahm sich immer noch wie ein Idiot. Als ob er unbewaffnet zum Manöver gekommen wäre. Mit einem plötzlichen

Ruck ließ er das Geländer los, richtete sich auf und sagte steif:

»Ich habe Sie belästigt. Es tut mir leid. Es wird nicht wieder vorkommen.« Dann zog er den Hut und verbeugte sich überhöflich. »Auf Wiedersehen, gnädige Frau.«

Sie hatte sich umgedreht und stand jetzt mit dem Rücken leicht an das Geländer gelehnt, beide Hände auf der Stange, und sah ihn an.

»Mein Salon«, sagte sie, und ihr Gesicht wurde auf einmal weich, und die kleinen, herben Falten an ihren Mundwinkeln wurden zu einem Lächeln, »mein Salon riecht seit ein paar Wochen wie der al Khalili Markt in Kairo. Vielleicht ein bisschen österreichischer, aber nicht sehr. Ich habe jeden Tag mit Ihrem Konfekt eine kleine Geschichte aus der Sommerfrische gegessen. Sie haben mir keine Freude gemacht«, sagte sie gelassen und sah ihn an, »das ist das falsche Wort. An manchen Tagen haben Sie mich zum Lachen gebracht mit Ihrem frischen Gras und Ihrem Heu. Ihre Kamillenschokolade hat mich nach Hause geflogen, in meine Kindheit, und Ihr Kastaniennougat hat mir den Wind von heute schon vor acht Wochen durch die heißen Straßen geweht. Sie sind ein Pralinésoldat, Herr Leutnant, Sie fechten mit den falschen Waffen.«

Ihr Gesicht war auf einmal so frisch und so schön wie die Herbstluft. Ihr Geruch war so, als hätte er in diesem Park schon immer gefehlt, und August wusste, dass er diese windig sonnigen Herbsttage ohne diesen Duft später nie wieder würde aushalten können, und er beugte sich vor und küsste Elena Palffy ganz leicht auf den Mund.

Ihre Gesichter waren sich sehr nah. Die Sonne stand schräg zwischen den Bäumen, und der Wind wehte, und die Blätter auf dem Wasser schaukelten, und Elena sagte leise, aber klar:

»Immer noch die falschen Waffen, Pralinésoldat.« Dann beugte sie sich vor und küsste August nachdenklich, aber bestimmt.

Später dachte er manchmal, dass Düfte wie Schlüssel sein können und dass manche Türen in einem für immer versperrt und vergessen blieben, weil der richtige Schlüssel dazu nie gefunden wurde. Elenas Duft, das Gemisch aus afrikanischen Gewürzen, aus Rauch, aus kühlen und heißen Aromen wie hellgrüner Minze und glimmendem Heu, dieser Duft über und in und um ihren Kuss, dieser Duft war ein Schlüssel, der in August einen Raum öffnete, von dem er bisher nichts gewusst hatte. Und es war dasselbe Gefühl, das er als Kind gehabt hatte: An einem Morgen, nach langen Wochen, in denen er krank gewesen war, war er aufgewacht und hatte gewusst, dass er gesund werden würde. Er war noch schwach, aber er wusste, er würde wieder gesund werden.

Irgendwann legte sie sanft einen Finger auf seinen Mund.

»Wir wollen noch ein Stück gehen«, sagte sie, »der Tag ist so schön.«

Sie gingen weiter die Wege entlang, die Sonne stand tief, und der Wind wehte durch die noch vollen Bäume. Es war ein großes, ein kraftvolles Geräusch, aber trotzdem weich.

Für August war es, als hörte er es das erste Mal. Er blieb stehen und nahm Elenas Hand.

»Wenn man Katzenohren hätte«, sagte er nachdenklich und strich mit den Fingern ganz leicht über die winzig feinen Härchen auf ihrem Handrücken, »dann würde sich das hier vielleicht genauso anhören wie der Wind in den Bäumen.«

Elena lächelte und sagte nichts, aber sie ließ ihm ihre Hand, während sie weitergingen. Sie kamen an der Spielwiese vorbei und erreichten den Labetrunkbrunnen beim leeren Kursalon.

»Bin ich jetzt schon so anstrengend?«, fragte sie spöttisch, als er im Vorbeigehen mit der Hand aus dem Wasser schöpfte und trank.

»Ich sorge nur vor«, sagte August lächelnd und glücklich, »wer weiß, was noch kommt!«

»Sorge in der Zeit, dann hast du in der Not!«, sie lächelte ironisch. »Sagt ihr das nicht so, ihr vorsichtigen Wiener?«

»Diese Volksweisheiten«, antwortete August nun auch von oben herab, »werden ja oft völlig unterschätzt, vor allem von jungen, unvorsichtigen Frauen.«

Da musste sie lachen.

Und auf der Terrasse der alten Meierei, die schon vor Jahren zum Café geworden war, auf der die Tische und die schmiedeeisernen Stühle leer und kreuz und quer standen, da küsste sie ihn mit ihren kühlen Lippen wieder.

Später, als es schon dämmerte und August sie an den Ring zur Tramway begleitete, da zog sie, schon halb auf den Stufen des Einstiegs, ihr Taschentuch und ließ es fallen.

»Oh«, sagte sie in gespielter Überraschung, »wie ungeschickt. Aber«, fuhr sie dann laut fort und kümmerte sich nicht um die Leute, die nach ihr einsteigen wollten, »so gehört es sich wohl, wenn eine Dame um ein Wiedersehen bittet ...« Dann drehte sie sich um und stieg ein. Die Leute lachten, als August das Taschentuch mit brennendem Gesicht aufhob und einsteckte. Und von innen sah Elena Palffy durch die Scheiben zu ihm hinaus und hob die Finger an den Mund, lächelnd, wie zu einer Kusshand.

Als August durch die Dämmerung nach Hause ging und den Lampenputzern auswich, wusste er, dass dieser Tag wohl einer der glücklichsten in seiner Erinnerung werden würde.

9

Er roch den Duft Afrikas das erste Mal, als er acht Jahre alt
war. Auch damals war es Oktober gewesen, ein Sonntag, an
dem er, zusammen mit dem Bruder Michael an der Hand
der Mutter, zum Besuch der Großtante Ida geführt wurde.
Der Sonntagsanzug kratzte und war trotz der Kühle viel
zu warm, weil August und Michael auf dem Weg Haschen
spielten, bis der Vater sie endlich mit einem scharfen Pfiff
an die Seite der Mutter befahl. Wenn der Vater pfiff, war es
besser, man folgte. Es war ein Weg von einer guten Stunde,
bis sie endlich in dem Bezirk waren, in dem die Großtante
wohnte.

»Die Großtante Pfeiffer ist eine besondere Frau«, sagte
der Vater im Gehen, »sie ist zwei Mal um die Welt gereist.
Allein. Und ein Buch hat sie auch darüber geschrieben.«

»Sie hat ihren Mann sitzen lassen«, zischte die Mutter
scharf und leise, aber die Buben hörten es trotzdem, »und
ihre Kinder!«

»Die Kinder waren da ja schon junge Männer«, sagte der
Vater trocken, »auch eine Art Anstand, so lange zu warten.
Und einmal hat sie Menschenfresser mit ihrem Regen-
schirm in die Flucht geschlagen.«

Augusts Mutter presste die Lippen aufeinander. Es war
schließlich nicht ihre Verwandtschaft.

»Und ihr redet nur, wenn ihr gefragt werdet«, schärfte
sie dann aber August und seinem Bruder im Treppenauf-
gang unnötig streng ein, »und macht einen Diener, wenn
ihr sie seht. Sie gibt nichts darauf, aber gut ... Deswegen
muss man noch nicht alle guten Sitten vergessen. Zeigt
eure Hände!«, befahl sie dann, holte tief Luft, als sie sie sah,
und schleppte beide noch einmal im Hof zur Bassena, um

sie zu waschen. Der Vater lehnte an der Wand und drehte sein Gesicht weg, damit die Jungen nicht sahen, dass er lachen musste. Dann stiegen sie hinauf zur Wohnung der Großtante.

Als sich die Tür öffnete, blieb August unwillkürlich stehen. Er konnte nicht anders, denn aus der Wohnung schlug ein Duftmeer über ihm zusammen, in dem er nach Luft schnappen musste. Die Düfte wurden zu Farben, wie er sie noch nicht gesehen hatte, und die Farben zu Bildern, die um ihn herumstrudelten wie Wasser, so flüchtig und schnell und so voller Kraft: Es roch beißend scharf nach Katze, und ein Tiger sprang an einer Frau vorbei, Männer auf Pferden hinter ihm her. Es roch nach Angst und Schweiß und Hitze und Staub, da rannten kleine schwarze Männer mit seltsamen Äxten schreiend auf ihn zu, und er schrie auf. Es roch sanft nach einem kalten Gewürz, das er erst viele Jahre später als Jasmin kennenlernte, und da war er mit einer Frau im Haus eines seltsam aussehenden Mannes, der ihn verschlossen ansah und mit den Fingern seine Haut berührte, als könne er nicht glauben, was er sah. Es roch nach fremden Tieren, salzig und roh, nach fremden Menschen, immer wieder nach Meer, und er stand unter stürzenden Wellen, klatschend durchnässt, und es würgte ihn, als ihn der Geruch von Erbrochenem streifte, dann spülte der reine Salz- und Teergeruch wieder alles fort, und er schwankte auf den Dielen des Flures so, dass ihn seine Mutter auffangen musste.

»August!«

Er hörte nicht. Er roch und sah. Ein Geruch zwischen Pferd und Ziege, das war ein Kamel, der Geschmack von Leder im Mund, gelbweißer, feiner Sand und ein grauenvoller Durst.

»August!«

Der schockierende Gestank von Toten, die er am Flussufer mit dem Gesicht nach unten liegen sah, und oben auf der Straße ging der Verkehr weiter wie gewohnt.

»August!«

Die Gerüche wurden erst schwächer, als ihn seine Mutter schüttelte. Auch die Bilder verblassten. Seine Knie waren noch weich, als er den Anzug anfasste. War er nicht nass geworden?

»Ja, ja«, stammelte er, »schon gut. Es ist schon gut.«

Erst als er die Gesichter der Eltern sah, das Grinsen seines Bruders, erst da verstand er das erste Mal, dass die anderen nichts von dem rochen und sahen, was er roch und sah. Nichts. Schließlich verschwanden die Gerüche wieder, und alle traten in den Salon der Großtante. Sie sah vertraut aus, und August merkte ohne Überraschung, dass sie die Frau aus seinen Duftbildern war, älter zwar, aber dieselbe Frau. Er machte seinen Diener, scheu und schnell. Über den Nachmittag saß er ungewöhnlich still am Tisch, während Tee und Kaffee und Gebäck gereicht wurden und die Großtante sich mit dem Vater über Dinge unterhielt, welche Kinder langweilten: Rechte und Verträge und Donationen. Er und sein Bruder sahen sich Bücher an und spielten mit seltsamen Holzfiguren, die sie auf einem der Tische gefunden hatten. Als der Besuch zu Ende war, wurden sie gerufen und mussten der Großtante die Hand geben. Als August ihr nahe kam, roch er wieder diese wilde Mischung aus tausend Erlebnissen, ein Lebensgewürz, aus dem er nur einige wenige Gerüche erkannte. Eigentlich war es ein guter Geruch, fand er und lächelte, aber als die Großtante ihn dicht an sich heranzog, prallte er entsetzt zurück. Unter dem angenehmen Geruch von ihr lauerte ein kalter, böser Gestank, und August zog seine Hand weg, bevor sie noch freigegeben wurde, stolperte zurück. Seine Mutter, das sah er, hätte ihm am liebsten eine gelangt, aber so entschuldigte sie sich nur mit kleinem Mund für ihren Sohn. Auf der Straße dann wurde er am Ohr genommen und an der Hand grob fortgezogen. Wo die Erziehung geblieben sei. Wie man sich so benehmen könne. Wie man so unverschämt sein könne ...

»Aber Mama«, sagte August damals, nah am Weinen, »das war doch nur, weil sie bald tot ist.«

Da bekam er vom Vater, was fast nie geschah, links und rechts eine heruntergehauen, und nach einem fassungslosen Augenblick rannte August fort. Am Abend schlich er sich durch die Küche wieder ins Haus und wurde von einer erleichterten Lenja ins Bett gesteckt, bevor der Vater ihn noch einmal sah.

Die große Weltreisende Ida Pfeiffer aber, die 1842 ihren Mann und ihre zwei Jungen zurückgelassen hatte, um ihre erste Reise nach Palästina anzutreten; die mutige Ida Pfeiffer, die zwei Mal um die Welt gereist war, in Brasilien beinahe ermordet worden war und Indien im Ochsenkarren durchquert hatte, die Großtante August Liebeskinds, die Ceylon, Konstantinopel und Tahiti gesehen hatte, diese große Frau starb zwei Tage später überraschend in ihrer Wohnung in Wien.

Nach diesem Tag erzählte August seinen Eltern nie wieder etwas von den Dingen, die er roch.

Mittlerweile hatte August von der Fabrik ins Kontor gewechselt und machte sich mit Buchhaltung, Gewürzverkäufern, Handelswegen und Schifffahrtsrecht vertraut. Das Gefühl von diesem Nachmittag im Park mit Elena, die Erinnerung und eine gespannte Vorfreude trugen ihn durch die Tage, und alles fiel ihm leicht. Er brachte die Kollegen im Kontor mit kleinen, gutmütigen Bosheiten zum Lachen, er scherzte mit dem Onkel, er las neugierig Tabellen mit Reifezeiten der Vanille und lernte durch zahllose Proben, Zimtrinde von echtem Zimt, italienische von türkischen Haselnüssen zu unterscheiden. Alles, was er tat, schien einen Bezug zu Elena zu haben. Der Raum in seinem Inneren, zu dem Elenas Duft die Tür geöffnet hatte, war weit und hell und neu. Und anders als bei den kleinen, mehr aufgeregten als glücklichen Verliebtheiten, die er bisher erlebt hatte, gab es hier keine Unsicherheiten mehr. Es waren große Worte, und er hätte sie nicht ausgesprochen, aber er wusste: Sie waren füreinander bestimmt.

Am Freitag schnitt er im Kontor mit dem Federmesser ein Stück von ihrem Taschentuch ab, steckte es in eine papierene Zimttüte und machte ein kleines Briefchen daraus. Er und das Taschentuch, schrieb er ihr, würden sie am kommenden Sonntag zu einem kleinen Ausflug abholen. Über die Schulter hinweg nahm ihm der Onkel das adressierte Tütchen fort.

»Man hat mich gewarnt«, sagte er mit grabestiefer Stimme, »längst hätte ich dich entlassen sollen. Amouren im Kontor! Darf man sie einmal kennenlernen, diese ...«, er kniff die Augen zusammen und hielt das Tütchen weit von sich, »... diese Palffy?«

»Ich werde mich hüten!«, grinste August und haschte nach dem Brief. »Will ich mich unglücklich machen? Wen wird eine Dame von Stand heiraten: einen verwitweten Schokoladefabrikanten oder einen armen, unterbezahlten Kontoristen?«

»Wenn du sie nicht einlädst, tu's eben ich, und außerdem wird dir der Lohn gekürzt. Die Adresse habe ich ja nun. Am Sonntag zum Essen«, bestimmte er und gab August endlich den Brief zurück.

Die Buchhalter lachten still in sich hinein und beugten sich wieder über ihre Stehpulte.

»Er isst am Sonntag nie allein«, sagte einer der beiden, als der Onkel den Raum verlassen hatte, »er hat sogar die Vorarbeiter schon zu Tisch gehabt.«

»Wunderbar«, sagte August ergeben, »aber Sie kennen die Dame nicht ... Vorarbeiter sind meistens höflich. Aber er will es ja nicht anders.«

Und er würde ihr die Fabrik zeigen, dachte er, das hatte er ja schon lange versprochen.

Am Spätnachmittag, auf dem Weg von der Bahn zu seiner Wohnung, kehrte er manchmal noch auf eine Schale Kaffee in ein Kaffeehaus ein, wo er dann die Zeitung las und meistens eine Kleinigkeit aß, da seine Wirtin selbst für eine Wienerin eine außergewöhnlich schlechte Köchin war.

Hätte in diesen Tagen nicht von jedem Augenblick ein Faden zu ihr geführt, hätte in diesen Tagen nicht jeder Augenblick einen unverwechselbaren Duft nach ihr getragen, dann hätte er vielleicht die kleine, drei- oder vierzeilige Notiz im Tagblatt übersehen, die er unter den Nachrichten zur Gesellschaft fand. Aber der Name Palffy leuchtete gewissermaßen aus dem Blatt heraus, und August las: Der bekannte Afrika-Forscher Oskar Lenz war vergangene Woche von seiner Afrika-Expedition zurückgekehrt. Er hatte wertvolle Erkenntnisse über Handelswege und Geografie des dunklen Kontinents mitgebracht und würde demnächst vom Kaiser empfangen werden. Tragisch nur, dass bei dieser Expedition der in den besseren Kreisen der Gesellschaft gut bekannte Oberleutnant Palffy verschollen sei und vermutlich sein Leben eingebüßt habe.

August las und brauchte einen Moment, um zu verstehen, was das bedeutete.

Eine Fügung, dachte er, es ist eine Fügung. Sie ist frei! Doch dieses Gefühl der Erleichterung blieb nur einen kleinen Augenblick. Dann wunderte er sich, weil ihm der Tod eines Kameraden so gar nichts bedeutete. Und erst danach erschrak er richtig, weil er auf einmal verstand, was der Tod des Oberleutnant Palffy wirklich für ihn bedeutete. Er nahm ihm Elena weg. Jetzt, gerade jetzt kam er, tot auch noch, und nahm ihm Elena weg. Sie würde ihn nicht sehen können. Es gehörte sich nicht. Sie würde nicht mit ihm ausgehen dürfen, eine Witwe durfte das nicht, er durfte sie nicht besuchen, sie durften sich nicht küssen ... Mit einem Schlag war alles vorbei. Komisch, dass es viel weniger bedeutete, einen Lebenden zu betrügen, dachte er bitter ironisch, als einem Toten Hörner aufzusetzen. Die Toten haben die stärkeren Waffen. Mit einem Toten brauchst du dich nicht zu duellieren, er hat immer schon gewonnen. Das Glück, dieses wunderbare Gefühl, das ihn durch die Woche getragen hatte, war plötzlich fort. Ich habe das erste Mal richtig gelebt, dachte er, ich habe eben erst angefangen, richtig zu leben. Und dann kommt ein Toter und ...

»Zahlen!«, rief er unnötig laut, und als er auf die Straße ging, überfiel ihn eine plötzliche, sinnlose Wut auf diesen Mann. Hätte er nicht ungesehen sterben können? Hätte er nicht einfach verschwinden können? Wenn man nichts davon wüsste, wenn er nicht davon gelesen hätte, wäre es dann nicht so, als ob er gar nicht tot wäre? Ich gehe morgen trotzdem zu ihr, dachte er wütend, ich muss es ja nicht gelesen haben. Ich gehe trotzdem zu ihr!

Wie sehr er sich an diesem Abend auch abzulenken versuchte und las, trank und Journal schrieb, seine Gedanken drehten sich wie ein toller Hund im Kreis. Er liebte Elena. Er wollte sie nicht an einen Toten verlieren. Komisch, dachte er resigniert, dass die Welt so eingerichtet war, dass der Tod über die Lebenden bestimmt. Und als er endlich doch zu Bett ging, mit Zweifeln und zergrübelt, schlief er unruhig ein und wachte früh am nächsten Tag nach wirren Träumen zerschlagen auf.

Es war elf Uhr, als er die Treppen zu Elenas Wohnung hinaufstieg. Er hatte beim Hauptzollamt eine Lieferung Gewürze aus den Kronlanden auslösen müssen und war überraschend früh fertig gewesen. Zwar hätte er zurück ins Kontor gehen können, aber diese so überraschend geschenkten Stunden waren wie ein Zeichen. Das Mädchen öffnete gleich nach dem Klingeln und ließ ihn diesmal sofort ein. Er stand in der Tür zum Salon, in dem die Fenster immer noch ein Stück offen standen – das schöne Herbstwetter dauerte an. Die Schalen waren da wie zuvor, voller Obst, aber in manchen bemerkte er die Kastanien und das Gras und die Blüten, in denen er ihr das Konfekt geschickt hatte. Es war schön, das zu sehen. August atmete auf. Es roch nach ihr und – vielleicht durch die kühle Luft, die von draußen hereinzog – nach Wasser. Elena saß an einem kleinen Schreibtisch, schrieb und sah erst mit einer kleinen Verspätung zu ihm hin.

»Schon wieder Militär«, sagte sie und lächelte angestrengt, »ein interessanter Tag.«

»Oh«, sagte August befangen, und auf einmal klang es falsch, »du« zu sagen, »sind sie wegen ... wegen Ihres Mannes ...?«, er ließ den Satz unvollendet in der Luft hängen. Elena Palffy nickte.

»Ja«, sagte sie fest, faltete den Brief zusammen und schob ihn in einen Umschlag, »die Herren Soldaten sind wegen des Oberleutnants da gewesen.«

August rettete sich in Höflichkeit.

»Es tut mir sehr leid«, sagte er steif und wollte ihr die Hand geben, wie es sich gehörte, nahm aber dann davon Abstand. Es wäre eine zu distanzierte Geste gewesen, »und Sie haben es ... Man hat es Ihnen eben erst ... Sie haben eben erst davon gehört?«

»Nein«, sagte sie, stand auf und sah ihn an, bevor sie langsam fortfuhr, »der Oberleutnant Palffy ist schon fast ein halbes Jahr tot. Nur Ihre Kameraden, die haben eben erst davon gehört. Deshalb waren sie hier.«

Er sah sie verständnislos an. Sie stand ihm gegenüber und lächelte, aber die kleinen Falten neben ihren Mundwinkeln, die blieben und machten das Lächeln herb.

»Wollten Sie mich nicht ausführen, Herr Liebeskind? Das Wetter ist so schön. Keine Lust mehr?«

Er kam sich vor wie ein Schulbub. Jung und dumm. Wie einer, der nur erwachsen spielt und dabei von den wirklich Erwachsenen ausgelacht wird.

»Ich verstehe nicht ganz«, sagte er dann langsam. Er war verwirrt, aber auch erleichtert. Palffy war schon lange tot. Sie trauerte nicht um ihn. Aber warum erklärte sie sich nie? Er musste sich zusammennehmen.

»Kommen Sie«, sagte er unvermittelt und nahm ihre Hand. Er wollte nicht länger wie ein Idiot dastehen, »kommen Sie mit. Wir machen eine Landpartie. Mitten in der Stadt.«

Ihr Gesicht wurde weicher, die herben Linien verschwanden für einen Moment.

»Ja«, sagte sie, »vielleicht sollten wir tatsächlich ausgehen. Ich bin in zwei Minuten fertig.«

August wartete im Vorzimmer und sah aus dem Fenster. Der Himmel überzog sich mit feinen, weißen Schlieren, und es roch schon nach Regen, obwohl die Sonne noch schien.

Sie brauchte tatsächlich nicht länger als zwei Minuten, und als sie aus ihrem Zimmer kam, wirkte sie wieder völlig kühl. Dass er sie und sie ihn geküsst hatte, das war auf einmal weit entfernt und in diesem Moment gar nicht wahr. Sie hatte jetzt ein lichtgraues Kleid an, elegant und eng anliegend, und sah schön aus. Ich liebe dich, dachte August voller Sehnsucht, als er sie ansah und ihren Duft einatmete, als sie an ihm vorbei zur Tür ging. Ich liebe dich, Elena. Dann beeilte er sich, vor ihr die Treppen hinunterzugehen, und hielt ihr den Schlag der Mietdroschke auf.

»Zum Heustadlwasser!« rief er dem Fahrer zu und setzte sich ihr gegenüber, als die Pferde anzogen. Sie sahen sich an, und es war schwer für ihn, in ihrem Gesicht zu lesen, was sie dachte. Es war so eigenartig, sich anzusehen, ohne etwas zu sagen, so, als hätten sich die Blicke ineinander verfangen und könnten nicht mehr voneinander lassen.

»Erzählen Sie!«, sagte er auf einmal ganz unvermittelt und ganz geradeheraus. Vielleicht musste man bei ihr so sein.

»Der Oberleutnant Palffy«, sagte sie und sah ihn an, »hat viel besser ausgesehen als Sie.«

August wartete.

»Er hat besser ausgesehen«, sagte Elena Palffy, »und er kam aus Wien, und Wien war weit weg von Posen. Und meine Mutter konnte ihn nicht leiden.«

August war ziemlich sicher, dass er ihn auch nicht hätte leiden können, aber er sagte nichts.

»Ich glaube, deswegen habe ich ihn geheiratet«, sagte Elena, »weil meine Mutter ihn nicht leiden konnte. Und weil ich wiederum meine Mutter nicht leiden konnte.«

Neben ihnen zogen die Häuser vorbei, rauschte der Verkehr durch die großen Straßen, eilten die Boten aus der *Börse* zum Telegrafenamt.

»Wieso konnten Sie Ihre Mutter nicht leiden?«, fragte August dann doch nach.

»Weil sie dumm war«, sagte Elena ruhig, »dumm und ängstlich und dabei furchtbar streng. Ich hatte vier Brüder. Wir haben wunderbar miteinander gespielt, und ich bin auf Bäume geklettert wie sie, ich bin geschwommen wie sie, und ich hatte Hosen an wie sie. Mein Vater hat darüber gelacht. Manchmal ist er mit uns um die Wette gerannt. Meine Mutter hat zugesehen, hat sich von den Nachbarn aufziehen lassen und die vielen kleinen Bemerkungen gehört, die in so einem Dorf gemacht werden. Irgendwann hat sie meine Hosen verschwinden lassen und mich in Mädchenkleider gesteckt. Da war ich neun, und mein Vater war eben erst gestorben.«

»Und dann?«, fragte August, der sich sehr gut vorstellen konnte, wie sie als Mädchen in Hosen ausgesehen hatte.

»Dann«, sagte Elena, »habe ich ein Kleid angezogen, bin auf mein Zimmer gegangen und ungefähr ein halbes Jahr nicht mehr rausgekommen. Das heißt, manchmal bin ich nachts aus dem Fenster geklettert, aber das wusste sie ja nicht. Meine Brüder haben mir das Essen gebracht.«

August lachte. Elena sah ihn an und lächelte traurig.

»Es war nicht komisch«, sagte sie.

»Ich weiß«, sagte August, »aber ich stelle mir vor, wie Sie aus dem Fenster klettern.«

»Wir haben uns gehasst«, sagte Elena, »ich habe Klavier gelernt und auf den Gartenfesten absichtlich so schlecht gespielt, dass meine Mutter sich vor allen Nachbarn geschämt hat. Sie hat mein Reitpferd verkauft. Ich habe ihre Stickereien verdorben und sie meine Bücher verbrannt und so weiter. Bis der Leutnant Palffy gekommen ist, eine wunderbare Partie, wie sie zugeben musste, obwohl sie ihn nicht leiden konnte, und genau deswegen habe ich ihn geheiratet. Und weil er mich aus dem Haus brachte. ›Du bekommst keinen Mann, Elena‹, hat meine Mutter immer gesagt, ›so eine wie dich heiratet nie einer.‹ Aber er wollte mich doch.«

»Waren Sie damals denn wesentlich hässlicher?«, fragte August in spöttisch leichtem Ton. Sie sah zu ihm hin.

»Nur jünger«, lächelte sie, »und über Ihr Aussehen haben wir ja vorhin schon gesprochen, nicht wahr?«

Er verbeugte sich im Sitzen. Der Wagen hielt. August bezahlte den Fahrer.

»Wir müssen noch ein Stück laufen«, sagte er, »im Prater sind Fiaker verboten.«

Sie querten die Donau auf der Rotundenbrücke. Der Himmel hatte sich ganz bezogen, und August sah nach oben.

»Es tut mir leid«, entschuldigte er sich, »es wird regnen. Wollen wir lieber in ein Kaffeehaus?«

Sie schüttelte den Kopf, und sie gingen weiter. August dachte daran, wie sie durch den Park gegangen waren. Er sah sie von der Seite an und hätte sie gerne berührt, ihre Hand oder ihre Stirn.

»Sie wundern sich bestimmt, dass ich keine Trauer trage«, sagte sie dann.

August fiel es erst jetzt auf. Er sagte nichts.

»Ihre Kameraden von der Militärverwaltung haben sich auch gewundert. Mein Mann ist tot, und ich, die Witwe, trage keine Trauer. Eigentlich hätten sich die beiden gut

88

verstehen müssen«, sagte sie dann spöttisch, »meine Mutter und der Herr Oberleutnant. Er hat mir die Hosen noch einmal ausgezogen und mich wieder in Kleider gesteckt. Das steht mir, hat er über Rüschen und Taft und Schleifchen gesagt. Das war sehr nett am Anfang. Am Anfang. Dann: ›Tu dies nicht. Tu das nicht. Damen reiten nicht. Damen rennen nicht. Damen schwimmen nicht. Kannst du zum Oberst nicht ein bisschen netter sein? Vielleicht, dass ich bald befördert werde. Du hast mich blamiert, Liebes. Lächle doch mal. Du hast mich schon wieder blamiert.‹«

»Und es gab kein Zimmer und keine Brüder, die das Essen gebracht haben, oder?«, fragte August.

»Nein«, sagte Elena, »kein Zimmer und keine Brüder und auch kein Fenster.«

Es fing an zu regnen. Zunächst nur ganz leicht. Sie waren schon ziemlich nah am Heustadlwasser und beeilten sich, unter die Bäume zu kommen. Elena lief leicht und schnell über die Wiese, August hielt mit ihr Schritt und musste wieder lachen.

»Was?«, fragte sie.

»Damen rennen nicht«, sagte er, aber sie lachte nicht mit ihm.

»Acht Jahre. Nicht rennen, nicht reiten, nicht schwimmen. Lächeln, damit aus dem Leutnant ein Oberleutnant wird. Und dann auf einmal: Afrika. Ich hatte ihm so viel Mut gar nicht zugetraut.«

Sie waren unter den Bäumen angelangt, und sie war kaum außer Atem. Es regnete stärker. Das Licht wurde grau. Auf dem kleinen See fingen die Tropfen an, Blasen zu werfen. Elena sah zum Wasser, während sie beide an den Stamm einer großen Weide gelehnt standen. Der sie umgebende Regen machte den Platz unter dem Baum klein und vertraut. August spürte, dass er jetzt besser nichts sagen sollte.

»In Ägypten reisen die Frauen auf Maultieren«, sagte sie, »ich hatte mir aber ein Pferd geben lassen und bin geritten. Nach acht Jahren. Ich bin die Allee von Kairo nach Schubrah im Galopp geritten, und der Oberleutnant Palffy hat mich nicht einholen können. Danach gab es nur noch Maultiere für mich. Wenn ich auf den Markt gehen wollte, musste ich ihn um Geld fragen. Ich habe es immer bekommen, natürlich, er war ja kein Unmensch, aber ich musste fragen. Wenn ich ausgehen wollte, musste ich ihn fragen. Er hat versucht, mich kleinzumachen. In der Oase Fayoum gibt es einen See mit heiligen Krokodilen. Nachts bin ich aus dem Zelt geschlichen und bin im See geschwommen. Am Morgen habe ich ihm beim Frühstück davon erzählt. Auf Französisch, damit die Führer es verstehen konnten.«

Mitten im Geruch des Regens, des nassen Baums, durch den es jetzt immer stärker tropfte, war ein schwacher, süß fauliger Geruch wie vom heißen Ufer eines Sees, er vermischte sich mit dem grünen Algengeruch des Heustadl-wassers. Elena und August wurden nass, aber sie achtete nicht darauf, und August hörte zu. Sie schwieg eine Zeit lang und sah wieder zum Wasser.

»Von da an haben wir Krieg geführt, der Oberleutnant und ich. So lange, bis ich aufgegeben und verlangt habe, dass er mich nach Hause fahren lässt. Aber er hat darauf bestanden, mich zu begleiten. Und dann standen wir eines Tages am Bosporus.«

August wartete, aber Elena blieb still. Und dann begann sie auf einmal, sich auszuziehen. Die leichte Jacke, die Handschuhe, sie knöpfte ihre Schuhe auf, schlüpfte heraus und stellte sie ordentlich unter den Stamm, dann fing sie an, ihr Kleid aufzuschnüren. August sah erst zu, dann zur Seite, und dann begriff er, dass jetzt der Moment war, in dem er sie sofort und endgültig verlieren würde, wenn er das Falsche tat. Also zog auch er sich aus, ohne Zögern. Sie stand da, nackt, nur mit einem goldenen Medaillon an einer Lederschnur um den Hals – es war ein ägyptischer Skarabäus. Fast gleichzeitig rannten sie in das grüngraue Wasser des Sees. Es war wärmer als die Luft, und es dampfte ganz leicht. Elena schwamm in ruhigen, schnellen Zügen, und er hatte Mühe, gleichauf mit ihr zu bleiben. Sie war eine ausgezeichnete Schwimmerin. Sie durchquerten die Länge des Sees, und kurz vor dem anderen Ufer drehte sie sich auf den Rücken und ließ sich ein Stück treiben.

»Ich habe ihn herausgefordert«, sagte sie, »ich bin einfach ins Wasser gegangen, während der Fährmann das Gepäck in die Boote verladen hat. Er konnte nicht anders, er musste hinterher. Und dann sind wir durch den Bosporus geschwommen. Dort gibt es keine starke Strömung«, sagte Elena, »aber es gibt den Wind. Es war viel zu weit. Und irgendwann kommt die Angst und macht einen steif, und man schluckt Wasser, und dann fängt man an zu ertrinken. Irgendwann habe ich sogar geschrien. Wir waren auseinandergetrieben worden. Ich dachte, er wäre vor mir. Ich habe geschrien, und er kam nicht, und dann bin ich geschwommen und geschwommen, um mein Leben bin ich geschwommen, und ich habe ihn gehasst, weil er nicht wartete, um mir zu helfen. Aber als ich an Land kam, war er nicht da. Er war nicht da. Er hat nicht geschrien, so wie ich«, sagte sie nach einer kleinen Pause, dann drehte sie sich wieder auf den Bauch und schwamm weiter, August neben ihr. Der See war voller kleiner Blasen, der Regen prasselte auf ihre Köpfe, und ihr Körper war ein heller, schlanker Schatten im Wasser, der kleine Goldpunkt des Käfermedaillons zog eine Handbreit unter ihr, und es sah aus, als begleitete er sie. August schwamm gleichmäßig, und es gab nichts anderes als die Bewegung und Wasser oben und unten und Elena neben ihm, die immer noch ihren Duft mit sich trug, nach Gewürzen und Zorn und den bitterschönen Geruch nach Rauch, mitten im Wasser, oben und unten. Sie schwammen schweigend und stiegen genauso still an Land. Mit Augusts Hemd trockneten sie sich notdürftig ab, und er drehte sich nicht um, als sie mit feuchter Haut in ihr graues Kleid schlüpfte. Als sie angezogen waren und über die Wiese zurück zur Stadt liefen, fragte August:

»Und dann?«

Sie zuckte mit den Schultern.

»Es gab kein ›Und dann‹. Was hätte ich denn tun sollen? In einer türkischen Polizeiwache meinen Mann als vermisst melden? Ein Telegramm nach Wien schicken? Wem denn? Der Polizei? Dem Militär? Und dann: Vielleicht war er ja tatsächlich zurückgeschwommen. Ich habe nicht darauf geachtet. Oder er war an einer anderen Stelle an Land gegangen. Oder ... was weiß ich. Es gab nichts zu tun. Er war fort. Ich habe eine Woche gewartet, dann bin ich nach Hause gereist. Ohne ihn.«

»Sie hätten ihn hier melden können ...«, sagte August vorsichtig.

»Ja?«, fuhr sie auf. »Wie denn? Ich gehe auf die Wache und sage: Bitte, Herr Wachtmeister, ich bin mit meinem Mann um die Wette durch den Bosporus geschwommen, und seitdem habe ich nichts mehr von ihm gehört! So etwa?«

August sagte nichts. Es war wie bei dem Jungen auf der Rennbahn. ›Es gab nichts, was ich hätte tun können‹, das hatte er noch im Ohr, kühl und klar.

»Ja, aber jetzt will man von Ihnen wissen, wie es zugegangen ist, nicht wahr?«, fragte er.

Sie nickte.

»Die Expedition ist vorbei, und er ist nicht zurückgekommen. Lenz hat ihn als vermisst gemeldet. Dann sind sie zu mir gekommen. Es wird eine Anhörung geben.«

»Das ist nicht gut«, sagte August zögernd.

Sie nickte.

»Aber da ich vorher an Unterkühlung sterben werde, kommt es nicht mehr darauf an«, sagte sie wieder in beherrschtem Spott, und August sah sie mit fast widerwilliger Bewunderung an. Aber vielleicht war es so, wie wenn man im Galopp durch einen Wald ritt und die Zweige herunterhingen: Es war zu spät, um anzuhalten, und es blieb nur, sich zu ducken und zu hoffen, dass man nicht runterfiel.

»Ich werde Sie retten«, sagte er komisch pathetisch, »es wäre schade um Sie. Sehr schade«, fügte er in ganz anderem Ton und leiser hinzu.

Sie sah ihn an, und auf einmal lächelte sie: »Ganz aus Zucker sind Sie wohl doch nicht, Pralinésoldat.«

»Kommen Sie«, sagte August und nahm ihre Hand, »lassen Sie sich trocknen!« Und dann gingen sie durch den prasselnden Regen, vollkommen nass, ohne Schirm und mitten auf der Straße. Etwas, was August noch nie erlebt hatte.

Es war der letzte warme Herbsttag gewesen. Das Wetter wurde nun unfreundlich und kalt. Die Vögel waren fort, der Wind an den Straßenecken roch nach nassen Blättern und brachte immer öfter den Wintergeruch von feuchtem Holz mit sich, das in den tausend Öfen der Stadt verschürt wurde. Zwischen August und Elena hatte sich seit dem Nachmittag am See etwas verändert. Es war ein eigenartig schwebendes Gefühl einer neuen Freiheit, die davon herrührte, dass Elena sich nicht um die bevorstehende Anhörung kümmerte und sich weigerte, Trauer zu tragen. Als August ihr von der Einladung Onkel Josefs erzählte, hatte sie nicht gezögert.

»Werden wir denn sehen können, wie Schokolade gemacht wird?«, hatte sie ihn gefragt.

»Am Sonntag wird ja nicht gearbeitet«, hatte er geantwortet, »aber dafür gibt es einen Ausflug ins Märchenland. Ich hole Sie ab.«

Am Sonntag fuhr keine Bahn in die Vorstadt, wo die Fabrik stand. Der Wagen rollte mit geschlossenem Verdeck lärmend durch die sonntagsstillen Straßen.

»Wieso lädt Ihr Onkel mich eigentlich ein?«, fragte Elena. »Er kennt mich nicht, er weiß nicht, woher ich komme ... Möchte er auf diesem Wege junge Frauen kennenlernen?«

Sie saß ihm gegenüber, ihr Rücken berührte kaum die Lehne. August war amüsiert.

»Er ist ein wenig wie Sie. Er kümmert sich manchmal nicht sehr viel darum, was die Leute von ihm denken. Er tut, was ihm Spaß macht.«

»Hoffentlich mache ich ihm auch Spaß«, sagte Elena trocken.

»Sie mögen Schokolade«, sagte August, »sehr viel mehr braucht es am Anfang nicht.«

Josef empfing sie schon auf der Treppe vor der Villa, er küsste Elena galant die Hand und lachte laut, als sie ihm ein kleines Päckchen gab. August hatte gar nicht gesehen, dass sie es bei sich gehabt hatte.

»Für reiche Herren«, sagte sie, »Schokolade konnte ich Ihnen ja kaum mitbringen.«

Josef nahm das Päckchen und öffnete es. Ein fremder Duft, hell und exotisch, war auf einmal rund um den Onkel, der sonst nach Tabak und Schokolade und sanft nach Weinbrand roch.

»Was ist das denn?«, fragte der Onkel halb misstrauisch, halb neugierig, als er rautenförmig geschnittenes Konfekt, das so ähnlich wie weißes Quittenbrot aussah, herausnahm.

»Kokoskonfekt«, erklärte Elena, »aus Kairos Zucker-bäckerviertel.«

Josef probierte. Und verzog sein Gesicht. Dann lachte er:

»Gut, dass ich kein ägyptischer Zuckerbäcker bin! Kommen Sie mit, kommen Sie, ich zeige Ihnen, wie ein österreichischer Schokoladenbaron wohnt.«

Elena warf August einen schwer zu deutenden Blick zu und folgte Josef. Sie betraten das Haus, das August seit seiner Kindheit kannte, das ihn aber noch immer faszinierte. Die Villa war ihm immer schon wie ein verzaubertes Schloss vorgekommen. Schon hier im Treppenhaus gab es überall romantische Fresken und Bilder. Es gab Feen und Sagentiere und sehr viel Wald.

»Dafür, dass Sie kein arabisches Konfekt mögen«, sagte sie, »ist Ihr Treppenhaus aber recht orientalisch!«

Josef sah sie einen Augenblick verblüfft an, schwankte zwischen beleidigtem Besitzerstolz und Entrüstung und musste schließlich doch lachen:

»Touché, meine Dame«, sagte er vergnügt, »aber Sie haben recht ... genug Blumen ... Kommen Sie, wir gehen zum Essen!«

»Wir müssen erst noch die Märchen sehen«, widersprach August und sagte zu Elena: »Sie müssen nach oben. Dort ist jedes Zimmer ein Märchen für sich. Mein Onkel Josef hat sich damals den Herrn von Schwind kommen lassen, den Märchenillustrator. Weißt du noch, was du zu ihm gesagt hast, Onkel?«

Josef schüttelte den Kopf.

»›Bist auch nur ein Anstreicher‹, hast du gesagt. Und dabei war er damals schon berühmt für seine wunderbaren Bilder.«

»Das soll ich gesagt haben?«, fragte Josef mit vor Stolz geschwellter Brust. »Niemals.«

»Ist aber sehr gut vorstellbar«, bemerkte Elena, »darf ich die Zimmer sehen?«

Sie gingen nach oben. Jede Tür war sorgfältig mit Miniaturen in den Kassetten bemalt. Die eine war der Eingang zu Aschenputtel, die andere zu Hans im Glück, das Josefs Lieblingsmärchen war und deshalb sein Schlafzimmer schmückte, wieder eine führte zu Goldmarie und zu Frau Holle und eine vierte zu Zwerg Nase.

»Hier habe ich früher geschlafen, wenn ich als Kind länger da war«, sagte August und öffnete die Tür. Elena trat ein. Dort war der hübsche Junge, der seiner Mutter auf dem Markt half, indem er der alten Frau die Kohlköpfe nach Hause trug, und dieses Bild endete tatsächlich an der Tür des Zimmers, auf die ein altes, windschiefes Haus gemalt war. Auf der anderen Seite des Hauses glitten die Eichhörnchen auf Nussschalen über den Glasboden. Und über dem Bett war die Küche der alten Hexe, in der Jakob das Kochen lernte. Sie war so geschickt gemalt, dass das Gewürzbrett im Kopfteil des Bettes auslief und man nicht sagen konnte, wo das Märchen aufhörte und das Zimmer begann. Um das Fenster herum erhob sich das Schloss des Herzogs, und in der Ecke stand der Baum, dessen Blätter die ganze Decke ausfüllten, die große Kastanie, zu deren Füßen die verzauberte Gans das Kräutlein Niesmitlust fand, das sie beide erlösen sollte. Sogar der Dielenboden war blau, grünblau und durchsichtig grün bemalt – der Boden war der See. August dachte an den See, in dem sie beide geschwommen waren.

»Aha«, sagte Elena nachdenklich, nachdem sie durch den ganzen Raum gewandert war und sich alle Bilder angesehen hatte, »ich glaube, ich verstehe jetzt, wie Ihr Neffe zum Pralinésoldaten geworden ist.«

»Pralinésoldat?« Onkel Josef drehte sich zu ihm um. August winkte ab:

»Wenn man Damen Konfekt schenkt, ist man gleich ein Zuckersoldat.«

Er wandte sich zu Elena und zeigte auf die Bilder:

»Und was sind Sie? Gans oder Hexe?«

»Charmant wie stets«, antwortete Elena und nahm provozierend den Arm seines Onkels, »aber ich bin in einem ganz anderen Märchen.« Man sah ihr an, dass sie nun doch beeindruckt war. Sie verstanden sich gut, der Onkel Josef und Elena Palffy. August gefiel, wie sich ihre Reserviertheit löste, wie sie sich von dem groben Charme des alten Mannes gefangen nehmen ließ. Es wurde ein ausgedehntes Mittagessen, das direkt in den Nachmittagskaffee überging, und es war sehr später Nachmittag, als Josef sie endlich widerstrebend gehen ließ.

»Sie dürfen demnächst wiederkommen, gnädige Frau, dann nehme ich Sie mit in die Fabrik!«, sagte er zum Abschied. Elena lachte.

»Das hat mir Ihr Neffe schon versprochen, tut mir leid, Herr Liebeskind!«

Josef gab sich entrüstet:

»Wem gehört denn die Fabrik? Dem jungen Kerl oder mir? Ich entlasse ihn!«

Elena und August stiegen lächelnd in den Wagen, als Josef noch einmal an den Schlag kam.

»Ach, da fällt mir ein«, sagte er und reichte August einen Schlüssel, »wenn ihr auf dem Rückweg bei der Konditorei vorbeischaut, ich glaub, ich habe gestern nicht abgesperrt. Man wird alt!«, seufzte er theatralisch und nutzte die Gelegenheit, um noch einmal Elenas Hand zu nehmen. Dann zog das Pferd an. Es gab eine kleine Stille. Dann fragte Elena:

»Was für eine Konditorei?«

»Sie steht schon lange leer«, antwortete August, »er hat sie vor einem Jahr gekauft, für ein Ladengeschäft, aber dann hat er die Idee wieder aufgegeben. Nur wenn es Ihnen nichts ausmacht«, sagte er, »ich kann auch später noch einmal hin.«

Sie winkte ab.

»Es wird ja nicht lange dauern.«

Der Wagen hielt an, und August stieg aus, den Schlüssel in der Hand. Dann hielt er Elena seine Hand hin:

»Wenn Sie heute schon keine Schokoladenfabrik sehen können«, sagte er, »dann wenigstens eine Zuckerbäckerei. Die Küche ist sehr schön.«

Elena ergriff die Hand und stieg aus.

Die Konditorei lag abseits und war nie besonders gut gegangen. Onkel Josef hatte die Türe tatsächlich offen gelassen, und sie traten ein. Die Schwelle war abgetreten und hätte erneuert gehört, und die Vorhänge an den Seiten der Schaufenster waren ausgeblichen und nur noch staubig blau.

»Oh, noch ein Märchenzimmer!«, bemerkte Elena trocken.

»Kommen Sie doch in die Zuckerküche«, sagte August, »und Sie dürfen nicht frech sein, sonst werden Sie am Ende mit Pech übergossen ...«

Die Bäckerei hinter den Verkaufsräumen war tatsächlich wie ein Märchen. Trotz des regnerischen Wetters war es hier viel heller als im Verkaufsraum. Die Fenster waren höher, die Wände in den traditionellen Bäckerfarben hell gekachelt, und alles sah, bis auf einen Hauch von Staub, sauber aus. Ein blauweißes Band zog sich auf halber Höhe an den Fliesen entlang und verschwand hinter den langen Apothekerkommoden, deren über hundert Schubladen je ein ovales Porzellanschildchen trugen, auf dem stand, was darin war. Elena ging die Reihen entlang und las halblaut:

»Zimmet. Zibeben. Zucker. Roter Zucker. Blauer Zucker. Vanillons. Weinstein. Tragant ...«

»Getrocknete Marillen. Datteln. Feigen ...«, las August weiter und zog die Schubladen eine nach der anderen auf. Die Vertrautheit, wie sie an dem Tag am See zwischen ihnen gewesen war, kehrte mit der Stille der leeren Küche zurück. Auf einmal fühlte er sich ihr wieder nah.

»Kommen Sie her!«, sagte er, als er ein Fach mit Fläschchen gefunden hatte. »Riechen Sie. Jeder Duft ist ... wie eine ... eine andere Welt.«

Sie sah ihn an, und ihre Brauen gingen in schönem Bogen nach oben.

»Ja«, sagte August verlegen, »wie eine Welt. Hier!«

Er hatte zwei Fläschchen entkorkt. Sie beugte sich über eines und atmete den Duft ein, der den Raum zu füllen begann.

»Rosenöl«, sagte er, »zehntausend Pfund Blüten für einen halben Liter. Und Marzipan ... Draußen ist es schon

kalt, und die Tage werden kurz. Man kommt mit rot gefrorenen Händen in die Küche, und da sitzen die Mädchen und
knacken Mandeln. Sie sitzen am Herd und erzählen sich
von ihren Liebsten und von ihren Träumen, und der Sack
mit den Mandeln leert sich nach und nach. Das Feuer im
Herd prasselt, können Sie hören, wie es prasselt, wenn man
die Mandelschalen hineinkehrt?«

»Nein«, sagte Elena kühl.

August sah überrascht auf.

»Erzählen Sie mir nichts von dem, was ich vielleicht
hören will«, sagte sie, »keine Märchen, nichts Fremdes,
diesmal. Ich will ... Ich will die wahren Geschichten. Erzähl
mir von deinen Düften.«

Deine Düfte ... Sie stand vor ihm und wartete. August
dachte daran, wie es als Kind gewesen war, und dann hörte
er auf, sich zu wehren, stellte die Fläschchen weg, zog eine
andere Schublade auf und ließ die ersten Bilder kommen.
Theriak – Angelika, stand auf dem Emailleschild.

»Angelika«, murmelte er, und der Duft bekam eine
Farbe. Ölig schwer, zugleich süß und angenehm bitter breitete er sich aus.

»Angelika«, sagte er träumerisch, »Angelika war immer
eine Gewitterwolke. Eine Gewitterwolke über dem Som-
merhaus und über der Veranda, und in dem stechenden
Sommerlicht vor einem Gewitter leuchtet die Orangen-
marmelade auf dem Tisch. Die Luft ist schwül und süß
wie die Marmelade, und man wartet und wartet auf den
Regen. Angelika hat den Geschmack von Wetterleuchten.
Durch die Läden fällt am Nachmittag grün das Licht, und
wenn man dahintersteht und hinaus auf die Straße sieht
und das Licht dein Gesicht hell und dunkel macht, dann
kannst du immer um vier Uhr die zwei Mädchen sehen. Sie
kommen jeden Nachmittag vorbei, und obwohl sie keinen

Namen haben, heißt eine von ihnen Angelika. Sie sieht so aus, als würde ihre Haut danach riechen, nach dem Feuer der Blitze mitten im Regen, und alles an dem Jungen hinter den Läden will zu ihr und sie schmecken und spüren. Aber sie geht jeden Tag vorbei und sieht nicht einmal zu seinem Fenster hinauf.«

Augusts Gesicht brannte bei der Erinnerung, aber Elena stand da und hörte zu.

»Manchmal«, sagte er stockend, als er an den Schubladen entlangging und mit dem Finger die Emailleschilder sanft berührte, »manchmal sehe ich den Düften ihre Geschichten an.«

»Was für Geschichten?«, fragte sie. Ihre Stimme war rau.

»Ich weiß es nicht.«

Er hatte seit seiner Kindheit niemandem mehr davon erzählt. »Düfte sind Bilder, seit ich denken kann. Es ist, als ob ...«, er redete auf einmal hastig und leise, »... es ist so, als ob an manchen Menschen die Düfte hängen bleiben und mit ihnen die Geschichten, die sie erlebt haben.«

Elena lachte nicht und sagte nichts Spöttisches. Da trat er neben sie, beugte sich zu ihrer Schulter und atmete ein, atmete langsam und tief ein, bis ihr Duft alles in ihm ausfüllte. Dann zog er die Schublade auf. Mohn. Er griff hinein in den Haufen, schwer und grau wie Sand, ließ die Körner durch seine Hand rieseln. Sie hielt die ihre darunter, fing den Mohn auf und ließ ihn dann weiter in die Lade rinnen. Es staubte ein wenig, und der graue Dunst bekam einen Hauch von Rot.

»Ein kleines Mädchen«, sagte er stockend, »liegt in einem abgedunkelten Zimmer, fiebrig, die Schatten im Zimmer sehen aus wie Tiere und bewegen sich, und dann kommt jemand und gibt ihm ein Leinensäckchen in den Mund, mit Mohn gefüllt, nass und grob, und das Mädchen saugt kalten, schweren Schlaf aus dem Säckchen, schläft und schläft einen kalten, schweren Schlaf und hat wirre Träume, in denen sie die Schatten zählen muss und mit ihnen rechnen und immer weiterzählen, es wird nie aufhören, und sie ist für immer in einer Rechenwelt gefangen und weint hoffnungslos. Am nächsten Tag wird sie kaum wach.«

Elena sah ihn nicht an.

»Diphtherie«, sagte sie kaum hörbar, »sie dachten, ich würde sterben. Und ich habe im Traum wirklich geglaubt, dass ich sterben muss, wenn ich aufhöre zu zählen. Ich habe um mein Leben gezählt ...«

Sie schwieg. August zögerte, kam ihr dann aber wieder ganz nahe und atmete ihre Wärme und ihren Duft, der sich immer mehr auffaltete wie ein ungeheurer Fächer. Der Mohngeruch verblasste, während er nach dem schönen Duft suchte, der hinter den anderen Gerüchen versteckt war. Dann war er auf einmal da. August ging und suchte die richtige Schublade. Elena folgte ihm. Bitterorange, stand fein auf das Emailleschild geschrieben. Als er die Schublade geöffnet hatte, stieg der Duft auf wie eine durchsichtige Augustsonne, orangerot.

August beugte sich nach vorne und schien durch die Wände in die Ferne zu sehen.

»Ein Garten«, sagte er leise, »Bogengänge zwischen Zypressen und Orangenbäumen, und die Wege sind mit Muscheln und Flusskieseln besetzt. Narzissen. Fontänen, und der Wind bläst manchmal fein zerstobenes Wasser durch die Blätter und ...«, er stockte, weil das Bild ein Märchenbild wurde und gar nicht stimmen konnte. Er musste plötzlich leise lachen und redete hastig weiter. »Zwei Panther, rechts und links, eine Freitreppe und überall der Duft der Orangen ... Es tut mir leid«, sagte er, lächelte sie an und hob die Schultern, »ich habe mich hinreißen lassen.«

Aber Elena stand neben ihm, hielt die Orangenschalen in beiden Händen und sah ihn nicht an, als sie sagte:

»Schubrah. Das sind die Gärten von Schubrah. Der Vizekönig hat zwei Panther auf den Treppen, sie sind angekettet, und wenn du zwischen ihnen hindurchgehst, drehen sie nur müde den Kopf nach dir. Es ist der schönste Garten der Welt, wenn du alleine und nur für dich die Wege entlanggehst, durch ein Meer von Duft«, sagte sie und zeichnete mit dem Finger Figuren in das Häufchen getrockneter Orangen, »und dann gibt es einen Pavillon in den Gärten von Schubrah ...«

»... und du siehst über die Gärten hinweg den Nil ...«, sagte August und roch den Lavendel, der dort wuchs, roch den Sand in der heißen Brise, die den Stoff im Pavillon bewegte.

»Man riecht den Lavendel und die roten Orangen von Schubrah«, sagte Elena, »und dort hat der Vizekönig der Frau des Oberleutnants Palffy ein Geschenk gemacht. Ich habe es behalten ... wegen des Gartens ... weil ich im Garten glücklich war.«

Sie zog aus ihrem Dekolleté den Anhänger, den August schon einmal gesehen hatte, als sie zusammen im Regen im See geschwommen waren. Es war ein goldener Käfer, ein Skarabäus.

»Bau mir ein Bett aus Duft«, flüsterte sie mit rauer Stimme. August berührte den Käfer und spürte, wie warm er von ihrer Haut war. Dann drehte er sich um, ging in die Vorratskammer, kam bepackt wieder und begann, den Zucker aus den Säcken wie feinen Sand auf den Boden zu schütten, Sack um Sack, Zentner um Zentner, groß und weich und weiß. Sie sah ihm zu, wie er dann, ohne zu zögern, zu den Schubladen ging und in großartiger Verschwendung mit beiden Händen ein schweres, weiches, schwarzes Kissen aus Bourbonvanille auf den Zucker warf, ein anderes braunes aus Muskat; wie er einen ungeheuer kostbaren orangefarbenen Schleier aus Safran über das Weiß des Zuckers breitete, einen Schleier, der nach bitterem Honig duftete, einen Schleier, der hundert Mal so viel kostete wie ein Kleid. Sie sah ihm stumm zu, wie er Bittermandelöl an die Seiten hintropfte, wo der Duft in Säulen aufstieg und dann stehen blieb, gefährlich und wunderbar. Sie beobachtete, wie er mit den raschelnden Schalen der Bitterorange einen Weg auf den Boden warf, mit leichter Hand, ein Weg, der unter ihren Füßen knisterte. Sie streifte die Schuhe ab. Im Dämmerlicht der Zuckerküche glänzte der Käfer schwach, als sie über den Teppich aus Bitterorange zu ihm kam. Ihr feiner blauer Geruch nach Rauch war fremd in dieser Kuppel aus Duft, und August atmete ihn sehnsüchtig ein, so, als ob sie fort wäre.

»Zuckersoldat«, sagte sie lächelnd, »Duftsoldat. Schokoladensoldat.«

Ihre Lippen waren so, als wäre sie eben aus dem Wasser des Sees gestiegen, kühl und klar. Die Luft war berauschend voll von Aromen. Ihre Haut schmeckte nach Safran und Vanille und Bittermandel und salzig süß, und August begann, in dem Meer aus Duft zu ertrinken, und sie liebten sich, wie sie geschwommen waren, atemlos und voller Kraft. »Elena«, flüsterte er, denn es gab kein anderes Wort mehr, »Elena.« Es war völlig dunkel geworden, es gab nur noch die Düfte und die Körper, und sie begannen, durch die Nacht zu fallen, taumelnd und lautlos, und ohne sich auch nur für einen Augenblick loszulassen.

Als es dämmerte, war sie eingeschlafen. Ihre Haut glitzerte von Zucker. August beugte sich über sie, küsste ganz leicht ihre Hüfte und wusste für Zeit und Ewigkeit, dass er diesen

Geschmack von Safran und Elena und Vanille und Elena und Bittermandel und Elena nie wieder vergessen würde und dass die Welt nicht mehr dieselbe war wie gestern noch. Er dachte daran, dass er gewollt hatte, dass sein Leben mehr Gewicht bekommen sollte. Jetzt fühlte er sich weich und schwer. Er sah zu, wie die Kacheln allmählich wieder Farbe bekamen, als es schließlich Tag wurde.

»Wie kommt es bloß, dass Gift so gut riecht?«, fragte Elena mit träger Stimme. Sie war aufgewacht, hatte das Kinn in die Hände gestützt und sah ihn an. Der Bittermandelgeruch hing noch immer in der Luft.

»Vielleicht muss im Schönen immer etwas Gift sein«, sagte August. Seine Fingerspitzen berührten ihr Haar. Sie bewegte nachdenklich den Kopf.

»Wozu ist Duft gut?«, fragte sie. »Wozu ist es gut, dass etwas duftet, was man doch nicht essen darf?«

»Vielleicht sind manche Düfte auch nur Essen für die Seele«, sagte August und sah sie an.

Elena lachte leise, und dann küsste sie ihn.

Hinter all den Düften dieser Nacht schwebte ihr eigener, bitterschöner Geruch nach Rauch, und August erinnerte sich daran, dass er sich zu Beginn in diesen Duft verliebt hatte.

12

Als August zwölf Jahre alt war, wettete er mit seinem Bruder Michael und seinem Vetter um ihr Leben. Es war ein Sommertag, noch früh am Morgen, als der Waldrand hinter dem Dorf in den Weinbergen noch im Dunst lag und der Himmel hell war. Aus den Heuböden strömte der Geruch des neuen Heus, aus den Ställen der von frischem Gras, und man konnte das sanfte Klirren der Ketten hören, wenn die Kühe sich träge bewegten. Die Jungen rannten über die Wiesen, und die Strümpfe wurden bis zum Knie vom Tau nass. Die Turmuhr schlug sanft zwei Mal. Halb acht. Ausnahmsweise war der Tag schulfrei, aber im Sommer lagen sie auch an den freien Tagen von fünf Uhr morgens an wach, sahen zu, wie die Dinge im Zimmer Farbe bekamen, waren um sieben schon vor der Tür, ein Stück Brot in der Hand, und rannten vom Haus fort, bevor sie die Mutter zu nützlichen Arbeiten einfangen konnte.

Als sie zu der Quelle kamen, die in diesem Sommer der Anfang aller Tage war, konnte man von den Geräuschen aus dem Dorf schon nichts mehr hören. Nur noch die Lerchen über den Feldern, die man schon längst nicht mehr sah, und manchmal das schneidende Sirren der Mauersegler, die im Turm nisteten und um die Wette flogen.

An diesem Samstagmorgen schlossen sie die Feuerwette ab, nachdem sie eine Woche lang über die Geschichte gestritten hatten, die der alte Pfarrer ihnen in der Michaelerkirche erzählt hatte, als sie ihm in den Talar halfen und die Kerzen putzten. Fasziniert von der Grausamkeit der alten Geschichte und dem Wunder, das in ihr stattfand, hatten sie sich eine Woche lang über Schadrach gestritten. Es war der allererste verstörende Zweifel, der August nicht losließ.

Voller Wut auf sich selbst versuchte er, die anderen zu überzeugen:

»Es muss aber stimmen«, behauptete er, »wenn es in der Bibel steht, dann muss es stimmen.«

»Der Ofen war so heiß, dass die anderen Männer umgefallen sind, die Schadrach und Mesach zum Feuer bringen sollten«, sagte sein Bruder, »weißt du noch? Du hast dich ja nicht einmal getraut, die Hand auf den Küchenherd zu legen.«

»Das ist was ganz anderes«, verteidigte August sich hitzig, »das ist nichts ... das ist nichts Heiliges.«

»Vielleicht muss man nur ganz fest glauben«, sagte Philipp fröhlich, »dann kann einem gar nichts passieren!«

Das war es eben, dachte August unruhig, damit hatte es zu tun. Aber wie konnte man herausfinden, ob man wirklich ganz fest glaubte?

Sie waren zur Feldscheune hinübergegangen, auf deren Heuboden man liegen und über das ganze Tal blicken konnte, ohne gesehen zu werden; in der alle Spiele gespielt werden konnten, die verboten waren: mit dem Federstutzen schießen, Expedition, Märtyrer. Die erste Mahd war schon vor Wochen eingebracht worden, aber das Heu duftete noch. August achtete nicht darauf.

»Wir könnten es ausprobieren«, sagte er und gab sich Mühe, nachlässig zu klingen. Was zwang ihn dazu, das zu sagen? Was zwang ihn dazu, die anderen herauszufordern?

»Willst du etwa einen Ofen bauen?«, fragte Philipp höhnisch.

August zerrte an den Stangen, die man zum Hinaufheben der Ballen verwendete und die in der Ecke der Feldscheune standen.

»Wenn wir von denen ein paar zusammenstellen und dann Heu darüberdecken und Stroh und Reisig, dann reicht es auch, das ist dann innen eh wie ein Ofen.«

Noch war es ein Spiel. Die Stangen so aneinanderzustellen, dass sie ein Zelt ergaben, Stroh und Heu zu schichten, einen hohlen Scheiterhaufen zu bauen. Als sie schließlich in die kleine Pyramide hineingingen, war es im Innern dämmrig graugrün, und es roch trocken und gut nach Stroh. Es sah nicht aus wie ein Ofen.

August holte die Schachtel mit den Schwefelhölzern heraus.

»Du traust dich doch nicht«, sagte Michael unsicher und hoffte das Gegenteil. Philipp sah auf einmal ernst aus. Auch August hatte Angst. Aber jetzt gab es keinen Weg mehr zurück.

»Ihr habt Angst«, sagte er. Es war das erste Mal, dass er verstand, wie jemand aus Angst mutig sein konnte, »wetten, dass ihr nicht drinbleibt?«

»Wetten!« Es gab keine andere Antwort auf diese Frage, und August wusste das. Es war eigenartig: Keiner wollte bleiben, und jeder wusste es vom anderen, und trotzdem blieben sie alle drei. Alleine hätte er diesen dämmrigen, duftenden Ofen niemals angezündet.

»Wir müssen aber beten«, sagte Philipp, als August das Schwefelhölzchen an einem Stein angerieben hatte und es leise aufzischte. Seine Stimme überschlug sich, und er schluckte: »Die Männer haben schließlich auch gebetet.«

Augusts Bruder hatte seinen Rosenkranz dabei.

»Jetzt«, sagte August und hielt das Hölzchen ans Heu.

Zunächst geschah gar nichts. Dann fraß sich das Feuer friedlich durchs Heu. Minutenlang kroch es langsam hoch, glomm mehr, als zu brennen. August steckte erneut ein Hölzchen an und setzte das Heu auf der anderen Seite in Brand.

Sie hatten längst aufgehört zu beten und beobachteten, was geschah. Dann zog das Feuer an, und es brannte richtig. Die Luft wurde heiß, und man spürte die Hitze prickelnd im Gesicht, aber noch war alles auszuhalten. August grinste die anderen an. Es war spannend, mitten im Feuer zu sitzen. Er wischte sich einen glühenden Halm aus dem Haar. Sie waren stark. Sie waren unverletzlich. Wie Schadrach. Und dann, mit einem furchtbaren Donnern, brannte auf einmal alles, und sie sprangen auf, fielen sofort übereinander, rissen die Stangen um, und der Ofen brach brennend über ihnen zusammen. August schrie. Philipp schrie. Michael schrie. Blind vor Entsetzen traten sie sich gegenseitig mit voller Wucht, im Versuch, auf die Beine zu kommen, und taumelten, krochen dann durch einen Wirbelsturm von Glutfetzen weg, nur weg. August sah, wie sein Bruder mit brennendem Haar, mit einer Lohe auf dem Kopf rannte. Sie war wie ein Heiligenschein, und August vergaß dieses Bild nie wieder. Er rannte ihm nach, erwischte ihn am Ärmel, sie fielen und wälzten sich, weil sie nicht mehr auf konnten, und das war ihr Glück, denn es erstickte das Feuer. Augusts Bruder nahm die Hände vom Kopf und sah fassungslos auf die blassen Hautfetzen, die an ihnen klebten. Dann rannten sie zu dritt schreiend an die Quelle. Hinter ihnen war das Heu längst aufgezehrt, die Stangen flackerten nur noch harmlos, rauchten mehr, als dass sie brannten, und alles sah wie ein Lagerfeuer aus, nicht wie ein Feuerofen.

Trotz der Verbrennungen dauerte es lange, bis sie sich nach Hause trauten. Nicht nur wegen der versengten Kleider. Philipp hatte verbrannte Hände und sah mit einer eigenartigen Mischung aus Faszination und Entsetzen, wie die Blasen auf seinen Handflächen immer größer wurden, obwohl er sie immer wieder ins Wasser hielt. Michael dagegen hatte sein Hemd nass gemacht, tropfnass, und es sich auf den Kopf gelegt. Er wimmerte nur ganz leise. Aber August hatte schon damals gewusst, dass seinem Bruder die Haare nie mehr vollständig nachwachsen würden.

Als sie endlich nach Hause gingen, waren nicht die Schmerzen das Schlimmste, sondern die entsetzten Blicke der Mutter, der Köchin und der Geschwister, wenn sie Augusts Bruder ansahen. Abends im Bett biss August die Zähne zusammen, während ihm die Tränen übers Gesicht liefen, weil seine Arme so brannten, aber man durfte ihn nicht hören, nicht, solange Michael nicht jammerte.

Später war nie mehr die Rede von diesem Tag. Keinem blieben Narben im Gesicht zurück, und dass Augusts Bruder an manchen Stellen keine Haare hatte, gehörte über die Monate und Jahre immer mehr zu ihm. Keiner gab August die Schuld. Michael und Philipp sprachen nicht davon. Sie waren ja alle drei geblieben. Irgendwann hielt August es nicht mehr aus und fing an, von dem Tag zu reden, aber sein Bruder sagte nichts. August wusste von nun an immer, ob sein Bruder da war oder nicht. Der Geruch nach verbranntem Haar blieb an ihm haften. In seiner Kindheit, in seiner Jugend. Doch auch darüber sprach August nicht; erst recht nicht, als er bemerkte, dass kein anderer außer ihm diesen Geruch wahrnehmen konnte.

13

Die Tage waren so: August konnte kaum arbeiten. Er bewegte sich durch diesen späten Herbst und durch die ersten Wintertage, als gäbe es kein Wetter für ihn. Wenn die Sonne schien, dachte er an Elenas Haar und wie die Sonne am frühen Morgen durch dessen zuckerglitzernde Strähnen geschienen hatte. Wenn es regnete, sah er ihre Haut vor sich, als sie aus dem Teich gestiegen und das Wasser von ihr abgeperlt war und dabei so klar wie Tau ausgesehen hatte. Wenn der Wind ging – und er ging oft in diesen Wochen –, dann spürte er ihre kühlen Hände, die wie der Wind über sein Gesicht streichen konnten. Es war gleichgültig, wie oft er sie sah: Wenn sie fort war, blieb er nicht lange glücklich. Es war eine »amour fou«, ein langsames Stürzen in eine Herzenstiefe, die er vergessen hatte, vor der er sich gefürchtet hatte, seit er ein Kind gewesen war. Wenn sie fort war, hallten die Minuten und halben Stunden und manchmal auch Stunden mit ihr in ihm nach. Doch dann verblasste das letzte Bild wie ein Echo, und dann kam eine Leere, und danach kam schleichend die Angst, dass sie nicht wiederkommen würde. Er war alt genug. Er wusste genau, ganz genau, dass es nichts von Dauer gab. Er wusste, dass diese Verliebtheit irgendwann einmal aufhören würde, und er fürchtete sich davor. Manchmal schrieb er ihr, wenn sie eben erst gegangen war. Dann stellte er sich den Weg des Boten vor, der den Brief zu ihr brachte, und sah dabei auf die Uhr. Jetzt, dachte er dann, jetzt geht er die Treppe hinauf. Jetzt läutet er. Jetzt macht das Mädchen auf, nimmt den Brief entgegen und bringt ihn ihr. Er sah Elena vor sich, wie sie auf der Chaiselongue lag, schmal und grau und schön, wie er sie manchmal gesehen hatte, und immer waren in seiner Vorstellung ihres Zimmers die Fenster geöffnet. Wenn sie den Brief las, so stellte August sich vor, lächelte sie über die eine oder andere Zeile, in der er sich über sich selbst lustig machte, über seine Verliebtheit, über das Gestammel, das er ihr schrieb. Und dann begann das Warten. Schrieb sie zurück? Wann war sie fertig? Während August im Kontor an seinem Pult stand und die Rechnungsbücher durchging, die Auftragsbücher durcharbeitete und Briefe nach Indien und Ägypten schrieb, sah er immer wieder auf die Uhr, die neben ihm lag: eine halbe Stunde für den Brief. Eine Stunde für den Boten. Jetzt war der Brief bei seiner Wirtin. Jetzt musste er in seinem Zimmer sein. August sah auf die Uhr und wusste, dass er frühestens um halb sechs Uhr würde gehen können. Er sah auf die Bücher und verstand nicht, was er las. Es war eine seltsame Art der Verzweiflung mitten in seiner großen Verliebtheit, die ihn in solchen Augenblicken überkam. Irgendwann fiel ihm dann in einer dieser leeren Wartestunden plötzlich ein, wie das war: So zerstreut hatten die Kameraden im Lazarett gewirkt, wenn sie nach den Operationen kein Morphium mehr bekamen. Zerstreut und leer und ... ja, unglücklich. Sie waren so unruhig auf und ab gegangen wie er, und sie hatten sich manchmal hart auf die Lippen gebissen, genau wie er.

Elena, dachte er ihren Namen immer wieder, als wäre er ein Ersatz für sie, Elena. Manchmal, wenn die Leere zu groß war, ging er aus dem Kontor hinunter in die Fabrik, gab vor, nach dem Rechten zu sehen, und aß Schokolade, noch warm und weich. Ihre Süße erinnerte ihn an Elena in der Nacht in der Konditorei.

Dann war es halb sechs Uhr, und er konnte gehen. Doch wenn er im Treppenhaus des Kontors stand, über ihm die moderne Kuppel aus Eisen und Glas, auf die es regnete und durch die das späte Licht seltsam schlierige, ständig huschende Schatten auf die Stufen warf, dann konnte er sich auf einmal nicht mehr dazu bewegen, nach Hause zu gehen. Vielleicht war kein Brief da. Vielleicht war sie seiner auf einmal müde geworden. Es fiel ihm immer schwerer, amüsant zu sein, wenn sie zusammen waren – sie bedeutete zu viel. Er war sich ihrer nie sicher, sobald sie einmal fort war, nie.

Auf dem Weg nach Hause zwang er sich, vor Schaufenstern stehen zu bleiben, kehrte manchmal im Kaffeehaus ein, trank nervös und hastig Kaffee und ging wieder, bevor die Schale leer war. Zu Hause angekommen, schloss er die Tür auf und brauchte immer lange, bis er das Licht anzündete. Dann lag eines der schmalen Kuverts auf dem Schreibtisch. Sein Magen zog sich zusammen, es fühlte sich an wie ein kleiner Stoß, obwohl es doch eben das war, worauf er gewartet hatte. Und erst, wenn er den Brief las und sie ihm schöne Dinge schrieb, heitere und schöne Dinge, war der ganze Zweifel vergessen und unwirklich, und es war nie anders gewesen, als dass sie sich liebten.

Das alles sah August mit großer Klarheit. Er sah, wie lächerlich er war. Er war sich bewusst, dass er nur verliebt war und dass alle Verliebtheiten dem Alltag auf Dauer nicht standhielten. Und er wusste, dass es vorbeigehen würde. Aber das alles nützte nichts, denn es gab einen August, der das alles wusste, und dann gab es ihn selbst. Den August, der sich in Elena verloren hatte.

Es war ein grauer Tag. Der Novemberregen ließ die warten-
den Kutschpferde unendlich traurig aussehen. Das Wasser
rann ihnen trotz der Decken an Mähne und Kruppe herab,
triefte ihnen von den Beinen und vom Schweif, und so
hielten sie die Köpfe tief gesenkt. Die Kutscher saßen nicht
auf dem Kutschbock, sondern im trockenen Wagen, und
ihr Atem dampfte aus den Schlägen. Trotz des Regens war
kaum ein Geschäft zu machen, die Leute blieben lieber zu
Hause, als auszufahren. Es war der richtige Tag für eine
Beerdigung. August hatte die Trauerbinde um den Arm
seines Uniformmantels geschlungen und eilte unter den
Markisen und Vordächern eng an den Häuserfronten entlang, bis er bei den Fiakern angelangt war, die sich hinter
dem Leichenwagen allmählich zu einem Zug formierten.
Es war ein Weg von fast einer Stunde bis Simmering zum
neuen Zentralfriedhof. Für August war es das erste Mal,
dass er dorthin musste. Obwohl er den Major Kornell nur
flüchtig gekannt hatte, war es ein bedrückendes Gefühl,
ihn tot zu wissen. Die wenigen Begegnungen bei Manö-
vern oder im Kasino hatten sich zu einem allgemeinen Eindruck der prallen Lebensfreude zusammengefügt, einer in
raschen, breiten Strichen gemalten Erinnerung an einen
fröhlichen und lauten Menschen. August gesellte sich zu
den Kameraden, die mit hochgeschlagenen Kragen rauchend neben ihren Wagen standen und warteten, dass der
Zug endlich anruckte. Sie unterhielten sich mit gedämpf-
ten Stimmen und begrüßten August mit dem verlegenen
Ernst, den, bis auf die ganz Alten, alle Trauergäste haben,
weil sie wissen, wie ungehörig es für den Toten ist, dass
man noch lebt. Die Gespräche drehten sich um dies und

jenes, wie gut man den Major gekannt habe, wie alt er war, woran gestorben – nichtssagende Verlegenheitsgespräche. Kurz nach August kam auch Hasek, den er das letzte Mal in der Sommerfrische gesehen hatte. Es war seltsam: Je unbeschwerter einer normalerweise war, dachte August, desto unsicherer und verlegener war er bei einem Ereignis wie dem heutigen. Hasek trat von einem Fuß auf den anderen, murmelte undeutliche Begrüßungen und flüchtete sich in die Beschäftigung mit seiner Zigarre. Als die Kavallerie kam und sich an die Spitze setzte, kam der Zug endlich in Gang. August war froh, heute nicht zu Pferd sein zu müssen, denn der Regen hatte noch zugenommen und die Uniformen der Kameraden sahen schon jetzt schwer und nass aus.

»Komm«, sagte er zu Hasek, und beide stiegen zusammen in einen Wagen. Eine Weile schwiegen sie, dann sagte Hasek plötzlich, um einen leichten Ton bemüht:

»Man hört, du bist Chocolatier geworden!«

August musste lächeln.

»Nicht ganz«, sagte er, »aber ich arbeite wirklich in einer Schokoladenfabrik.«

»Das wär als Kind mein Traum gewesen«, sagte Hasek versonnen, zog an seiner Zigarre, blies den Rauch gemütlich fort, und man sah, dass er die Beerdigung schon fast vergessen hatte, »aber heut wär ich doch lieber in einer Tabakfabrik.«

»Ja«, sagte August, »das glaube ich dir. So bist du. Wie geht es in der Kaserne? Willst du noch immer keinen Abschied nehmen? Du wirst für das bürgerliche Leben nicht mehr taugen, wenn du nicht bald den Rock ausziehst.«

»Na«, sagte Hasek, »ich bleib Soldat. Solange man Soldat ist, muss man kein Mädchen heiraten, da kann man immer sagen: Schau, ich weiß ja nicht, wann ich ins Böhmische versetzt werde. Oder nach Italien ...«

August konnte nicht anders, er musste lachen. Hasek dagegen wurde plötzlich wieder ernst.

»Aber du und deine Frau Oberleutnant«, sagte er, »das ist was anderes, obwohl ... Na ja, sie wird dir ja erzählt haben, oder ...«, er zögerte, als ob ihm eben erst bewusst geworden war, dass er indiskret war, aber nicht mehr zurückkonnte, »... oder habt ihr gebrochen?«

August schüttelte den Kopf und fragte dann hastig: »Was, was meinst du?«

»Na, es wird doch eine zweite Anhörung geben. Am End wird noch Klage erhoben ... Sag mal, weißt du das denn nicht?«

August musste die Gesichtsfarbe gewechselt haben.

»Doch, doch«, sagte er eilig, »es ist nur ...«

Hasek blieb still und zog an seiner Zigarre. In Augusts Kopf fingen die Gedanken an zu rasen und sich zu überschlagen. Sie hatte ihm nichts davon erzählt. Nichts. Und sie waren doch erst zusammen aus gewesen.

Die Kutschfahrt hinaus nach Simmering wurde für ihn zu einer dieser Stunden, in denen man an allem zweifelte. Er hatte das manchmal als Kind gehabt: Auf einmal war alles um einen herum nichts als nur Theater. Alle spielten ihre Rolle, und wenn er sich umdrehte, dann unterhielten sie sich über ihn, dann wurden Häuser wie Kulissen, die sie ja waren, beiseite geräumt, und die Amme wurde zur Gräfin, die Geschwister zu Fremden, und die Eltern waren seine Eltern nie gewesen. Sein Leben war ein einziges großes Theater. Solange er im Raum war, spielten sie ihm sein Leben vor, und wenn er die Tür hinter sich schloss, wenn er zu Bett ging, dann fielen ihre Rollen von ihnen ab, und das Leben war in Wirklichkeit fremd und ganz anders. Er wusste nur nicht wie. Und es gab keine Möglichkeit herauszufinden, wer denn nun wer war, warum man das Theater um ihn spielte und wieso die Welt eine Kulisse war.

»Hast du das auch manchmal?«, fragte er Hasek, der mit seinen roten Bauernwangen so grundfest im realen Leben stand, »hast du das manchmal, dass sie um dich herum alles nur spielen, dass nichts echt ist, alles nur Theater?«

Hasek grinste und schüttelte den Kopf:

»Nein, nur im Theater«, sagte er dann und freute sich über seine Schlagfertigkeit. August aber wurde das Gefühl dieser bedrohlichen Unwirklichkeit nicht los, diese Angst, dass Elena womöglich auch nur spielte. Vielleicht lag es an der Trostlosigkeit des Vororts oder des riesigen, kahlen Friedhofs, an dem sie nun schon gute zehn Minuten entlangfuhren, bis sie sich endlich dem zweiten Tor näherten. Die Glocken der Kapelle begannen schon zu läuten, bevor sie auf den Hauptweg einbogen, und August überlegte kurz, wie das kam, aber dann sah er die Jungen, die in großen Abständen an der Simmeringer Hauptstraße bis zur Mitte des Friedhofs postiert waren und das Signal zum Läuten weitergaben, indem sie ihre Taschentücher schwenkten, sobald sie den Zug kommen sahen. Mit jedem Taschentuch pflanzte sich eine kleine weiße Welle fort bis hin zur Kapelle. Und noch mehr Theater, dachte er. Wieso hatte sie ihm nichts erzählt? Wie wenig er von ihr wusste. Traute sie ihm nicht? Bedeutete er ihr nichts? Spielte sie nur? Manchmal, wenn sie sich tagelang nicht sehen konnten, hatte er Angst, dass er ihr fremd würde. Aber vielleicht war er das schon immer und hatte es nur nicht gemerkt. Eine tiefe Unruhe stieg in ihm auf, und er wünschte sich, er könnte sie sehen, sofort, um zu wissen, wie es um sie beide stand, um etwas tun zu können, um dieses Gefühl zu überwinden, um ihn herum sei alles nur gespielt. Am liebsten wäre er umgekehrt, aber das ging natürlich nicht. Sie mussten aussteigen und dem Sarg folgen, da er noch einmal geöffnet wurde. August betrachtete den toten Major, während der Pfarrer über dessen Leben sprach. Er sah nicht wirklich friedlich aus, sondern eher so, als ginge ihn das alles nichts mehr an. Der Ausdruck machte ihn sehr fremd. In diesem Augenblick roch er Rauch und drehte sich fast erschrocken um, weil er dachte, Elena sei auf irgendeine Weise in die Kapelle gekommen. Doch natürlich war sie nicht da, nur der Geruch von Rauch, den er von ihr so gut kannte. Er war schwach, aber nicht zu verleugnen, und als August sich ein klein wenig vorbeugte, merkte er, dass er von Hasek ausging. Es war ein anderer Geruch als der kalte Zigarrenrauch, der ansonsten immer im feuchten Uniformmantel hing. Es war ein Geruch wie von einem Rauch, der von sehr heißem Feuer ausging – ein wabernder, flimmernder Duft. August war froh, als sie dem Sarg wieder nach draußen folgten. So sehr er diesen Duft an Elena liebte, so unangenehm war er ihm an Hasek. Die Regenluft wusch ihn schnell fort. Aber nun war August noch nervöser und ungeduldiger, trat am Grab von einem Fuß auf den andern und konnte kaum die Ehrenbezeigungen abwarten, konnte es kaum aushalten, bis endlich die Erde auf den Sarg geworfen und der Witwe kondoliert worden war.

»Gehst du noch mit auf den Leichenschmaus?«, fragte Hasek, als sie den anderen voraus zum Haupttor eilten, wo die Kutschen warteten.

August schüttelte den Kopf.

»Mir ist nicht danach«, sagte er kurz, und es stimmte wohl auch, »ich nehme den Fiaker zurück, wenn es dir recht ist. Du kannst ja mit den anderen fahren.«

Hasek zuckte mit den Schultern und hob grüßend die Hand. Er war froh, dass die Beerdigung vorbei war, und

August sah noch, wie er versuchte, sich im Regen seine Zigarre wieder anzuzünden. Dann ruckte der Wagen endlich an.

Zurück in der Stadt ließ er sich zu Elenas Wohnung fahren. Der Nachmittag ging seinem Ende zu, und es dunkelte schon. Über der Stadt stand der Himmel graurot von all den Lichtern und Herdfeuern. Es regnete noch immer, und die Stadt sah verloren aus, als er aus dem Wagen stieg und den Kutscher bezahlte. Dann stand er vor ihrem Haus, so wie vor Monaten an dem sonnigen Herbsttag, und war sich lange Augenblicke nicht mehr sicher, ob er nach oben gehen sollte. Vielleicht war das so, wie wenn man im Theater hinter die Bühne kam und Romeo im Unterhemd sah oder Julia mit der Garderobiere streiten hörte. Dann war der Zauber wie der Duft von alten Gewürzen auf einmal verflogen.

Er überwand sich, stieg die Treppe hinauf und schellte. Das Mädchen öffnete die Tür. Ob die Frau Palffy da sei, fragte er, und sie nickte und bat ihn herein, und dann kam ihm Elena auch schon aus dem Salon entgegen.

»Nass«, sagte sie lächelnd, »der Herr Soldat ist schon wieder nass. Muss es immer regnen, damit wir uns sehen?«

Eigentlich war es wie eine große Erleichterung, sie scherzen zu hören, mit diesem leichten Ton von Spott, der immer dabei war.

»Wenn du in Afrika gelernt hättest, wie man Wetter macht«, antwortete er, »müsste das nicht so sein. Aber dann hätte man dich längst als Hexe verbrannt ... und nicht nur wegen des Regens«, fügte er mokant hinzu, und an der Art, wie ihre Brauen belustigt nach oben zuckten, merkte er, dass sie verstanden hatte, was er meinte.

»Wenn ich in Afrika gewusst hätte, wie man Regen macht, wäre ich jetzt reich«, sagte sie, »und müsste mich nicht von einem Chocolatier aushalten lassen. Aber kommen Sie doch herein, Herr Leutnant, und sagen Sie mir, was Sie bei diesem Wetter zu mir führt.«

Sie spielte gerne mit diesem Wechsel vom »Du« zum »Sie«, dieser Vertrautheit, die entstand, wenn sie sich siezten und dabei doch in jedem Satz die Nähe spürten, die zwischen ihnen war.

Jetzt, nachdem es draußen schon dunkel war, wirkte der Salon nicht mehr so groß wie im Sommer, als alle Fenster geöffnet waren. Das Gaslicht brannte, und die Schatten der Möbel zitterten und flackerten an den Wänden. Es war angenehm kühl, bei Weitem nicht so überhitzt wie in vielen Stuben um diese Zeit, bevor der Winter richtig kam. Trotzdem war das Zimmer erfüllt von Düften. Die gläsernen Schalen standen, diesmal voller getrockneter Früchte und Gewürze, auf den Fensterbrettern und nahe dem Ofen und am Kopfende der Chaiselongue. Orange und Ingwer und Bittermandel roch er, Veilchenblüten häuften sich blau und verschwenderisch in einer Schale am Fenster, und Vanillestangen waren zu einem kleinen, ordentlichen Stapel gehäuft und sahen kostbar aus.

»Ich habe mir die Düfte aus der Konditorei nach Hause geholt«, sagte Elena. Dann lächelte sie das zurückhaltende Lächeln, das August so mochte, »und sieh an«, sagte sie leise, »es hat gewirkt. Du bist da.«

Wenn sie sich küssten, war es immer noch so wie am Anfang, vielleicht sogar stärker, als gäbe er sich in diesen Küssen auf. Er wusste, woran es lag. Daran, dass sie das eben nicht tat und dass in ihr immer ein winziger Widerstand blieb. Und August wusste keinen anderen Weg, ihn zu überwinden, als sich immer weiter in ihr zu verlieren.

Später stand sie im dunklen Zimmer am offenen Fenster, schlank und schön, und sah über die Stadt, in der die Lichter ausgingen und es nur noch aus den Wirtshäusern leuchtete. Die Gaslaternen zeichneten die Straßenzüge nach. August lag auf der Chaiselongue und betrachtete sie. Manchmal wollte er nicht aufhören, sie anzusehen, weil er Furcht hatte, sie könnte verschwinden, wenn er wegsah.

»Warum hast du mir nicht erzählt, dass sie dich zur Anhörung geholt haben?«, fragte er endlich und gab sich Mühe, seine Frage nicht wichtig klingen zu lassen. Elenas Rücken war eine helle, geschwungene Linie vor dem Fenster. Sie bewegte sich nicht.

»Wozu denn?«, fragte sie schließlich, ohne sich umzudrehen. Der Zug vom leicht geöffneten Fenster wehte ihren Duft zu ihm. Wie sehr er sich an diesen Duft von Rauch und Gewürz und Elena gewöhnt hatte.

»Wozu«, sagte August und richtete sich auf, »wozu?«

Er versuchte, beherrscht zu bleiben, aber es gelang ihm nicht. »Weil man mir erzählt hat, dass sie vielleicht ein Verfahren gegen dich eröffnen. Weil man hört, dass sie womöglich Klage gegen dich erheben. Ist dir denn ganz gleich, was mit dir passiert? Ist es dir gleich, wenn sie dich womöglich wegen ...«, er stockte.

»Na?«, fragte Elena, noch immer ruhig. »Sprich es aus: weswegen?«

August holte tief Luft.

»Ist dir nicht klar, wie das alles aussieht?«, fragte er dann. »Ist dir nicht klar, dass es schwer zu glauben ist, wenn du von deinem Mann nach einer Reise voller Streit und Zankerei verlangst, dass er dich bis Konstantinopel bringt? Wenn ihr dann um die Wette schwimmt und er dabei ertrinkt, ist dir nicht klar, wie das aussieht?«

»Doch«, sagte Elena kühl, »natürlich ist mir das klar. Mir ist klar, wie es aussieht, wenn mein Mann auf einer Reise mit mir allein ums Leben kommt und ich danach zu Hause immer öfter mit dem Leutnant Liebeskind gesehen werde. Deswegen«, sagte sie, »habe ich diese Geschichte auch nicht erzählt. Und deswegen habe ich dir nicht von der Anhörung erzählt. Es gibt nichts, was du tun kannst.«

»Haben sie dich denn ... Bist du denn nach mir gefragt worden?«, wollte August wissen.

»Natürlich«, sagte Elena und drehte sich endlich um, nachdem sie das Fenster sorgfältig geschlossen hatte, »natürlich bin ich nach dir gefragt worden. Diese Stadt ist nicht so groß. Man kennt dich.«

»Und?«

»Nichts ›und‹«, sagte Elena, »ich habe getan, als wärst du nicht wichtig. Vielleicht haben sie es mir sogar geglaubt.«

August stand auf, ging zu Elena und nahm ihre Hand.

»Elena«, sagte er, »du musst mich nicht schützen ...«

»Das tue ich nicht«, sagte sie sehr kühl, »ich schütze mich.«

Nach einer langen Pause ging August zurück zur Chaiselongue und setzte sich. Auf einmal war ihm seine Nacktheit unangenehm. Sie stand noch immer am Fenster. Schließlich, als er schon aufgestanden war und sich anziehen wollte, ging sie rasch die wenigen Schritte hinüber und stand dann sehr nah vor ihm.

»Das ist meine Sache«, sagte sie leise, »wir haben uns noch gar nicht gekannt, als ich mit ihm nach Afrika gegangen bin. Und dann ... Jeder hat sein Leben, aus dem er nicht fort kann.«

»Ist das so?« Er hätte gerne so gelassen geklungen wie sie, aber er konnte es nicht. Eine Erinnerung an das Gefühl, dass rings um ihn herum alles gespielt sei, flog ihn wieder an: »Ist das wirklich so?« Seine Frage klang mehr wie eine Bitte.

»Was möchtest du?«, fragte sie. »Ein Versprechen fürs Leben?«

»Für den Anfang wäre das nicht schlecht«, versuchte er dem Gespräch eine leichtere Note zu geben, »aber nein, natürlich nicht. Natürlich nicht. Ich ... Nein, kein Versprechen.«

Sie legte ihm die Hand auf die Brust und drückte ihn sanft zurück auf das Sofa. Dann kniete sie sich daneben, überkreuzte ihre nackten Arme auf seiner nackten Brust und legte ihr Kinn darauf. Ihre Gesichter waren sich auf eine Handbreit nah.

»Hör zu«, sagte sie leise, »man gehört sich nicht, nur weil man sich liebt. Nimm die Tage, wie sie sind, August ...«

Er zog sie an sich, vielleicht, weil er nicht sagen konnte, was er eigentlich sagen wollte. Es kam ihm auf einmal alles sehr groß und zugleich lächerlich vor. Was hatte er denn erwartet? Er atmete den Duft ein, der sich in ihren Haaren wie ein schönes Gespinst hielt. Dann nahm er sich zusammen. Es war, wie wenn man sich innerlich wieder anzog, eine Uniform über seine Seele zog. War das nicht genau das, was sie von ihm erwartete?

»Schade«, flüsterte er leicht in ihr Haar und gab sich Mühe, unbeschwert zu klingen.

»Was ist schade?«, flüsterte sie zurück.

»Ich hatte Karten für uns, für die Oper«, sagte er ganz leise ironisch, »aber du wirst dich nicht mehr mit mir sehen lassen können.«

»Das hängt ganz vom Stück ab«, sagte sie genauso spöttisch, »man wird dann eben vorsichtig sein müssen. Was ist es denn?«

»Berühmt«, lächelte August, »Hoffmanns Erzählungen. Das erste Mal nach der Premiere in Paris bei uns in Wien. Gut genug?«

»Gut genug, Herr Leutnant«, murmelte sie und wurde in seinen Armen ganz schwer und weich, »gut genug.«

Der Duft der Früchte, der Süßigkeiten und der Gewürze vermischte sich wieder mit dem allgegenwärtigen, bitterherben Geruch des Rauches zu dem Parfum, das Elena ausmachte, das August so tief einatmete, als könnte er sie damit in sich aufnehmen, unverlierbar und für immer. Minutenlang hielt er den Atem an, und dann, als seine Lungen schon wie Feuer brannten und er endlich keuchend ausatmete, küsste er sie atemlos und voller selbstzerstörerischer Lust.

15

In den nächsten zwei Wochen wurde es kalt. Sie sahen sich nun wieder fast täglich, und in diesen Tagen war es beinah so wie vorher. Auf seine kleinen Briefchen schrieb sie ihm auf die Rückseite schnelle und boshaft liebevolle Antworten. Von den Blumen, die er ihr schickte, trug sie eine am Kleid, wenn sie abends ausgingen; in die Vorstädte, damit man sie nicht zusammen sah. Das Konfekt, das er manchmal in der Fabrik des Onkels nur für sie erfand und ihr schicken ließ, fand er abends in den Schalen ihrer Wohnung, wenn er zu ihr kam. Es war beinahe so wie vorher, aber August besuchte jetzt auch wie zufällig die Rechtsanwälte unter seinen Freunden und brachte das Gespräch ebenso zufällig auf den vermissten Oberleutnant Palffy. Er lieh sich Gesetzbücher und versuchte herauszufinden, was Elena geschehen konnte. Einmal ging er sogar ins Landgericht und saß drei Stunden in einem Prozess, bei dem es um Totschlag ging. Der Raum hatte etwas zutiefst Ernüchterndes, er war wie eine Erinnerung daran, dass solche Dinge tatsächlich passierten, dass tatsächlich Leute ins Gefängnis wanderten, dass tatsächlich Leute gehängt wurden. Das war der Tag, an dem er beschloss, Elena auch gegen ihren Willen zu unterstützen. Es war aber auch der Tag, an dem er das erste Mal darüber nachdachte, ob es etwas ändern würde, wenn sie ihren Mann mit Vorsatz zum Wettschwimmen überredet hätte. Wenn sie wirklich für seinen Tod verantwortlich wäre. Es war nicht schwer, sich Elena vorzustellen, am Strand des Bosporus, wie sie ihren Mann herausforderte, überlegen und mit Bedacht. War sie so? Vielleicht war sie tatsächlich so. Er stellte fest, dass es ihn nicht berührte. Es war ihm gleichgültig. Er konnte es nicht ändern – er liebte sie doch.

Am Nachmittag vor der Opernaufführung schneite es. Es hatte schon am Tag zuvor begonnen, und es war kein Novemberschnee, der schmolz, sobald er die Straße berührte, sondern der erste Winterschnee. Die Straßen und Häuser wurden langsam weiß. Die Fiaker zogen erst schwarze, nasse Spuren, dann graue, und schließlich waren es nur noch weiße Linien im weißen Schnee. Die alten Frauen wurden zu schwarzen, aufgeschreckten Krähen auf dem verschneiten Markt, und sie flatterten aufgeregt mit ihren Taschen, wenn sie rutschten und zu fallen drohten. August sah ihnen amüsiert zu, als er zum Rathauspark schlenderte, wo sie sich verabredet hatten, von dort war es nicht mehr weit bis zur Oper. Es schneite nicht sehr dicht, aber stetig, und der Lärm der Stadt wurde immer mehr verschluckt. Die Hufe der Kutschpferde klapperten nicht mehr, und die Räder rollten so leise wie über das Stroh, das man auf die Straßen vor den Spitälern streute. Alles war weiß. Nur rings um die Laternen war jeweils ein Kranz schwarzer Löcher in den Schnee getropft, weil auf den heißen Metallkappen der Schnee schmolz. Den Weg entlang sah es so aus, als hätte man jeder Laterne ein Kettchen um den Fuß gelegt – damit sie sich im Schnee nicht fortstehlen konnte. August musste bei der Vorstellung lächeln. Schließlich war er an der Ecke des Rathausparks angelangt, wo er auf den Schottenring stieß, und zog seine Uhr aus der Tasche. Ein Viertel nach sechs, und er war wie immer viel zu früh. Er ging noch ein Stück weiter, bis er die Oper sehen konnte. Leicht gegen die Mauer eines Hauses gelehnt, sah er zu, wie die Musiker zur Oper eilten. Ihm war noch warm von dem langen Spaziergang, aber sie sahen alle aus, als würden sie frieren. Die Oper leuchtete, und August freute sich auf den Abend. Es war ein ähnliches Gefühl, wie wenn man als Kind in der Weihnachtszeit hinunter in die Küche kam. Alles war warm, es roch wunderbar, und das Feuer im Herd ging nie aus und leuchtete zwischen den gusseisernen Ringen hervor. Er konnte sogar den Rauch riechen, als er daran dachte. Die Musiker waren nun alle in der Oper, die vier oder fünf Logenbeschließerinnen überquerten den Ring, und mit ihnen kam eine Brise, die einen säuerlich schweren Geruch herübertrug – irgendjemand schürte wohl mit nassem Holz. Die Straße war bis auf gelegentliche Fiaker leer. Dann endlich kam Elena. Er konnte sie schon von Weitem erkennen, an ihrem schönen Gang. Und natürlich an ihrem Duft. Sie kam mit dem Wind, und er roch sie schon, bevor sie richtig da war.

»Guten Abend, Frau Palffy!«, sagte er. »Schön, dass Sie für mich Zeit gefunden haben!«

»Guten Abend, Herr Liebeskind«, sagte Elena lächelnd. »Schön, dass Sie mich ausführen.«

Sie spielten weiter. Es prickelte, sich so vertraut zu sein und dabei zu tun, als kennte man sich nur flüchtig. Er bot ihr mit einer übertriebenen Verbeugung den Arm, und sie nahm ihn höflich. Sie hatten noch viel Zeit und gingen den

Kohlmarkt hinunter und dann in Richtung des Volksgartens. Es hatte jetzt ganz aufgehört zu schneien, der Himmel hatte aufgeklart, und ein halber Mond schien. Die Welt glitzerte. Er spürte ihre warme, feste Hand, die die seine festhielt und sich halten ließ, wenn Elena schlitterte. Er sah ihr halb aufgelöstes Haar gegen das Weiß des Schnees fliegen, ihr Atem rauchte in der kalten Luft, und er war auf einmal sehr glücklich.

»So eine schöne Nacht!«, sagte Elena ein wenig atemlos, als sie in den Volksgarten kamen. Die Blumenbeete, der Pavillon, die Statuen – es war ein Bild, weiß in weiß. Der Park war leer, und die Wege lagen unberührt.

»Ich habe es schon als Kind gemocht, als Allererster durch den Schnee zu gehen«, sagte er, »und jetzt immer noch.«

»Träumer«, sagte Elena spöttisch, aber es klang zärtlich.

Auf der Brücke blieben sie stehen. Sie hielten ihre Hände ineinander verschränkt und standen sich so nahe gegenüber, dass sie sich eben noch in die Augen sehen konnten. August spürte die Wärme, die von ihr ausging, auf seinen Wangen und seinen Lippen. Ihr Duft war heute betäubend schwer, vielleicht lag das auch an der klaren Schneeluft.

»Elena«, sagte er.

»Hier«, sagte sie rau, »ich bin hier.«

»Ich liebe dich«, sagte August nach einer ganzen Weile leise. Es war ein armseliges Wort für das, was er fühlte, wenn er sie so ansah.

»Ja«, flüsterte Elena, »ich weiß.« Und dann küsste sie ihn.

August hätte noch viel länger stehen bleiben wollen, aber Elena hörte die Glocken sieben Uhr schlagen.

»Es ist Zeit, mein Herr«, sagte sie und löste sich aus seiner Umarmung.

Als sie zehn Minuten später aus dem Park traten und hinüber zum *Ringtheater* gingen, kam wieder ein Windstoß und brachte den Rauchgeruch von nassem Holz, den August nicht leiden konnte. Aber als sie auf dem Vorplatz des Theaters standen und Fiaker um Fiaker anfuhr, die Herren in seidenglänzenden Zylindern und die kleinen Ladenmädchen in billigen Kleidchen mit bunten Bändern an den Hauben zum Eingang eilten und das Gedränge zunahm, wurde auch der Geruch immer stärker.

»Riechst du das?«, fragte August Elena ärgerlich. »Wieso hängen nur immer alle ihre nassen Kleider einfach neben den Ofen? Alles stinkt nach nassem Rauch.«

Elena schnupperte.

»Ich rieche nichts«, sagte sie.

»Das gibt es nicht«, sagte August ungeduldig, der Rauchgeruch war in der Menge wirklich widerlich, »das musst du doch riechen!«

»Du bist wie eine schwangere Frau!«, flüsterte Elena ihm boshaft ins Ohr. »Die sind auch so hysterisch geruchsempfindlich ...«

August hätte ihr gerne ebenso boshaft geantwortet, aber der Geruch war jetzt wirklich schlimm. Ihm wurde flau.

»Elena«, sagte er verunsichert und hielt sich das Taschentuch vor die Nase, »im Ernst. Es stinkt überall nach Rauch! Wenn es drinnen genauso ist, halte ich das nicht aus!«

Die Menge strömte ins Theater. Elena und August stiegen die Stufen hoch und standen dann im Vorraum. Die Gaslampen flackerten und ließen die Lüster über dem Gewühl der Menschen funkeln. Für einen Augenblick schien es, als wäre es innen besser. August holte tief Luft.

»Geht es?«, fragte sie.

»Vielleicht waren es doch die Schlote«, antwortete er und nahm Elena den Mantel ab. In ihrem Dekolleté schimmerte der goldene Skarabäus, und sie sah sehr schön aus.

»Ich bin gleich zurück«, sagte er und ging mit ihrem Mantel zur Garderobe. Dort war das Gedränge noch größer. Man konnte nicht gut atmen, und die unterdrückte Übelkeit machte sich wieder bemerkbar. Das Flackern der Lampen war ihm auf einmal so unangenehm wie grelles Licht bei starken Kopfschmerzen. An den mit Stoff bespannten Wänden tanzten die Schatten unruhig. August stand in der Schlange vor der Garderobiere und betrachtete sie mit einem Gefühl, das er als Kind manchmal in Fieberträumen gehabt hatte: Die Schatten züngelten und tanzten wie in einem Theaterstück, das man nicht verstehen konnte, so sehr man sich auch anstrengte, und man musste doch unbedingt wissen, was sie bedeuteten. Er schrak zusammen, als die Garderobiere nach Elenas Mantel verlangte. Und in diesem Augenblick war plötzlich der Gestank wieder da, mit einer ungeheuren Wucht schlug plötzlich eine Welle von brandigem Gestank über ihm zusammen, sie war wie stinkendes, dickes Wasser, er schnappte nach Luft, er würgte, für einen Augenblick war es wie Ersticken. Er war aschfahl geworden und hielt sich an einem älteren Herrn neben ihm fest, der besorgt fragte, was ihm denn fehle. August winkte zittrig ab. Er hatte Angst, sich übergeben zu müssen, wenn er versuchen würde zu sprechen. Der Gestank war so grauenvoll, dass er nur noch ins Freie hinauswollte, nur noch hinaus. Er warf neben den Mantel schnell eine Münze hin und drängte sich rücksichtslos durch die Menge zurück ins Foyer. Er konnte Elena nicht finden, und der Gestank brannte ihm bei jedem Atemzug in der Kehle, auch wenn er versuchte, nicht durch die Nase zu atmen und somit nichts zu riechen. Jeder Atemzug war ein Kampf gegen das Erbrechen. Die Einläuteklingel war zu hören, und Elena war immer noch nicht zu sehen. August lehnte sich an eine Säule und atmete, so flach er konnte.

Plötzlich hielt er es nicht mehr aus. Es war, als ob ihm der Gestank wie ein süßlich fauliger, verbrannter Fetzen Sackleinwand in den Mund gerammt wurde. Er würgte wieder und rannte los, nur fort aus dem Foyer, an die Luft. Beinahe stürzte er auf den schneeglatten Stufen, nahm zwei auf einmal und lief schließlich ein Stück weg vom Theater, auf die andere Straßenseite, wo er nicht beobachtet wurde. Da übergab er sich schließlich, würgend und qualvoll. Es brauchte eine Zeit lang, bis er sich wieder aufrichten konnte. Dann holte er zitternd tief Luft. Was war los mit ihm? Er stand unschlüssig und verunsichert neben der Laterne und wartete. Wenn Elena ihn nicht fand, würde sie doch herauskommen. Er würde nicht noch einmal ins Theater können. Allein der Gedanke daran ließ wieder eine Welle der Übelkeit in ihm hochschwappen. Ein paar Zuspätkommende hasteten die Treppen zum Theater hinauf, dann wurde es still auf der Straße. August sah auf die Uhr. Die Vorstellung musste schon angefangen haben. Wartete sie irgendwo auf ihn? Es begann wieder, ein wenig zu schneien. Vielleicht war sie schon herausgekommen, und er hatte sie nur nicht gesehen. Endlich entschied er sich, es doch noch einmal zu versuchen, und ging hinüber zum Theater. Als er unter den Bäumen vor dem Eingang stand, veränderte sich plötzlich das Licht. Überrascht sah August hoch. Im *Ringtheater* war das Licht ausgegangen. Die Fassade, das Foyer, die Außenbeleuchtung – alles war stockdunkel. Auf einmal stieg in August Panik hoch, ohne dass er wusste, warum. Er lief zum Eingang und stieß die Türen auf. Stand im dunklen Foyer und versuchte, sich zu orientieren. Und dann hörte er den Schrei.

»Feuer!«

Feuer! Jetzt war ihm klar, was er zuvor schon gerochen hatte. Feuer. Und dann dachte er nur noch an Elena.

»Hierher!«, schrie er in das Dunkel des Foyers. »Hierher!«

Um ihn herum wurde es laut. Von überall kamen Schreie immer näher. Frauen kreischten, aber August konnte sich nicht orientieren. Wo waren die Aufgänge gewesen? Er tastete sich an der Wand entlang, dann fand er eine Tür, die er auf gut Glück öffnete.

»Hierher!«, rief er noch einmal und hielt die Tür auf. Das Geschrei kam näher, ein panisches Geschrei, das August Angst machte. »Hierher!«, brüllte er immer wieder. Und endlich kamen sie. Überall waren Leute. Der Lärm war ungeheuerlich.

»Wohin?«, kreischte ein Mädchen. »Wohin?«

August griff nach seinem Arm und zog es an der Wand entlang zum Ausgang. Er war zwar fast ganz vorne im Foyer, aber die Panik, die im Innern des Theaters herrschen musste, spürte er trotzdem. Leute schlugen ihm ins Gesicht, er stolperte und wollte um keinen Preis fallen, er riss das Mädchen hinter sich her, und als er endlich an der Tür war, versuchte er, den anderen Flügel zu öffnen, weil er fast an die Wand gequetscht wurde. Doch sie ging nach innen auf. Alle Türen gingen nach innen auf, erinnerte er sich plötzlich. Dann gab es eine Lücke, er nutzte sie und war mit dem Kind draußen. Es machte sich los von ihm und rannte.

»Feuer!« Der Schrei war überall. Warum gehen die Leute nicht vom Eingang weg, dachte August, es kann ja keiner heraus!

»Gehen Sie weg!«, brüllte er zwei dicke Männer an, die direkt vor der Tür stehen geblieben waren. »So kann ja keiner heraus!« Wieder versuchte er, den einen Flügel der Tür zu öffnen, aber es war hoffnungslos. Die Leute rannten ihn über den Haufen.

»Feuerwehr!«, schrie er. »Holt die Wehr!« Die Menge vor
dem Theater wurde größer. Jetzt kamen sie aus allen Türen,
mit zerrissenen Kleidern, ohne Schuhe, ein Mann hatte seine
Hosen verloren. August beobachtete das Geschehen mit
eigenartiger Klarheit. Er ging von der Tür weg und drängte
sich durch die Menge:

»Elena!«, schrie er. »Elena!«

Der Lärm war so groß, das Chaos so unbeschreiblich,
dass er sich selbst kaum hörte. Die Menge war so dicht
gedrängt, dass er nur schwer durchkam. Und überall waren
Frauen mit nackten Schultern. Dann sah er wieder einen
Mann, dessen Frack bis hoch in den Rücken hinauf zerris-
sen war, eine andere Frau stand in Strümpfen im schmut-
zigen Schnee und sammelte Perlen auf. Ihr war die Kette
gerissen, und August sah ihr einen Augenblick lang fassungslos zu. Dann blickte er an der Fassade hoch. Bisher
war noch nichts vom Feuer zu sehen gewesen, aber jetzt
konnte man hinter manchen Scheiben erkennen, wie es zu
flackern begann und immer heller wurde. Die Schatten, die
das Feuer auf die Scheiben warf, sahen aus wie Figuren.
Und dann qualmte es aus den Fensterfugen, aus den Dach-
luken, aus den Ritzen zwischen den Steinen. Man hätte
denken können, der Rauch käme nicht von innen, sondern
krieche an den Mauern entlang, um die Fenster herum
und unter das vorspringende Dach, um sich dort hinein-
zuzwängen, um sich nach innen zu winden, schön wie gif-
tige Schlangen. Und als August etwas auf die Hände und
den Kopf tropfte, sah er erstaunt nach oben und begriff jetzt
erst, welche Ausmaße das Feuer im Inneren schon haben
musste: Auf dem Dach schmolz der Schnee in Bächen, und
das Wasser prasselte an allen Enden über die Rinnen rings
um das Theater in den Schnee, um dort sofort wieder zu
gefrieren.

»Elena!«, brüllte August verzweifelt und drängte sich wieder durch, zurück zum Eingang, ohne Vorsicht stieß er die Leute beiseite. »Elena!«

Da kam endlich die Feuerwehr. Die schweren Pferde galoppierten auf die Menge zu, die kreischend auseinanderflog. Die ledernen Mäntel der Feuerknechte schlugen schwer und laut im Fahrtwind. Von überall her rannten Polizisten und schoben endlich, endlich die Leute von den Eingängen weg. August sah, wie die Feuerwehrler die Sprungtücher ausbreiteten, und sah nach oben. Dort, im zweiten Stock im Rang, da drängten sie sich an die Fenster. August versuchte verzweifelt, sich zu erinnern, ob er Karten für den Rang gehabt hatte. Er wusste es nicht.

»Springt!«, brüllten die Feuerknechte und winkten heftig. Oben schlugen jetzt tatsächlich Flammen aus den Fenstern. Die erste Frau sprang. Dann noch eine. Auf beide Seiten des Theaters rannten sie mit den Tüchern hin. Eine Schiebeleiter wurde zum Balkon hingestellt, und von dort kletterte eine Handvoll Leute hinunter. August rannte zu den Polizisten am Eingang:

»Ihr müsst hinein!«, schrie er. »Es müssen noch welche drin sein!«

Die Polizisten hatten sich untergehakt und wehrten ihn genauso ab wie all die anderen.

»Nur Feuerwehr!«, sagten sie. Doch die Leute hörten nicht und schrien verzweifelt. Dann kam ein Polizeileutnant aus dem Foyer, erschöpft, aber zuversichtlich:

»Alles gerettet!«, schrie er der Menge draußen zu. »Alles gerettet! Es kommt keiner mehr heraus!«

Der Ruf wurde aufgenommen und verbreitete sich durch die Menge. Alle gerettet! August durchströmte eine ungeheure Schwäche. Gerettet! Er drehte sich um und sah auf das Durcheinander, das da herrschte: die Feuerwehrleute, die noch immer mit ihren Sprungtüchern warteten, obwohl keiner mehr sprang, die Ärzte, die allmählich kamen. Und dann sah er plötzlich, was falsch war. Er war zehn Jahre lang beim Militär gewesen. Er wusste, wie eine Kompanie und ein Bataillon aussahen. Das *Ringtheater* hatte fast zweitausend Plätze. Hier draußen aber waren viel zu wenig Menschen!

»Es sind noch welche drin!«, schrie er los. »Es sind noch welche drin!«

Ein paar Feuerwehrleute drehten sich zu ihm um, grobe, schwere Männer.

»Ich bin Offizier!«, schrie August. »Ich sage Ihnen, es sind noch welche drin!«

Die Männer reagierten schnell, ohne auf den Polizeileutnant zu achten, der immer noch dabei war, die Menge zu beruhigen. Sie nahmen die Helme und die Beile und rammten die großen Türen auf. Plötzlich schoss Qualm wie ein Windstoß aus dem Eingang, und die Männer gingen gebückt hinein. August zuckte einen Augenblick, dann warf er sich nach vorn, um hinterherzukommen, aber die Polizisten hielten ihn fest. Es dauert eine Weile, bis ein paar der Feuerknechte endlich wiederkamen. Hustend, voller Panik, weil sie eine leblose Frau heraustrugen und dabei schrien und ihren Kollegen winkten und brüllten:

»Hilfe!«, schrien sie. »Hilfe! Es sind noch welche drin! Hunderte!«

Nichts war schrecklicher, als diese großen Männer verzweifelt um Hilfe schreien zu hören. Sie stießen August brutal fort und rannten wieder hinein. Einem liefen, das sah er genau, die Tränen übers Gesicht. Und dann brach ein wahnwitziges Chaos los. Alles, was vorher gewesen war, hatte nichts bedeutet, es war nur ein Vorspiel der großen Katastrophe gewesen. August hielt sich an einem der Kutschenräder der Feuerwehr fest und konnte nichts anderes tun, als zuzusehen. Der Lärm, die schreienden Menschen, die Wasserspritzen und das Wasser, das auf den Straßen gefror, der stinkende Qualm und das Zerbersten der Fenster. Die plötzliche, entsetzte Stille, als die Flammen waagerecht aus den Fenstern hervorschossen. Die Leichen, die immer mehr wurden, die herausgetragen und einfach auf den Boden geworfen wurden, damit die Feuerwehrler schnell wieder hineinrennen konnten. Das furchtbare Schreien der Frau, die ihren Mann unter den Toten entdeckt hatte und nicht aufhören wollte, zu schreien. Ein hohes, grauenvolles Kreischen. Und schließlich die flüchtenden, rennenden Polizisten, Wachleute und Feuerwehrler, als das Feuer mit einem dumpfen Donnern zu röhren begann und sich ein Wind aufhob, als es die Luft aus den umliegenden Straßen ansog; als ob das ganze *Ringtheater* nicht aufhören wollte, einzuatmen, und schließlich brausend eine feurige Fontäne aus dem Dach blies und ein Funkenregen über dem ganzen Viertel niederging. Das war die wirkliche Katastrophe.

August suchte die ganze Nacht in der Menge nach ihr. Aber er weigerte sich, die Toten anzusehen, weil es wie ein Eingeständnis gewesen wäre, wie wenn er dem Tod gegenüber zugegeben hätte, dass Elena tot war. Später war das ohnehin nicht mehr möglich, denn man hatte angefangen, die Leichen in den Hof des Spitals zu schaffen, zu dem niemand Zutritt bekam. Schließlich ging er zu ihrem Haus. Es war eine leise Hoffnung, eine letzte Hoffnung, dass sie dort sein könnte. Er musste lange läuten, bis das Mädchen endlich öffnete, misstrauisch und verschlafen. Es kam August so unbegreiflich vor, dass jemand nichts von der Katastrophe wusste. Elena war nicht da. Das Mädchen hatte auf sie gewartet und war irgendwann ins Bett gegangen. August hatte keine Ahnung mehr, was er tun sollte.

»Ich warte hier auf sie«, sagte er dann. Das Mädchen nickte unsicher. August ging in den Salon und wanderte hin und her, immer hin und her. Irgendwann setzte er sich hin, und bald danach schlief er vor Erschöpfung ein. Als er zwei Stunden später aufschrak, war es Morgen geworden, und Elena war nicht gekommen.

August war lange genug Soldat gewesen, um sich nichts vorzumachen, doch er wollte nicht glauben, was er wusste. Elena war tot.

Als er aus dem Haus trat, war der Wintermorgen nach dem ungeheuren Brand von unberührter Schönheit. Auf den Dächern Wiens lag der Schnee glatt und weiß und glitzerte in der Sonne. In den Straßen rollten die Wagen ungewohnt leise, weil man auf dem festgefahrenen Schnee der großen Chausseen weder die Räder noch den Hufschlag hörte. Die Luft roch rein und frisch. Als er am Kohlmarkt entlangging, roch es sogar nach eben aufgebrühtem Kaffee und heißer Schokolade und ein paar Straßen weiter nach frisch gebackenem Brot. Die Düfte waren, wie wenn einer über ein frisches Grab lacht. Alle Leute gingen betäubt ihrer Arbeit nach. Die Waschfrauen mit den Körben genauso wie die Laufjungen vom Markt, die Studenten auf dem Weg zum Kolleg genauso wie die Mädchen, die zum Wasserholen zu zweien oder dreien in die Höfe hinunterliefen. Niemand sprach so laut wie sonst. Keiner schrie quer über die Straße zu einem Fenster hinein. Es lag nicht am Schnee, dass alle Gespräche gedämpft waren. Als er beim *Demel* vorbeikam, sah er, wie die Leute auf der Straße neben ihm ihre Köpfe zur Seite drehten, als er die Tür öffnete und der süße Duft von Mehlspeisen aus der Tür wehte. Es war, als ob sie sich schämten. Ja, dachte August flüchtig, wir schämen uns. Dass wir noch am Leben sind, dafür schämen wir uns. Was tat er hier eigentlich? Wenn sie nicht nach Hause gekommen war, warum sollte sie dann hier sein? Eigentlich hätte er sofort wieder gehen sollen, aber er war so erschöpft, dass er sich an einen der Tische setzte. Eine Schale Kaffee, dachte er, dann gehe ich zum Ring.

»Fünfhundert«, kam es gedämpft von einem der Nebentische, wo zwei alte Herren saßen, die ganz offensichtlich nicht wie er die halbe Nacht auf der Straße verbracht hatten, sondern die wie jeden Tag zum Frühstücken ins Kaffeehaus gekommen waren und jetzt vom Kellner die neuesten Nachrichten erfahren hatten, »über fünfhundert Tote!«

»Der Ladislaus Vetsera soll auch dabei sein, hat es geheißen«, sagte der andere Mann elegisch, »das ist eine Unglücksfamilie. Der Kronprinz erschießt die Schwester, und jetzt erwischt es den Bruder. Ist das eine Gerechtigkeit?«

Fünfhundert Tote! August hatte die ganze Nacht Tote gesehen, aber nicht gezählt. Fünfhundert! Das war ein ganzes Viertel der Zuschauer. Und er saß hier und trank Kaffee. Er legte Geld neben das Gedeck und stand auf. Dass er trinken konnte! Dass er Hunger hatte! Dass er atmete!

Elena, dachte er auf dem Weg zum *Ringtheater*, Elena. Zehn Jahre hatte er gedient, ohne dass er jemanden hatte umbringen müssen. Zehn Jahre. Und jetzt ...

Vor den immer noch schwelenden Ruinen des Theaters stand eine unübersehbare Menschenmenge. Die Polizei hatte alles abgesperrt. Hier war der Schnee fast völlig verschwunden, alles war ein schmutziger, zerstampfter Matsch. Es dauerte, bis er sich durchgefragt und eine Antwort bekommen hatte. Es gebe so viele Angehörige, sagte man ihm, und nein, er könne die Toten nicht sehen. Morgen würden die Hallen für die Angehörigen zur Agnostizierung geöffnet. August wollte eben gehen, als ihn einer der Polizisten erkannte.

»Ach, der Herr Leutnant Liebeskind«, sagte er fast fröhlich, und dann, sehr freundlich auf einmal: »Es tut mir leid, Herr Leutnant. Wirklich leid.«

»Wieso?«, fragte August, das Schlimmste erwartend. »Hat man sie gefunden?«

»Nein, nein«, wehrte der Polizist fast erschrocken ab, »haben Sie denn noch jemanden verloren? Nein, den Hasek hab ich gemeint. Der ist doch Regimentskamerad ... Ich hab ihn selber weggetragen, gestern. Er ist immer so fröhlich gewesen ...«

»Ja«, sagte August betäubt und ohne ein Gefühl, »der Hasek war immer fröhlich.«

Er erinnerte sich an den Rauchgeruch, den er an Hasek bei der Beerdigung bemerkt hatte. Ja, dachte er dann, und plötzlich schämte er sich, als er wieder an Elena dachte, deren Rauchduft er so geliebt hatte, ich hätte es wissen müssen. Ich hätte es wissen müssen!

»Ich hätte es wissen müssen!«, schrie er auf einmal, so laut er konnte, und die Polizisten sahen ihn erschrocken an. Dann ging er fort.

Es war ein Tag, der nicht zu Ende gehen wollte, und August hasste sich für jeden Schluck Kaffee oder Wasser, den er trank. Er hasste sich dafür, dass er Hunger hatte. Er hasste sich dafür, dass er müde wurde. Und er hasste sich dafür, dass er abends vor seinem Tisch saß, auf dem die Dienstpistole lag, und er nicht einmal den lächerlichen Mut hatte, sie an den Kopf zu setzen. Was war er nur für ein Mensch, was war seine Liebe wert? Nichts. Gar nichts.

In dieser Nacht schlief er nicht, sondern starrte Stunde um Stunde wie betäubt aus dem Fenster in die schnee- und mondhelle Nacht, und die Erinnerungen an Elena hörten nicht auf, sich immer und immer und immer wieder durch seinen Kopf zu drehen, lautlos und voll gespenstischer Schönheit.

16

Obwohl es so viele Tote waren, hatte man sie nicht in der Leichenhalle auf dem neuen Zentralfriedhof aufgebahrt, sondern in der Stadt, damit die Angehörigen nicht noch zwei Stunden Weg zum Friedhof hatten. Schon eine Straße entfernt konnte August die Menschenmenge sehen, die sich vor dem Gebäude drängte. Er hatte keine Vorstellung davon gehabt, wie viele Leute es gab, die ihre Angehörigen suchten. Und als er näher kam, sah er auch, dass es gar nicht unbedingt die Angehörigen waren, die hier warteten. Die Stimmung in der Menge vor dem Hospital war fast so ausgelassen wie bei einem Volksfest. Und dann sah er auch, dass man vor dem Eingang zum Hof eine provisorische Schranke aufgebaut hatte, einen Tisch dazu, neben dem vier Polizisten standen, die mühsam für Ordnung sorgten, und schließlich auch zwei Beamte des Magistrats, die scheinbar die Leute befragten. Es dauerte eine Weile, bis August in der Schlange weit genug vorgerückt war, um zu sehen, dass sie in Wirklichkeit Eintrittskarten verkauften. So versuchten sie, die Schaulust der Wiener ein wenig zu zügeln, aber es half nichts: Das Feuer war die große Katastrophe gewesen, und wer überlebt hatte, der wollte jetzt den wohlig sicheren Schauer spüren, dass er so nah am Tod vorbeigegangen war.

»Ich hätte auch um ein Haar Karten gekauft«, hörte August mehr als einmal, »aber es ist wie eine Fügung gewesen, als ich am Ring war, hab ich darauf vergessen! Ist das nicht seltsam?«

»Zur Luise hab ich noch gesagt, geh nicht, wir haben kein Geld für die Oper, immer läufst du nur in die Oper, und so – im Grunde hab ich ihr das Leben gerettet!«

Dann lachten sie. Es war eine Lust am Unglück der anderen, und man konnte die Angehörigen und die Schaulustigen auf einen Blick auseinanderhalten. Aber trotzdem: Zahlen mussten alle. Als August am Tisch war, warf er den Beamten die Kreuzer hin.

Im Innenhof des Hospitals hatte man die Leichen notdürftig aufgebahrt. Trotz der kalten Witterung war der Geruch, der von allen Seiten auf August eindrang, fast unerträglich. Es roch genau so wie im Theater. Nur war es jetzt für alle wahrzunehmen. In langen Reihen hatte man die Toten aufgebahrt, mit den Köpfen zu den schmalen Gängen hin, die zwischen den Reihen gelassen worden waren. Es war laut. Viele Leute weinten, wenn sie jemanden entdeckt hatten, aber schlimmer noch war das entsetzte Keuchen der Menschen am Beginn der Reihen, wenn sie die Toten das erste Mal sahen. Das war nicht wie bei einer Beerdigung oder einer Aussegnung. Man hatte viele Tote zwar flüchtig gewaschen, aber die Spuren des Feuers oder einem Absatz, der in Panik über ein Gesicht gestampft war, die hatte man in der kurzen Zeit nicht beseitigen können. August nahm sich zusammen und zwang sich weiterzugehen. Auf der Brust der Toten lagen Pappschildchen mit Nummern, die auf Listen gedruckt waren, die man wiederum an die Besucher ausgegeben hatte, zusammen mit einem Kopierstift. August gab sich Mühe, jedem Toten ins Gesicht zu sehen. Elena, dachte er. Es bedeutete nichts, hier durchzugehen, wenn er an das Grauen im Theater dachte. Man hatte alle aufgebahrt. Auch die, von denen nur eine schwarze Hülle übrig geblieben war, und die niemand mehr erkennen konnte. August dachte an das Feuer, das aus den Fenstern der Oper geschlagen war. Manche Leichen sahen so klein und leicht und schwarz aus, und er wusste nicht, ob es Kinder waren oder ob die Glut die Menschen so sehr hatte schrumpfen lassen. Wenn die Toten Schmuck getragen hatten, dann lagen die Wertsachen neben ihnen auf einem Zinkteller. Wachleute achteten darauf, dass niemand etwas fortnahm. In zwei Regalen am Ende des Hofes häuften sich all die Brieftaschen, Ketten, Ringe und Diademe, die man bereits gefunden hatte, ohne dass man wusste, wem sie gehörten. Vor dem Schmuck stehen mehr Menschen als vor den Leichen, dachte August bitter. Dann erkannte er plötzlich erschrocken ein junges Ladenmädchen, das in einem Herrengeschäft in der Kärntner Straße gearbeitet hatte. Er notierte den Namen des Geschäfts auf der Liste und dachte: Ich weiß nicht einmal ihren Namen. Dann ging er weiter. Er sah sich nur noch die Frauen an. Einmal blieb er stehen. Das Kleid war ähnlich, aber als er genauer hinsah, bemerkte er, dass die Figur und die Größe nicht stimmten. Das Gesicht war verbrannt, die Wimpern und Brauen und Haare waren fort. An manchen Stellen klebten Papierfetzen auf dem roten Gesicht, und erst, als er näher hinsah, erkannte er, dass es keine Papier-, sondern Hautfetzen waren. Entsetzt fuhr er zurück. Als er weiterging und sich Mühe gab, den Toten weiterhin ins Gesicht zu blicken, bemerkte er aus dem Augenwinkel etwas, ging zwei Schritte weiter und blieb dann stehen. Auf dem Zinkteller neben dem Leichnam einer jungen Frau lag der goldene Skarabäus, den er so gut kannte. Er betrachtete ihn und biss die Zähne fest zusammen, bevor er den Kopf heben und Elena ansehen konnte. Aber – es war fast eine Erleichterung – ihr Leichnam hatte mit der wirklichen Elena nichts mehr zu tun. Er war nur noch ein schwarzer, verbrannter Schatten, der einem menschlichen Körper entfernt ähnelte. Eine verbrannte Puppe, klein und verkrümmt, weil der Draht in ihrem Inneren sich in der Hitze verzogen hatte. Ihr Haar war fort, ihre glänzenden, kühlen, spöttischen, wunderschönen Augen, ihre genau gezeichneten Lippen, alles war fort ... Unwillkürlich griff August nach dem Skarabäus, und diese ungewollte Bewegung war so schnell und ohne Überlegung geschehen, dass den Wachleuten nichts auffiel. Dann ging er weiter und sah sich sorgfältig einen Leichnam nach dem anderen an, um das Bild der verbrannten Puppe zu vergessen, die nichts mit der Elena zu tun hatte, an deren glatter, schöner Haut, als sie nackt aus dem Teich stieg, der Regen abgeperlt war. Fast war er froh, als er Hasek erkannte, der ganz friedlich dalag, mit einem freundlichen Mund und halb offenen Augen – so, wie ihn August wohl schon tausend Mal in der Wachstube gesehen hatte.

»Leb wohl!«, flüsterte er heiser. Dann erst notierte er auf der Liste Elenas Namen, ihr Alter, ihre Wohnung, fügte dasselbe noch für Hasek dazu, gab die Liste ab und verließ den Hof, die Hand in der Tasche um den Skarabäus so fest geschlossen, dass seine Kanten sich ins Fleisch eingruben. August hatte nicht das Gefühl, er hätte den Tod hinter sich gelassen. Es war vielmehr so, als hätte er sein Leben dort gelassen und bewegte sich nun selbst nur noch wie eine mechanische Puppe, deren Feder noch nicht ganz abgelaufen war.

II

I

In diesen Tagen hörten die Glocken in der Stadt nicht mehr auf zu läuten. Zu fast jeder Tageszeit gab es Beerdigungen, und die Leichenzüge stauten sich in den Straßen hinaus zum Zentralfriedhof. Die Totengräber und ihre eilig angestellten Gehilfen trafen sich in den Nebenzimmern der Wirtschaften rings um den Friedhof zum Bier und fluchten über die gefrorenen Böden, aber es war ein gutmütiges Fluchen, weil sie in diesen Tagen vor Weihnachten so viel verdienten. August hörte sie, als er von Haseks Leichenbegängnis mit den Kameraden zum Leichenschmaus kam. Nicht lange her, Hasek, dass wir das letzte Mal zusammen hier waren, murmelte er gedankenlos und erschrak, als er merkte, wie das klang. Aber dann musste er lächeln, schwermütig: Über so eine Geschichte hättest du gelacht, dachte er, über so eine makabere Geschichte von einem Freund, der so etwas sagt. Sogar im Tod war Hasek noch für einen Scherz gut. Für ein paar Stunden ließ er sich fallen und dachte an nichts, war zwischen den Kameraden aufgehoben, redete über Dinge, die er nur noch von ferne kannte, ließ sich erzählen, was in der Kaserne geschah. Trotzdem war es die ganze Zeit so, als gäbe es einen zweiten August, der unbeteiligt danebensaß und zusah, wie gelacht und gegessen wurde.

Dieser stand am nächsten Tag auch als einer der wenigen Trauernden an Elenas Grab. Eine ältere Frau war da, vielleicht Elenas Mutter. Sie sah ihr nicht ähnlich und hatte zwei Männer in Augusts Alter bei sich; einer von ihnen erinnerte so sehr an Elena, dass August es vermied, ihn noch einmal anzusehen, obwohl er die fragenden Blicke spürte, die auf ihm lagen. Das Grab lag weitab, im protestantischen Teil des Zentralfriedhofs, und alles war ungewohnt und fremd. Man hätte meinen können, dass die einfache Liturgie, die ungebrochene Strenge der Zeremonie zu ihr gepasst hätten. Aber weil August wusste, wie Elena im Inneren gewesen war, kam ihm diese Kühle wie eine Lüge vor. Es fiel ihm schwer, Erde auf den Sarg zu werfen, und er tat es als Letzter. Er ging auch nicht mit zum Leichenschmaus. Wie hätte er sich auch erklären sollen? Auf dem Weg zurück in die Stadt kehrte er schließlich in irgendeinem Wirtshaus ein und begann zu trinken. Er trank fast bis zur Bewusstlosigkeit und konnte sich später nur noch lückenhaft an den Fiaker erinnern, der ihn spät abends nach Hause gebracht hatte. Aber das Gefühl der Leere in ihm, dieses Gefühl, dass man ein Loch in ihn gerissen hatte, durch das jetzt die Kälte einsickerte, dieses Gefühl ging nicht weg, soviel er auch trank. Dieses Gefühl war jetzt immer da. Mit jedem Tag wurde die Kälte ein bisschen stärker. August ging wie gewohnt zur Arbeit und stand im Kontor. Manchmal starrte er auf den Schreibblock mit der Märchenprägung der Schokoladenfabrik. Die Blätter hatte er immer für die Briefe an Elena verwendet. Dann dachte er daran, wie es angefangen hatte. Und dann dachte er an das Konfekt, das er für sie erfunden hatte, dessen Duft jedes Mal eine kleine Geschichte für sie gewesen war.

Manchmal kam sein Onkel ins Kontor. Obwohl er Elena doch nur ein einziges Mal gesehen hatte, sah auch er jetzt manchmal grau und alt aus. Einmal immerhin legte er seine Hand auf Augusts Arm, mitten im Kontor vor den anderen. Eigentlich wollte er etwas sagen, aber er fand die richtigen Worte nicht.

»Es ist schon gut, Onkel«, sagte August und gab sich Mühe zu lächeln, »es ist schon gut. Das Leben geht weiter.«

Aber das Leben ging nicht weiter. Es war stehen geblieben. Weihnachten kam und ging. Genauso sein Geburtstag zwischen den Jahren. August schenkte und wurde beschenkt, aber die Geschenke lagen ungeöffnet auf seinem Tisch, bis er sie irgendwann in einer Schublade verstaute. Silvester kam, und die Wiener feierten das neue Jahr, als wäre im alten nichts geschehen. August konnte sich der Einladung zum Silvesterball der Fabrikanten, den sein Onkel ausrichtete, nicht entziehen. Er unterhielt sich, er tanzte, er trank, aber jeder Tanz und jedes Glas Champagner rissen das Loch in ihm ein Stück größer, durch das die Kälte einsickerte, gleichmäßig und schwarz, und danach fiel es ihm jeden Tag schwerer aufzustehen. Es waren dunkle Wochen, und August sah sich selbst gleichgültig zu, wie er sich von der wirklichen Welt entfernte. Er fühlte immer weniger, keine Freude, aber auch keine Trauer. Irgendwann stellte er fest, dass er sich nicht mehr erinnern konnte, wie sich seine Liebe zu Elena angefühlt hatte. Das erschreckte ihn zutiefst.

Es war Februar geworden, und die Tage wurden allmählich wieder länger. Als er am Abend durch die beginnende Dämmerung von der Fabrik nach Hause ging, bog er von seinem normalen Weg ab und schlug einen weiten Bogen, bis er an die aufgegebene Konditorei seines Onkels kam. Dort stellte er sich dicht vor die Scheiben, und auf einmal merkte er, dass es nach Schokolade und Gewürzen duftete. Ganz schwach nur – es war, als hätte die Konditorei selbst den Duft ihrer Waren angenommen und über die Jahre behalten. Es war ein warmer Duft, und plötzlich wusste er wieder, wie es sich angefühlt hatte, Elena zu lieben. Es war ein Gefühl wie damals, als er in der Donau geschwommen war. Die Strömung war so schnell gewesen, dass sie ihn gegen Steine geworfen und über den Sand am Grund gescheuert hatte, und als er sich an einem herabhängenden Ast festhielt, da hatte sie mit aller Kraft an ihm gezerrt, bis er endlich losließ. Es tat weh, aber irgendwie hatte sich dieser Schmerz echt angefühlt. Und nun stand August vor der Konditorei und merkte, wie seine Liebe zu Elena an ihm riss und zog. Also gut, dachte er und roch den warmen Duft der Schokolade, also gut. Schwimmen.

2

»Ich möchte Konfekt machen«, teilte August seinem Onkel am nächsten Tag mit. Nach einer langen durchwachten Nacht war er sehr früh in die Fabrik gekommen und stand jetzt in Josefs Arbeitszimmer. Der Onkel nickte.

»So«, sagte er nachdenklich, »so. Und wie denkst du dir das? Soll ich dich wieder in die Fabrik hinunterlassen?«

»Ich würde gerne in deine alte Konditorei«, sagte August, »sie steht sowieso leer. Und viel verderben kann ich da nicht, keine Sorge.«

»Du kannst alleine keine Konditorei aufmachen«, sagte sein Onkel, »du bist kein Konditor.«

»Ja«, sagte August, »das weiß ich. Und außerdem brauche ich jemanden, der mich anlernt. Ich hab gedacht, du könntest mir den Langwieser für ein paar Wochen mitgeben.«

Er hatte den Langwieser kennengelernt, als er in der Fabrik gearbeitet hatte. Obwohl er nicht viel sagte, mochte August ihn gern.

»Wenn es sonst nichts ist!«, rief Josef. »Den Langwieser! Hör zu«, sagte er dann nach einigem Nachdenken und beugte sich vor, »ich gebe dir eine Probezeit.«

Er lehnte sich zurück, sah auf den Kalender an der Wand und dachte nach.

»Sagen wir: ein Vierteljahr. In dieser Zeit lasse ich dich jeden Tag um drei Uhr gehen, und den Sonnabend hast du ganz. In der anderen Zeit brauche ich dich hier. Ich hab dich nicht bloß deines Vaters wegen eingestellt. Ich brauche wirklich einen, der sich mit Gewürzen auskennt, dem es gefällt, Schokolade zu machen. Was du dann aber am Abend machst, ist mir gleich. Wenn der Langwieser will, kann er dir nach der Arbeit zur Hand gehen. Oder du ihm«, verbesserte er sich lachend, »aber seinen Lohn kriegt er von dir. Die Konditorei lasse ich dir erst einmal so. Aber ich seh schon, in sechs, acht Wochen wirst du eh genug haben vom Schokoladepanschen. Das ist eine Spielerei, nicht anders als dieses sinnlose Arbeitenwollen in der Fabrik – nichts als Spielerei!«

»Onkel«, sagte August und lächelte das erste Mal seit Langem, »wenn ich fertig bin, wirst du mir mein Konfekt noch abkaufen wollen.«

Josef, froh, dass er August wieder lächeln sah, steckte ihm eine Zigarre zu, wie man einem Buben ein Zuckerl zusteckt, und warf ihn dann gutmütig aus dem Büro.

Am späten Nachmittag schloss August die Tür zur Konditorei auf. Durch das Ladengeschäft ging er in die Zuckerküche. Die schräge Nachmittagssonne blendete ihn, als er die Tür öffnete, und erst, als er die Augen mit der Hand beschattete, sah er, dass zwischen den blau und weiß gekachelten Wänden noch immer ein wolkig weißes Bett aus Zucker aufgeschüttet war. Was er sofort wahrnahm, war der Duft nach bitteren Mandeln, nach Orangen, nach Vanille und schließlich der sanfte blaue Duft von Rauch, der die Zuckerküche erfüllte, als seien sie beide gar nicht fort gewesen. Er stand da und atmete und sah Elenas und seinen Schatten auf dem Bett aus Duft liegen, und er bewegte sich nicht, um sie nicht zu vertreiben.

Viel später ging er und holte die Papiersäcke, in denen der Zucker gewesen war. Er wollte den Duft nicht teilen. Er wollte nicht, dass der Langwieser sah, was für ihn und Elena ein Bett gewesen war. Er füllte den Zucker, der jetzt mit Gewürzen durchsetzt war und eigenartig bunt aussah, wieder in die Säcke, verschloss sie sorgfältig und trug sie zurück in das kleine Lager. Dort stellte er sie nach hinten in die Ecke. Danach kehrte er den Boden auf und war eben fertig, als der Langwieser kam. Er musste sich bücken, als er die Zuckerküche betrat, so groß war er. Er sah sich um.

»In so einer Konditorei habe ich gelernt«, sagte er dann.

»Das trifft sich«, sagte August und lächelte ein bisschen, »in so einer Zuckerküche will ich auch lernen.«

Der Langwieser schüttelte den Kopf.

»In ein paar Wochen? Dafür braucht es Jahre.«

»Es kommt mir nicht auf die Zeit an, Langwieser, aber Jahre werden es nicht, das verspreche ich.«

»Nur, weil ich es Ihrem Onkel versprechen hab müssen«, sagte der Langwieser mürrisch, aber August konnte sehen, dass es ihn auch reizte, nach all den Jahren in der Fabrik wieder in so einer Küche arbeiten zu können.

»Also«, sagte August nur halb in scherzhaftem Ton, »bringen Sie mir bei, wie man Konfekt macht!«

»Zuerst müssen wir einkaufen«, sagte der Langwieser kurz, »wenn Sie aufschreiben wollen?«

Und dann fing er an, die Schubladen durchzugehen, und diktierte August in die Feder, was er alles brauchen würde. Die Liste wurde immer länger, und es wurde später Abend, bis sie fertig waren.

Am nächsten Tag rollte ein Fuhrwerk aus Onkel Josefs Fabrik in den Hof. Säcke mit Mehl, mit Zucker, mit Salz und mit Gewürzen wurden abgeladen. Fässchen voller getrockneter Früchte. Kistenweise Liköre, Schnäpse, Sirup. Milchkannen wurden in die Speisekammer gerollt.

»Für einen Lehrbuben sind Sie zu alt, Herr Leutnant«, meinte Langwieser spöttisch, »aber Sie dürfen trotzdem mit anfassen.«

Eine leichte Röte stieg August in die Wangen, und er packte mit an.

Später, als alles an seinem Platz war, standen sie beide etwas unschlüssig in der Küche. Langwieser sah sich um. Dann nahm er einen Korb und zählte ein Dutzend Eier auf den Tisch.

»Fangen wir halt mit Eischnee an«, begann er seufzend.

Er war der richtige Mann, mindestens so zäh wie August. Er glaubte nicht an ihn, aber er arbeitete weiter mit ihm. August mochte seinen Geruch. Er roch manchmal nach Zigarre, aber immer ganz leicht nach einem würzig fremden Schnaps. Immer, wenn er diesen Geruch in die Nase bekam, sah er Langwieser auf einem der Segelschiffe, von denen die Gewürze in Josefs Fabrik geliefert wurden. August lernte wie seit Langem nicht mehr. Es war eine fremde Welt, aber er mochte sie von Anfang an. Er lernte, dass für Eischnee nicht einmal ein Gran Fett in der Schüssel sein durfte; ja, Langwieser ließ ihn sogar die Hände abseifen, bevor er den Besen zur Hand nahm.

Er lernte die verschiedenen Butterarten kennen. Bauernbutter. Kochbutter. Sauerrahmbutter. Wie man Butter mit Soda auswusch. Und er lernte, dass man für Blätterteig nur Molkereibutter nehmen durfte, weil die nicht auslief. Er lernte, helles und dunkles Eigelb für den Rührteig zu unterscheiden, und dass man mit der Schneerute den Teig besser schlug als mit dem Kochlöffel.

Jeder Tag hatte seinen eigenen Namen. An einem Tag war Mehltag: Helles Mehl. Dunkles Mehl. Weizenmehl.

Hafermehl. Dinkelmehl. Wie griffig war Mehl? Welches Mehl durfte man für Germteig nehmen und welches für Blätterteig? Wie stäubte man den Weitling ein, bevor der Teig darin ruhte? Wie verwendete man Kartoffelmehl? Wozu brauchte man Reismehl? Der Langwieser hieß August das Mehl anfassen, probieren, wiegen und sieben. Am Abend hatte das Mehl ihm die Nasenlöcher verklebt und hing weiß in seinen Brauen und Wimpern. Die ganze Nacht noch lag der fad süßliche Geschmack der Mehle auf seiner Zunge, und er träumte wirr von Mehlkammern, die er auszufegen hatte, während das Mehl hochstäubte und sich hinter ihm immer wieder auf alles legte, so dass er zu keinem Ende kam. Am nächsten Morgen wachte er auf und stützte, auf dem Bett sitzend, den Kopf in die Hände. Es war komisch: Er wusste nicht, warum er das alles tat. Er tat es einfach, ohne darüber nachzudenken, und es war gut, dass es keine Pause gab, dass es aus dem Kontor immer gleich in die Konditorei ging. Er wollte nicht über sich nachdenken. Er wollte an Elena denken – an die Elena, der er Konfekt gemacht hatte. Und das ging nur, wenn er in die Zuckerküche kam.

Die nächsten Tage waren Teigtage. August wirkte und rührte Teig in großen und kleinen Schüsseln, über Dampf und in mit kaltem Wasser ausgeschwenkten Kupferbecken. Er lernte, in wie viel Touren man Butterteig übereinanderschlug und wie man ihn zu Sternen wirkte. Er schnitt mit dem Mehlspeisradl Formen für die Patisserie zu, schlug Teig um Stanitzel zu Tüten, stupfte gewirkten Teig und stieß Germteig noch einmal zusammen. Am Anfang riss der gerollte Teig oft, und er musste immer wieder von vorne anfangen. Dann presste er die Butter in den zu weichen Blätterteig, oder die Butter war zu warm und floss ihm an den Seiten heraus, oder er nahm altes Germ für den Germteig, und er ging nicht auf. Die ganze Zuckerküche stand voller Schüsseln, und August hatte Mühe, den Überblick zu bewahren, aber er wollte sich keine Blöße geben und fing geduldig immer wieder an. Der Langwieser stand daneben und gab ihm Ratschläge. Am Ende des Tages zog er sich einen der Hocker heran. August hörte nicht auf, bis die Stadt draußen schon still war und der Langwieser sein Gähnen kaum noch verbergen konnte.

»Um die Zeit«, sagte er einmal müde, »sind wir als Lehrbuben aufgestanden.«

»Ja«, sagte August und musste lachen, »und wenn Sie vorher nicht im Bett waren, hat der Meister Ihnen eine geschmiert, oder? Das könnte ich vielleicht auch brauchen.«

Sie hatten sich gut aneinander gewöhnt. Langwieser grinste:

»Am End schon«, gab er zu, »manchmal hilft es mehr als Worte.«

Dann kamen endlich Schokolade und Zucker. August schmolz Schokolade, goss sie auf die Marmorplatte und sollte sie ausziehen, solange sie flüssig war. Es gelang nicht. Der Langwieser stand daneben, und beim siebten oder achten Mal setzte er sich schwer auf einen Zuckersack daneben.

»Nie«, sagte er düster, »das wird nie was. Es ist kein Beruf für Soldaten. Sie haben die falschen Hände dafür.«

»Wenn es danach ginge, hätten Sie Fleischer werden müssen!«, sagte August kurz angebunden, schabte die Schokolade von der Platte, warf sie weg und setzte eine neue Rein aufs Feuer. Der Langwieser betrachtete seine Hände, als sähe er sie zum ersten Mal, während August in der flüssigen Schokolade weiterrrührte.

Irgendwann hatte er es dann doch geschafft. Der Eimer mit der verdorbenen Schokolade neben ihm war längst übervoll. Langwieser stand auf.

»Und jetzt Röllchen schaben«, sagte er in etwas beleidigtem Ton, aber als August zu ihm hinüberschaute, merkte er, dass Langwieser zufrieden aussah. Also schabte August Schokoladenröllchen, die so fein waren, dass man sie mit dem Messer aufnehmen musste; in der Hand wären sie geschmolzen.

Am nächsten Abend wurde Zucker gekocht und gebrannt und karamelisiert. Zuckersirup. Gefärbter Zucker. Glas aus Zucker. August bewegte sich wie in einer neuen Welt, und jeden Abend war er übersatt von Gerüchen und Ideen und fiel müde ins Bett. Aber er lernte. Und je länger es dauerte, desto schneller lernte er und desto leichter ging ihm alles von der Hand.

Über ihren Abenden wurde es Frühling. Der März kam, und die Tulpen schossen aus dem Boden. August und Langwieser sahen beide nicht viel davon, außer auf dem Weg von der Fabrik zur Konditorei. Ihre Nächte wurden immer länger. Wenn August im Kontor ein Gähnen nicht unterdrücken konnte, machte Josef manchmal beißende Bemerkungen.

»Und, was ist? Kannst wenigstens schon Obers schlagen?«, fragte er dann boshaft. Aber August nickte als Antwort nur und dachte darüber nach, was er am Vorabend gelernt hatte.

Von allem, fand er, war das Feuer das Schwerste. Wann war der Ofen heiß genug fürs Abflämmen, und wann hatte er die richtige Temperatur für Eischnee? Wann musste man das Rohr einhängen und wann schließen?

»Das kann man nicht lernen«, sagte der Langwieser, als August am Abend wieder verbrannte Baisers aus dem Rohr zog, »das fühlt man oder nicht. Sie fühlen es nicht.«

Das war seine Retourkutsche für die Fleischerhände.

»Man kann alles lernen«, gab August zurück. Diesmal blieb er die ganze Nacht über in der Zuckerküche, setzte sich vor den Herd auf den kalten Fliesenboden und machte sich Notizen. Es war wie in den Strategiestunden, und es war fast ein Vergnügen. Wie heiß wurde das Feuer in einer halben Stunde, wenn er die Luftklappe ganz offen hielt, wie heiß, wenn er sie halb schloss? Er heizte mit weißem Holz und mit Hartholz. Er hängte die Ofenklappe erst ein Loch, dann zwei, dann drei Löcher weit ein und buk Baisers. Er machte Blätterteig und schob ihn in Portionen in den Ofen, sah auf die Uhr und schrieb Tabellen voll, die er sich gezeichnet hatte. Es war wie ein Rausch, so zu arbeiten, und während er dabei war, konnte er sich nicht vorstellen, damit je wieder aufzuhören. Die Handgriffe passten ineinander wie die Räder in einem Uhrwerk, und alles fühlte sich richtig an.

Als der Langwieser morgens kam, stand die Küche voll mit Blechen, an denen Zettel hingen, auf denen stand, mit welchem Holz und bei welcher Stellung geheizt worden war.

»Man kann alles lernen«, sagte August lächelnd, statt einen guten Morgen zu wünschen. Es war Sonnabend.

»Sie vielleicht schon«, gab der Langwieser zu, nachdem er die Bleche durchgegangen war. Dann ging er zu einem Schrank und holte von weit hinten eine Flasche.

»Aufs erste Lehrjahr«, sagte er, goss zwei Wassergläser halb voll und reichte eines August. Es war der fremde, exotische Schnaps, den August schon so oft in Langwiesers Geruch wahrgenommen hatte. Für einen Augenblick sah August Langwieser doppelt: einmal in der Zuckerküche und ein zweites Mal lachend zwischen Segeln hoch in den Wanten eines Schiffes, lachend und winkend.

»Wohlsein!«, sagte Langwieser trocken, und das Bild war fort.

Dann stellte er sein Glas weg, rieb sich die Hände und sagte:

»Und jetzt fangen wir mit dem Konfekt an.«

Viele Wochen später stand August an einem schönen, hellen Frühlingsabend an der Marmorplatte. Erst goss er Schokolade aus, dann zog er sie aus, und dann schnitt er Täfelchen. Die hob er vorsichtig mit dem Messer ab und legte sie auf ein Gitter. Mit einem alten Siegelring, den er in einem Trödelladen gekauft hatte und der jetzt auf dem Herd lag, drückte er eine verschlungene Ranke in die Seiten. Dann schlug er Schnee, hob Mehl und Zucker darunter und buk den leichtesten Biskuit. Als er ihn aus dem Ofen hob, war es fast, als sei die Form leer. Noch warm schnitt er ihn mit einem nassen Messer zu Böden. Dann schlug er Creme und gab einen Löffel aus Langwiesers geheimer Schnapsflasche darunter, Sirup und einen Hauch Limone und dann noch eine winzige Prise Meersalz. Mit der Creme fügte er die Schokoladentäfelchen zu einem Boot zusammen, das er auf ein Stück des Bodens setzte. Dann legte er ein dünnes Bett aus schneeweißem Baiser hinein, und darauf setzte er eine duftende roséfarbene Creme aus Ananaserdbeeren und Obers, das er mit in Zucker gestoßener Minze aromatisiert hatte.

Dann brachte er Langwieser eines der Schokoladenschiffchen und ließ ihn probieren. Und da sah August etwas, was ihn sehr berührte, denn als Langwieser abgebissen hatte, schossen ihm Tränen in die Augen, und er musste sich völlig überrascht abwenden. Erst nach einer kleinen Weile drehte er sich wieder zu August um.

»Tut mir leid«, sagte er fast widerwillig und beschämt, »tut mir leid.«

»Als Kind wollte ich auch immer zur See fahren«, sagte August leichthin. Langwieser sah ihn überrascht an. Dann hielt er das angebissene Schiffchen hoch.

»Die hier ...«, sagte er, »sind gut ... sehr gut.«

Augusts Lehrzeit war vorüber.

3

Als August an diesem Abend die Konditorei abschloss und durch die lange Dämmerung ging, nahm er den Weg zur Donau hinunter. Es war, als hätten sich in den Wochen, die er in der Konditorei verbracht hatte, die Düfte angesammelt und wären immer voller und reicher geworden. Vielleicht kam das aber auch nur, weil sich in der Arbeit mit all den Gewürzen und Aromen sein Geruchssinn geschärft hatte. Es war der Geruch nach Wasser, der nach dem Frühlingsregen der letzten Tage überall noch in der Luft lag, der klare, unverwechselbare Geruch nach Gras, der Geruch nach dieser besonderen Kühle, die es nur im Frühjahr gibt. Als er unten an der Flusslände stand, roch es auch nach Kastanien, deren Blätter eben erst begonnen hatten, sich zu entrollen, hell und faltig grün. Er ging am Ufer entlang und dachte nach. Es war das erste Mal seit Langem, dass er seinen Gedanken nicht auswich, indem er einfach immer mehr arbeitete. Mit der untergehenden Sonne kam der Wind die Donau herauf und flüsterte unverständliche Geschichten in die Büsche. Was kam jetzt? Er wusste es nicht. Es war wie vor einem Jahr – wie lange das her war –, er war ebenso frei. Es gab nichts, was ihn hielt. Nur – jetzt fehlte jede Leichtigkeit. Warum hatte er lernen wollen, wie man Konfekt macht? Vielleicht, weil es von Anfang an eine Liebe der Süßigkeiten gewesen war. An der Rennbahn, bei ihrer Begegnung in der Confiserie, in ihrer Wohnung, im Sommer. Und weil es nicht genügte, sich an ihren Duft zu erinnern. Es war so flüchtig, ihn ein- und auszuatmen. Es blieb nichts davon. Er hatte Düfte schon immer am liebsten essen wollen. Und vielleicht war Konfekt das, was dem am nächsten kam.

Er war stehen geblieben, sah dem Fluss beim Strömen zu und dachte daran, wie sie zusammen geschwommen waren. Wie danach ihr Haar nach Wasser und nach Regen und nach ihr selbst geduftet hatte, als er ihr ins Kleid half. Es war sehr seltsam, dass er sich immer zu erinnern versuchte, dass er sich die Bilder immer wieder vor Augen rufen musste, die früher schön und leicht und sehnsüchtig und glücklich gewesen waren und jetzt nicht aufhörten wehzutun. Eine schmerzende Stelle, von der man nicht lassen konnte. Das Sirren der Schwalben in der Luft war, als ob sie an unsichtbaren Saiten entlangflogen, die durch die Abendluft gespannt waren. Für August war dieser Klang immer der Inbegriff des Frühlings gewesen. Der Fluss funkelte jetzt rot vom Abendlicht, und die Kastanienkerzen waren wie rosafarbene kleine Feuer, die man den Bäumen aufgesteckt hatte. Das Lachen der Ruderer wehte herüber. Am Fahnenmast über ihm schlugen die Leinen im Wind einen lässigen Takt, das erinnerte ihn alles an sie, und plötzlich war in August eine große, verzweifelte Sehnsucht danach, dass alles ungeschehen sein sollte, alles, so dass er Elena wiedersehen könnte. Am liebsten hätte er wie ein Kind gesagt: Mach alles wieder heil. Mach alles wieder gut. Aber das gab es eben nicht. Nicht mehr.

Er ging weiter, ließ sich erst am Fluss entlangtreiben, dann bummelte er den Weg hinüber in die Stadt, er ging ziellos und durch die Gassen entlang der Wienzeile, bis er schließlich vor der nächtlich dunklen Auslage eines Konditors stehen blieb. Sie erinnerte ihn an den Laden, in dem Elena ihm ein Melle Éclair kaufen wollte. Er sah sich die Pralinen und Torten an, und sie kamen ihm auf einmal falsch vor. Und dann dachte er, dass er ihr einfach immer weiter Konfekt erfinden würde. So, als ob sie noch da sei. Auf eigenartige Weise war das ein schöner Gedanke, und als August nach Hause kam, schlief er zum ersten Mal seit Langem wieder eine Nacht durch, ohne zu träumen.

Seit dem Brand war er, mit Ausnahme des Silvesterballs, nicht mehr in Gesellschaft gegangen. Nicht einmal die Familie hatte er regelmäßig besucht; er hatte zwischen der Fabrik und der Konditorei gelebt wie ein Einsiedler, nur unterbrochen von Einkaufsfahrten, die er für den Onkel hatte unternehmen müssen, die er aber immer so schnell wie möglich hinter sich gebracht hatte. Als er die Einladung zum Debütantinnenball seiner Schwester bekam, erschrak er, als er zurückrechnete und feststellte, dass der Brand schon bald ein halbes Jahr zurücklag. Ihm kam die Zeit viel kürzer vor. Er hatte sich verändert: Früher war er immer gern ausgegangen, und jetzt erwog er schon abzusagen. Aber dann dachte er daran, wie enttäuscht seine kleine Schwester wäre, und nahm sich zusammen. Das Gefühl, allein dadurch Elena zu verraten, dass er lebte, dass er aufstand und sich wusch und arbeiten ging, dieses Gefühl hatte zwar nachgelassen, aber er konnte sich nicht vorstellen, unbeschwert heiter eine Nacht durchzutanzen, Champagner zu trinken, schnelle, freche Gespräche zu führen – das gehörte eigentlich jemand anderem, den es nicht mehr gab.

Aber als er am späten Nachmittag des Ballabends eher vom Kontor nach Hause ging, um sich umzuziehen, da spürte er durch die vertrauten Handgriffe so etwas wie ein leises Echo der früheren Vorfreude auf einen prickelnden, heiteren Abend zurückkommen, und er nahm sich vor, sich nichts anmerken zu lassen und den Ball für seine Schwester so schön zu machen, wie es ihm denn möglich war. Er knöpfte die Handschuhe zu und nahm den Mantel um, während er die Treppen hinunterlief, und trat dann hinaus in einen frühen Aprilabend, dessen Luft frühlingshaft voll von

Düften war, dass er einen Augenblick stehen blieb: Sie waren wie Farben, dicht an dicht gedrängt. Er kam am Dom vorbei, wo der Geruch nach Pferden so betäubend war, dass er sich, obwohl er den Geruch an sich mochte, beeilen musste, um ihn rasch hinter sich zu lassen. Als er an der Kapuzinerkirche vorbeiging, kam es kalt aus der halb offen stehenden Pforte zur Gruft herauf, und ein Geruch wie von Pilzen wehte hinter ihm her. Flüchtig fragte August sich, ob man so einen Geruch in ein Praliné bannen könnte – diesen dunklen Erdgeruch? Er lächelte kurz – die Zuckerküche ließ ihn nicht mehr los.

Seine Schwester war glücklich, dass er kam:
»Wie adrett du ausschaust!«, rief sie und sah in ihrem Ballkleid selber sehr hübsch und viel erwachsener aus als noch im letzten Sommer. Wie lange das her war! Eine Wolke von Parfum umgab ihn.

»Meine Dame«, verbeugte er sich vor ihr, »da sieht man wieder: Wahre Schönheit liegt in der Kleidung, wenn du sogar mich adrett findest. Aber du schaust wirklich hübsch aus – du wirst eine Menge Verehrer auf deinen Fächer schreiben müssen ... Oder sind da schon welche? Zeig her!«

Seine Schwester versteckte den Fächer hinter ihrem Rücken und wurde rot:

»August!«

»Dass das nie aufhört«, seufzte sein Vater gespielt tragisch, als sie die Treppe zusammen hinaufgingen, »diese Streitereien zwischen den Geschwistern!« Er lächelte. Aus dem Ballsaal konnte man schon das Orchester hören.

»Ach Vater«, August nahm in einer Aufwallung von Zuneigung seinen Arm, »du lebst doch vom Streit – du bist Jurist.«

Auch um seinen Vater war heute ein starker Geruch; von Tabak und schwerer Wolle, wie immer, und darüber eine ungewöhnliche Spur von Pulver und Grün, und für einen winzigen Augenblick sah August um seinen Vater eine Insel aus Wald an einem sehr frühen, kühlen Morgen, und überall glitzerte der Tau. Wie jung er aussah. Er stieg mit einem Gewehr in der Hand bergan, nein, eigentlich war es ja die Treppe, aber die Stufen sahen auf einmal so aus, als gehörten sie in den Wald. Sein Vater lachte lautlos, sah einen Schatten von Wild, nahm in einer einzigen flüssigen Bewegung das Gewehr hoch und feuerte lautlos.

»Was meinst du?«, fragte ihn sein Vater, und der Wald war plötzlich fort.

»Nichts«, schüttelte August verwirrt den Kopf, »nichts.«

Die Matronen, die eben neben ihnen schwere Kleider die Treppen hochschleppten und dabei wie kleine Lokomotiven kurzatmig pufften, sahen ihn ein klein wenig befremdet an. Sein Vater nahm ihn am Arm, wie er das vielleicht vor zwanzig Jahren das letzte Mal getan hatte, und schob ihn sanft die Treppe hinauf zum Eingang.

Als sie den Ballsaal betraten, war alles schon voller Lachen, Musik und dem heiteren Lärm aufgeregter Gespräche. In den gegenüberliegenden Spiegeln leuchteten die Kerzen in immer weitere Räume. Der Ball setzte sich in beide Richtungen in eine immer dämmriger werdende, schiere Unendlichkeit fort. Die jungen Damen wirkten leicht wie weiße Schaumkronen auf einem Meer aus Menschen. August hatte das immer gemocht. Aber heute war alles anders. Es war nicht das Leuchten der Kerzen und Kleider, es waren nicht die lachenden, atemlosen Gesichter der Mädchen und nicht die Musik – es waren die Gerüche, die plötzlich alles andere verblassen ließen. Sie trafen ihn wie ein Schlag ins Gesicht. Jeder Mensch in dem Raum war eine Wolke aus Duft. Jede Chaiselongue roch nach dem Pferdehaar, mit dem sie gestopft war, nach der Seide, mit der sie bezogen war, nach den Menschen, die auf ihr gesessen hatten. Die Kerzen rochen trocken nach Stearin. Das Tanzparkett nach Bohnerwachs. Aber vor allem rochen die Menschen. Jeder einzelne hatte eine komplizierte Mischung aus Duft um sich, in der alles stimmte, in der von keinem Aroma etwas zu viel oder zu wenig war. Es war, als bestünden die Menschen nur noch aus ihrem Duft, als hätten sie begonnen, durchsichtig zu werden. Und dann geschah, was August das letzte Mal als Kind erlebt hatte, nur war es jetzt um ein Hundertfaches stärker: Die Duftwolken wurden zu Bildern, zu bewegten Szenen, es war, als ob jeder einzelne Mensch eine kleine Bühne um sich hatte. Jeder hatte sein eigenes Stück bei sich, und wenn sie aneinander vorbeigingen, dann verschmolzen die Bilder miteinander zu absurden und bizarren Geschichten:

Die junge Gräfin Berloni lief an August vorüber, aber zugleich ging sie durch einen Eisenbahnwaggon und trug nicht nur Ballkleid, sondern auch ein graues Reisekostüm, und sie roch nach Kohlenstaub und Parfum und Staub. August spürte die Stöße des Zuges, er schwankte leicht, und dann waren die Stöße plötzlich die eines weichen Trabs: Er saß zu Pferde, ein Passgänger war es, hoch in sehr fremden Bergen zwischen grünen Terrassen, in denen es nach Schnee roch und nach dünnem Rauch und nach gekochtem Reis. Er war in den Geruch von Gerd Wolters gekommen, der doch eigentlich kaiserlich-königlicher Hofbeamter in der Bibliothek war. Und während er noch über die Reisfelder ritt, begann er zu fallen, so wie man manchmal beim Einschlafen schwebend fällt, aber hier war es nun ein wirkliches Schweben. Der eigenartige Geruch des Juden David Schwarz nach Holzkohle und nach Gas und nach noch dünnerer Luft als in den Bergen schleuderte ihn hoch, höher und immer höher, er hing unter einer Art riesigem

Ballon, länglich rund wie eine Zigarre, und da unten, winzig, wie nachgebaut auf seinen Strategieplatten, lag Wien, und ringsum die Felder grün und braun gewürfelt. Schwarz lächelte ihn unsicher an und ging weiter. Ein kleiner Junge von vielleicht zwölf Jahren lief an ihm vorbei, und sein Geruch war eine Mischung aus seltsam würzigem Pfeffer und aus Vanille, und daneben war etwas wie Eukalyptus, und der kleine Junge war gleichzeitig ein bärtiger Mann, der in einem triefenden, nebligen Regenwald mitten zwischen winzigen Menschen stand, Männern mit Waffen wie Kinderbögen, nackte, säugende Mütter, die ihm kaum bis zur Hüfte reichten.

»Wie heißt du?«, fragte August atemlos den Jungen, der artig seinen Diener machte, mitten zwischen all den Zwergen um ihn herum, mitten im Regenwald, »Rudolf Pöch, wenn's gestattet ist.«

»Was ... was möchtest du am allerliebsten ... Was willst du werden?«, fragte August stockend und gab sich Mühe, den Jungen im Gesicht des Erwachsenen nicht zu verlieren. »Was ist dein größter Traum?«

Der kleine Rudolf gab sich kaum Mühe, sein Erstaunen zu verbergen, aber er antwortete. Erwachsene waren wohl so.

»Entdecker«, sagte er zuerst zurückhaltend, aber dann kam doch die Jungenbegeisterung durch, »fremde Länder entdecken. Tiger fangen und Schmetterlinge und ...«

»Ja«, sagte August und lächelte, »und fremde Völker ... Viel Glück, Rudolf.«

Der Junge sah ihn noch einmal irritiert an und ging dann rasch weiter. August dagegen bewegte sich nicht mehr. Er hörte zwar den Walzer, aber er merkte kaum, dass er mitten auf der Tanzfläche stand. Die Paare wiegten sich um ihn herum, und mit ihnen tanzte ihr Geruch, und so fiel August von einem

Lebenstraum in den anderen, von einem Sehnsuchtsbild in das nächste, ritt jetzt, getrieben von Pferde- und Pulver- und Blutgeruch einen wahnsinnigen Angriff auf eine französische Stellung, fiel ... und fiel hoch oben unter einer Zirkuskuppel graziös in die Arme eines Fängers, der ihm am Trapez – nach Talkum und Leinwand und wilden Tieren riechend – entgegenflog und ihn fasste. Wurde geschleudert und war auf einmal selber Tänzer, schwebte in unmöglicher Schönheit – und auf dem unverkennbaren Geruch des Theaters nach Puder und Tüll und Schminke – in einen rauschenden Applaus.

Er stand da und wurde hin und her gestoßen. Manche lachten über ihn, andere zischten ihn unfreundlich an, am Rande der Tanzfläche standen die dicken Matronen in ihren schweren Brokatkleidern und deuteten unverhohlen auf ihn, während sie miteinander tuschelten. Aber August konnte sich nicht mehr bewegen. Er wurde bewegt. In jedem Geruch der fünfhundert Menschen auf diesem Ball lag eine Geschichte. Fünfhundert Geschichten um August herum. Fünfhundert Lebensträume aus nichts als Geruch. Jeder dieser Gerüche zog an ihm, schob ihn, hob ihn, stieß ihn von einer Welt in die andere. Er taumelte, und er wäre gefallen, hätte seine Schwester ihn nicht fest an der Hand genommen. Sie hatte Mühe, ihn zu halten. Die Stimmen der dicken Frauen am Rande der Tanzfläche waren jetzt so ungeniert laut geworden, dass er »schamlos« und »betrunken« verstehen konnte. Seine Schwester und ihr Tänzer fassten ihn schnell unter und führten ihn auf den großen Balkon des Ballhauses.

August stand lange an die Balustrade gelehnt, stützte beide Hände auf und atmete nur die schwach duftende Luft des nächtlichen Parks ein. Es war, wie wenn man nach wochenlanger Fahrt von einem schwankenden Schiff geht. Erst allmählich wurde der Boden wieder fest. Die Bilder

verblassten unter dem Duft der Robinien- und Rosenblü-
ten. Blumen haben keine Sehnsüchte und keine Träume.
Ihr Geruch ist nichts als ihr Wesen.

»Ist dir schlecht?«

Sein Vater war herausgekommen. Sein Geruch war noch
da, aber der Wald war verschwunden. Nur sein Vater, sonst
niemand. Kein Wald mehr.

»Nein«, sagte August zittrig. Und dann, wieder sicherer
und fast ein wenig selbstverspottend: »Nur etwas viel Parfum bei so einem Ball. Ich denke, ich gehe jetzt lieber.«

»Gute Nacht, mein Sohn«, sagte sein Vater besorgt und
liebevoll. August war sehr überrascht.

»Gute Nacht, Vater«, sagte er, »und ... vielleicht gehst du
mal wieder auf die Jagd.«

Soviel August wusste, war sein Vater noch nie auf die
Jagd gegangen. Aber jetzt sah er, dass sein Vater selbst-
vergessen lächeln musste, so als sei August gar nicht mehr
da. Da verstand er. Da wusste er auf einmal, was er tun musste, und er lief die Treppen hinunter, ging immer ungeduldiger die Straßen entlang, lief durch die leeren Gassen und
rannte schließlich, bis er die Konditorei endlich erreicht
hatte. Die Bilder des Balls tobten noch durch seinen Kopf.
Jedes Bild war ein Gemälde aus Aromen. Alle Menschen
haben wohl ein besonderes Gedächtnis für Düfte. Gerüche
nimmt man als Säugling schon wahr, wenn man noch keine
Gesichter erkennen kann, wenn die Welt noch aus bunten
Flecken besteht. Aber August hatte schon immer mehr als
nur ein gutes Erinnerungsvermögen gehabt. Und so, wie
andere ein absolutes Gehör haben, so hatte er einen abso-
luten Geruchssinn. Einen Duft, den er einmal gerochen
hatte, vergaß er niemals.

Traumkonfekt, dachte er, als er die Tür aufschloss, ich
gieße euch eure Träume in Schokolade. Der Duft eurer

Wünsche als Konfekt. Eure Sehnsucht als Praliné ... Dann zündete er das Licht an und betrat die Zuckerküche. Es war an der Zeit, aus Duft und Bildern Schokolade zu machen.

4

»Wo warst du?«, fragte Onkel Josef mit mühsam unterdrückter Wut. »Wo, zum Teufel, warst du die ganze Zeit?«

Seine roten Wangen zitterten. Er war wütender, als August ihn jemals zuvor gesehen hatte. Er hatte die Fabrik kaum betreten, als ihn einer der Kontoristen aufgeregt sofort zu Josef beorderte.

»Ich habe nach dir schicken lassen!«, sagte Onkel Josef gepresst und brüllte dann plötzlich los. »Was glaubst du eigentlich, wofür ich dich bezahle? Glaubst du, weil du mein Neffe bist, kannst du machen, was du willst? Seit Tagen warten wir hier auf dich! Kein Mensch – kein Mensch hat gewusst, wo du warst. Niemand! Die Arbeit im Kontor bleibt liegen! Die Verkäufer vom Gewürz-Hader stehen hier, und wer ist nicht da? Der Herr Liebeskind ...« Josef hustete plötzlich vor lauter Erregung, wollte weiterschreien, verschluckte sich und schlug wütend Augusts Hand weg, als der ihm auf den Rücken klopfen wollte.

»Onkel!«, sagte August ruhig. Er schwankte zwischen Belustigung und Sorge, »Onkel, es tut mir leid. Ich ...«

»Es tut dir leid?« Die Stimme seines Onkels überschlug sich. »Es tut dir leid? Du bist entlassen! Das hat man davon, das hat man also davon, der eigene Neffe ...«

Er musste sich auf einen der Rohrstühle setzen, die im Gang standen. Direkt über ihm hielt Sterntaler sein

Hemdchen aus weißem Stuck auf. Die Taler waren in Gold auf einen nachtblauen Himmel gemalt. Es sah sehr friedlich aus.

»Onkel«, sagte August eindringlich, »hör zu. Ich habe Konfekt gemacht. Ich war die ganze Zeit in der Zuckerküche. Ich ... Irgendwie habe ich darauf vergessen, dir Bescheid zu senden, es war so viel zu tun ...«

»Konfekt!«, schnaufte Josef. »Konfekt! Du bist Einkäufer! Das geht mir schon viel zu lang auf die Nerven, diese Herumspielerei mit dem Langwieser, mit der Zuckerküche, dafür bezahle ich dich nicht, August, dafür nicht!«

Wenn der Onkel einen beim Namen nannte, das wusste August noch aus den Kindertagen, dann war er schon nicht mehr wütend. So war es immer gewesen.

»Wollen wir nicht hineingehen?«, fragte August höflich. »Oder soll ich mein Konfekt hier im Gang auf den Boden ...?«

»Speisezimmer!«, befahl Onkel Josef kurz, aber er ließ sich aus dem Stuhl helfen. August nahm seine Kiste vom Boden auf und trug sie dem Onkel ins Speisezimmer nach.

»Lass sehen!«, knurrte der Alte.

»Zu sehen ist gar nichts«, sagte August, »schmecken musst du es.«

Dann zog er das Tuch von der Apfelkiste, die in der Zuckerküche als Erstes bei der Hand gewesen war. In der Kiste lagen, sorgsam in Holzwolle gebettet, drei Schichten von Pralinen. Es waren ungewöhnliche Pralinen in der Farbe, in der Form und vor allem in ihrem Duft.

»Was soll das sein?«, fragte Onkel Josef misstrauisch. »So schauen Pralinen nicht aus. Was ist das?« Er hatte eine herausgenommen und sah sie an. Sie erinnerte mit ihren zwei Höckern aus hellbraunem Zucker auf der dunklen Schokolade an ein Kamel. Dann schnupperte er daran, und sein Gesicht wurde auf einmal weich. Er biss vorsichtig ab. Kaute. Schluckte. Aß den Rest der Praline mit geschlossenen Augen. Oben, im Stuck des Zimmers, stand Aladin vor der Räuberhöhle und sah nachdenklich auf den Onkel herab. Josef nahm eine zweite. Sie schimmerte dunkelgrün. August hatte einen Weg gefunden, in der Glasurschokolade grün gefärbten Zucker zu lösen. Sie roch ein wenig nach Wald, aber dann doch wieder nicht oder nur nach einem Wald, in dem es womöglich wirklich Lebkuchenhäuser gab. Onkel Josef biss diesmal sehr behutsam nur die Hälfte ab und legte die andere zurück auf die dunkle, glänzend polierte Tischplatte. Dann nahm er die nächste. Ein Streifen Orangenmarzipan zwischen hauchdünnem Teig aus ... Was war das? Mehl aus Kukuruz? August konnte fast zusehen, wie sie in Onkel Josefs Mund zerging. Dann war es still. Josef sah in die Kiste und hob eine Praline nach der anderen heraus, drehte sie, roch an ihr und legte sie dann sanft zurück. Ganz von fern hörte man den Lärm der Schokoladenfabrik und machte das Schweigen noch dichter.

»Das sind Pralinen«, begann Josef heiser, räusperte sich und fing noch einmal an. »Dein Konfekt schmeckt ...«, er wusste wohl nicht genau, wie er es sagen sollte, »... sie schmecken wie ... wie Märchen aus Schokolade.«

Es war das erste Mal seit langer Zeit, dass August wieder das Gefühl hatte, alles richtig gemacht zu haben.

»Ja, nicht wahr?«, sagte er.

»Ich bin schon reich«, sagte Onkel Josef dann ungewöhnlich ruhig, während er nachdenklich mit den seltsam geformten Stücken aus Schokolade und Zuckerzeug spielte und sie in Reihen legte, »sonst würde ich sagen: Damit werden wir es. Wir werden nicht viele davon machen«, fuhr er jetzt schneller fort, schon fast wieder der kalkulierende

Geschäftsmann, »eben so viele, dass sie nicht genug sind. Dass jeder welche kaufen will. Wir werden ...«

»Ich muss nicht reich werden, Onkel«, begann August, aber Josef schnitt ihm das Wort ab.

»Natürlich nicht!«, sagte er laut. »Du musst nicht. Blödsinn! Aber du wirst! Das sind die besten Pralinen, die ich je probiert habe. Und das von einem Soldaten ...«

Ein tiefes, breites Lachen stieg im Onkel hoch, glucksend und rollend wie die Flut, unaufhaltsam, bis er loslachte, laut und schwer; es war ein ungeheures Lachen – ein Lachen wie von Riesen im Märchen. Ein Lachen voller Freude und Vergnügen, ein reines Lachen. August lächelte.

Josef ließ August jetzt in der Zuckerküche völlig freie Hand und stellte ihm wieder den Langwieser an die Seite, der kopfschüttelnd die Rezepte mitschrieb, wenn August mit unzweifelhafter Genauigkeit nach den verschiedensten, den seltsamsten Gewürzen griff. Manchmal biss der Ältere sich auch auf die Lippen, wenn August etwa in die Holzkiste neben dem Herd griff und mit der scharfen Messingbürste einen winzigen Hauch Eichenmehl von einem Kloben schmirgelte, eine Prise Holzmehl in eine dunkle Praline tat. Aber dann ließ August ihn probieren, und Langwieser war für eine Sekunde wieder auf seinem Sehnsuchtsschiff, schmeckte den Schiffsboden, roch ihn unter einer tropischen Sonne, in einer trägen Flaute vor den Gewürzinseln.

»Wie machen Sie das bloß?«, fragte er später, als er sehr lange zugesehen hatte. August zuckte mit den Schultern, dann hörte er für einen Augenblick auf, Schokolade zu schaben, und sah ihn an.

»Ich weiß es nicht«, sagte er zögernd, »es ist, als ob ... als ob die Düfte sich zu Farben und die Farben zu Bildern zusammensetzen. Es ist wie ...«

»Versteh schon«, sagte Langwieser, von sich selbst überrascht, »versteh schon«, und notierte dann weiter.

Onkel Josef suchte ein gutes Dutzend der besten Pralinen
aus, aber die Entscheidung fiel ihm schwer. Dann ließ er in
der Fabrik die Versuchsküche vergrößern und beauftragte
acht Gesellen nur für Augusts Konfekt. Es lohnte nicht,
für eine so geringe Stückzahl die Maschinen einzustellen.
August sah das alles mit unruhigem Gefühl. Er hatte das
Konfekt gemacht, weil nach der Brandnacht sein Leben leer
geworden war, weil irgendetwas getan werden musste. Die
Tage in der Zuckerküche waren wie eine private Unterhaltung mit seinem Schicksal gewesen – und jetzt wurde diese
Unterhaltung öffentlich.

»Morgen gibt es dein Konfekt in allen führenden Konditoreien Wiens!«, sagte Josef am Sonntagabend, als er
August mit hinunter in die Küche der Fabrik nahm. »Wir
liefern heute Nacht noch aus.«

»Du bist vielleicht auch ein wenig verrückt!«, sagte
August halb im Spaß zu Josef, als er die vielen Kisten sah,
die eben verladen wurden.

»Ich?« Josef lachte. »Ich nicht. Ich bin nicht verrückt –
ich bin der Märchenonkel!«

Da fiel es August auf. Dieser Geruch des Onkels aus
Zigarrenrauch und Kakaopulver, aus Schnapsaroma und
dem Holz seiner schweren Nussbaumschränke, dieser
Geruch war der Duft einer großen Zufriedenheit, ein Duft,
in dem kein Sehnsuchtsbild Raum hatte. August fragte sich
auf einmal, wie er wohl selber roch, was sein eigener Duft
war. Es war eigenartig, dass man sich selbst nicht riechen
konnte. Aber dass es kein Duft der Zufriedenheit war, dachte
er ironisch, das wusste er auch so.

»Morgen bist du berühmt!«, sagte der Onkel.

Die Männer luden die Kisten fertig auf, deckten sie mit einer Plane ab, und dann lärmte das Fuhrwerk mit eisenbeschlagenen Rädern hallend über das Kopfsteinpflaster des Fabrikhofs. August sah ihm nach.

»Ach Onkel«, sagte er dann, »mit Schokolade wird niemand berühmt.«

Der Sonntag war vorbei.

Eine Woche später war August Liebeskind berühmt.

5

Das elegante Wien riss sich um ihn. Auf seinem Schreibtisch stapelten sich die Einladungen. Onkel Josef hatte die Pralinen Duftschokolade genannt, und auf den Spanschächtelchen war August in seiner Leutnantsuniform abgebildet. Er selber hatte keine Ahnung davon gehabt, und das hatte Josef wohl auch so gewollt, denn er hätte niemals seine Zustimmung gegeben. Es war, als hätte man vorher keine Schokolade gekannt, niemand kaufte ein anderes Konfekt, und jeder wusste, wer es gemacht hatte. Schon nach der ersten Woche musste Josef nachproduzieren lassen, und er konnte trotzdem nicht Schritt halten, weil August ihm strikt verbot, sein Konfekt auf den Maschinen machen zu lassen. Es war ein schwacher Versuch, die Ereignisse in ihrem Lauf aufzuhalten. Am Graben, am Ring, in der Kärntner Straße – jede Confiserie hatte auf einmal seine Schokolade im Fenster. Die Duftschokolade war auf einmal in aller Munde, wie Augusts Vater doppeldeutig und recht spöttisch anmerkte. Es hatte ja kaum einer gewusst, dass er in die Schokoladenbranche gegangen war, und so waren alle Kameraden, alle

Bekannten, alle Freunde der Familie völlig überrascht, wurden auf der Straße nach ihm gefragt und konnten doch nicht mehr sagen als alle anderen. So bekam er jetzt an einem Tag so viel Besuch wie sonst in einer Woche.

»Du hast uns überhaupt nichts erzählt!«, beschwerte sich seine Schwester.

»Ich wusste ja auch nicht, dass euch der Wareneinkauf für eine Fabrik so interessiert.« August gab sich naiv bescheiden.

»Dass du Pralinen machst!«, rief seine Schwester. »Hast du welche da?«

»Thesi«, sagte August geduldig, »ich weiß auch nicht, wie es dazu gekommen ist. Ich habe … Eigentlich habe ich ja gar nicht gewusst, was ich tun soll. Ich habe einfach damit angefangen. Es hat sich so ergeben. Und natürlich habe ich keine Pralinen da. Denkst du, ich hebe sie im Nachtkästchen auf? Sie werden in der Fabrik gemacht. Wenn du welche haben willst, musst du mich in der Zuckerküche besuchen. Oder …«, sagte er boshaft, »du kaufst welche. So bleibt das Geld wenigstens in der Familie …«

»Du bist einfach widerlich«, beschwerte sich Thesi, »dafür musst du mich zur Louise begleiten, die fragt mich schon die ganze Zeit, ob ich sie nicht bekannt machen kann.«

»Ja, dafür hat man Schwestern!« August sah gottergeben nach oben. Thesi lachte.

Es war nicht so, dass ihm diese kleinen Neckereien schwerfielen, es war ein alter, vertrauter Ton zwischen ihm und seinen Schwestern und vielleicht ganz besonders so mit Thesi, die er immer schon etwas mehr gemocht hatte. Aber es war trotzdem ein bisschen so, als spielte er alles nur, die Heiterkeit und den Witz im Gespräch und das schnelle Hin und Her.

»Wann muss ich denn deine Louise kennenlernen?«, fragte er. »Reicht es im Herbst?«

»August!«, seine Schwester schnaubte ungeduldig, was August sehr hübsch fand. »Dienstag natürlich. Unser Salon ist immer am Dienstag.«

Sie nannte ihm die Adresse, rauschte aus dem Zimmer und gab sich große Mühe, damenhaft zu sein, aber irgendwie wirkte sie doch nur wie ein Mädchen, das Dame spielt, und August lachte.

»Bis Dienstag dann!«, rief er ihr nach.

»Und bring Konfekt mit!«, antwortete sie, schon im Treppenhaus. »Bring auf jeden Fall Konfekt mit!«

Der Dienstagnachmittag, an dem August von seiner Schwester Thesi als Attraktion in ihren Salon eingeführt werden sollte, war auch für Anfang Mai ungewöhnlich schön. Es war ein Tag, in dem sich der Frühling konzentrierte: im Blau des Himmels, im frischen Geruch des Wassers, in den Blumen, die jetzt überall an den Fenstern blühten, in der kühlen Brise, die einen vom Fluss ganz leicht anwehte, wenn man die Brücken querte.

Ich möchte wieder singen können, dachte August, als er die Straßen entlangging und die Stadt an diesem Tag so schön empfand, und es seltsam war, dass man sich trotzdem nach immer mehr von dieser Schönheit sehnte. Ich möchte wieder singen und lachen und heiter sein und nichts denken müssen. Immer öfter hatte er das Gefühl, zweigeteilt zu sein: in einen August, der wie früher war, schlagfertig, amüsant und charmant – ein Pralinésoldat eben, wie ihn Elena damals genannt hatte, und in einen August, der nachts wach lag und der jetzt in all der Schönheit dieses Frühlings nur Elena sehen konnte, einen August, der wusste, dass er nie wieder ganz werden konnte, weil ein Teil von ihm für immer verloren war. Wie passend, dachte er in einem Anflug von Bitterkeit, als er am Gericht vorbeikam und ihm wieder einfiel, was sein Vater ihm kürzlich erzählt hatte: Heute begann der Ringtheaterprozess gegen die Honoratioren der Stadt. Lauter bedeutende Leute: Theaterdirektoren, die Feuerwehrleute, die Bürgermeister und der Polizeichef ... August ging rasch weiter. Ihn interessierte nicht, wer Schuld hatte. Die Tulpen in den beiden Trögen am Eingang des Gerichts leuchteten bunt, und im Mirabellenbaum im Innenhof hinter den geschmiedeten Gittern schwärmten die Bienen. Es duftete nicht nach Gerechtigkeit, sondern süß nach Leben.

»Das ist Louise Brenner«, stellte Thesi vor, »und das ist mein Bruder, der Leutnant August Liebeskind.«

»Der Mann mit der Duftschokolade.« Louise Brenner lachte ihn an. Sie hatte ein offenes und unbefangenes Lachen. Es gefiel August. Es passte gut zu diesem Tag.

»Schade, dass erst die Schokolade kommen musste, damit Thesi mich Ihnen vorstellt.« Auch August lächelte. Charmant sein. Nichts denken.

»Hast du Pralinen dabei?«, fragte Thesi.

»Schwester!«, rief August. »Du wirst gleich bezahlt. Ich bin noch nicht einmal mit der Begrüßung fertig!«

Louise lachte. Es wurde ein leichter Nachmittag: ein Damensalon eben. Tee aus chinesischen Gedecken. Kaffee aus bayerischem Porzellan. August saß zwischen sechs jungen Damen und musste erzählen, was das Geheimnis seines Konfekts war. Er hatte Proben mitgebracht.

»Es gibt kein Geheimnis, meine Damen«, sagte er, »es ist nur eine andere und neue Art, Pralinen zu machen. Es ist wirklich nichts Besonderes – es ist, wie wenn man ein neues Gewürz findet, dann werden auf einmal auch alle alten Speisen wieder interessant.«

»Ein wenig Geheimnis wird schon dabei sein müssen«, sagte Louise lächelnd, als sie sich von dem Konfekt ein Stück nahm, das August im Stillen Meerpralinen nannte, »jede schmeckt anders, und es ist wie ...«, sie überlegte und sagte dann, »... wie wenn jede ein Stückchen Sehnsucht stillt, von der man gar nicht gewusst hat, dass man sie in sich trägt.«

August sah sie überrascht an, und sie lachte wieder, ganz frei und ohne zu bemerken, dass sie eben leichthin gesagt hatte, was er nur im Geheimen dachte. Und eine kurze Sekunde lang fing er ihren Duft auf. Ein heiterer Duft von Wasserlilie und der flimmerheißen Luft über stäubenden Weizenfeldern, wenn der Sommerwind sie rauschend bewegt. Und dann – er erschrak – war da auf einmal eine Ahnung von Rauch, aber als er noch einmal die Luft scharf einsog, war sie schon wieder fort, und vielleicht war es auch nur eine Erinnerung an einen anderen Duft gewesen. Als Louise sich über den Tisch beugte und Tee nachgoss, da wirbelte der Wasserlilienduft träge durch die Bahnen von Sonnenlicht, die auf den Teetisch fielen. Alle plauderten jetzt durcheinander, es wurde gelacht und probiert, und keine der Damen nahm wahr, dass August für ein paar Augenblicke still war und Louise Brenner betrachtete. Es war wohl ihre Gradlinigkeit, die ihm gefiel. So klar und einfach wie ein Getreidefeld im Sommer. Es gab keine Doppeldeutigkeiten und nichts Verstecktes. Sie war schön, wie Blumen schön sind – schön wegen ihrer Frische und Lebendigkeit. Vor einem Jahr hätte er sich in sie verliebt. Heute war sie alles, was August nicht mehr sein konnte. Sie war ganz, und er war gespalten. Aber vor allem war sie nicht Elena.

»Sie müssen wiederkommen!«, sagte Louise sehr charmant, als Thesi und er sich verabschiedeten. »Ich muss mich für all die Schokolade revanchieren. Sie haben ja so viel Konfekt mitgebracht, dass Sie mein Wohnzimmer nachgerade in eine Konditorei verwandelt haben. Sie hätten Geld dafür nehmen sollen. Wann kann man Sie erwarten?«

»Wann immer Sie wünschen, vielleicht eignen Sie sich ja als Konditorin, dann eröffnen wir eine Filiale hier oben bei Ihnen.« August verbeugte sich übertrieben tief, und Thesi und Louise lachten gemeinsam.

»Dann am Sonnabend!«, sagte Louise sofort, unbefangen und immer noch lachend, und August hätte es sehr unhöflich und auch sehr schade gefunden, jetzt nicht zuzusagen. Sie war so nett, dass man ihr gegenüber gar nicht abweisend sein konnte.

Aber als er mit Thesi durch den Frühlingsabend nach Hause ging, mit ihr plauderte und nebenbei auf die Lerchen hörte, die noch in der Luft waren, und auf das Locken der Tauben, da vermisste er Elena auf einmal mit solcher Intensität, dass er am liebsten losgerannt wäre, immer weiter, nur um dieser Sehnsucht zu entkommen.

»Was ist?«, fragte Thesi, weil er still geworden war.

»Nichts«, sagte August, »ich bin nur müde.«

Später im Bett lag er wach wie damals, als er Elena das zweite Mal begegnet war, und es dauerte sehr lange, bis er endlich einschlief.

6

Es wurde ein eigenartiges Frühjahr. August hatte aufgehört, sich zu vergraben. Er ging nur noch unregelmäßig in die Zuckerküche. In der Fabrik hatten sie genügend Rezepte, dass sie noch eine ganze Zeit lang neue Pralinen liefern konnten. Die Leute kauften mittlerweile alles, worauf sein Bild gedruckt war. Er ging wieder aus. Er tat es nicht, um sich abzulenken, sondern ließ sich einfach treiben, ohne nachzudenken. Und vor allem sah er Louise Brenner immer öfter.

»Ich finde, zur Abwechslung sollten Sie einmal die Einladungen aussprechen«, beschwerte sie sich, als sie am Fischerstrand zur Alten Donau hinabstiegen und den Bootssteg betraten, »man könnte meinen, Ihnen liegt so gar nichts an mir.«

»Für eine Hofschauspielerin«, sagte August liebevoll spöttisch, »sind Sie aber ziemlich schnell von Begriff. Aber Sie haben recht, mir liegt tatsächlich nichts an Ihnen ...« Er bot ihr die Hand, um ihr beim Einsteigen in das Boot behilflich zu sein. Der Bootsverleiher sah, seine Pfeife rauchend, zu. Louise lachte ihr helles, unbefangenes Lachen, das nichts übel nahm.

»Ich hoffe, Sie fallen ins Wasser«, sagte sie, »das wäre nur gerecht.«

»Gerechtigkeit, meine junge Dame«, antwortete August streng, während er geschickt ins Boot kletterte und es vom Steg abstieß, »straft nur die Guten; die Schlechten dagegen werden mit Bootsfahrten und jungen hübschen Fräuleins belohnt, die sie sich gar nicht verdient haben.«

Er lächelte sie an. Dann ruderte er nah am Ufer entlang, und die Weidenzweige, die ins Wasser hingen, schufen eine sonnig lichte, grüne Höhle um sie herum. Es war

still, nur die Bienen in einem spät blühenden Apfelbaum
schwärmten.

»Wer so schöne Pralinen macht, der kann gar nicht ganz
schlecht sein«, sagte Louise nach einer kleinen Pause scherz-
haft und ließ die Hand über den Bootsrand durchs Wasser
gleiten. Es erinnerte August daran, wie der Skarabäus unter
Elena goldschimmernd durch das Wasser gezogen war.

»Tun Sie das nicht«, sagte er mit einer merkwürdigen
Scheu und setzte dann schnell hinzu, »im Frühjahr sind die
Forellen hungrig.«

Sie nahm rasch die Hand aus dem Wasser und sah
August an: »Im Ernst?«

»Im Ernst«, sagte er, »bei solchen Bootsfahrten haben
schon mehr Menschen Gliedmaßen verloren als im Sieb-
ziger Krieg!«

Sie fing an, das Boot zu schaukeln:

»Sie sind doch Soldat gewesen. Springen Sie ins Wasser!
Fordern Sie die Forellen!«

»Ich werde doch keinen Krieg anfangen, nur um die
Launen einer jungen Schauspielerin zu befriedigen!«

Sie lachte. Er lächelte ein wenig verlegen. Er war galant,
weil es leicht war, galant zu sein. Weil er es unhöflich gefunden hätte, ihr nicht den Hof zu machen. Aber es war auch,
als ob er alles nur spielte, und er konnte sich selber dabei
zusehen, ohne wirklich Anteil zu nehmen. Er mochte sie
gerne, sie war hübsch, sie war reizend, und eigentlich hätten sie gut zusammengepasst. Um ein Jahr, dachte August,
hätten wir Liebende sein können ... Aber dieses Jahr lag
eben dazwischen, und wie konnte man so etwas erklären?
Wozu auch – es musste ja nicht gesagt werden.

»Rudern Sie schneller, Herr Leutnant!«, forderte Louise
ihn lachend auf. »In die Mitte, wo es am tiefsten ist!«

»Wie Sie befehlen, Fräulein Kapitän.«

August fühlte sich in Louises Gegenwart auf distanzierte Weise wohl. Sie plauderte über ihre Rollen, über die Kollegen am Haus, über sich, und alles war wohlgeordnet: ein Leben wie ein helles Haus mit weit geöffneten Türen. Das Boot schaukelte sanft, als sie sich ein Stück treiben ließen. Louise sah mit einem unbestimmten Lächeln über das Altwasser. Es war ganz still.

»Da«, sagte sie dann leise und deutete ins Wasser, »der Feind!«

August beugte sich vor, sah eine Forelle im Wasser und musste lachen. Gleichzeitig atmete er Louises Duft ein: ein wenig Wasserlilie, ein wenig Parfum und ein wenig Talkum von der Bühne. Ein freundlicher Duft, ein Duft wie ein Lächeln, ohne Bilder. Er hätte sich einfach wieder aufrichten können, aber er war ihrem Gesicht so nah, dass er sie küsste, ohne Gedanken, wie ohne Absicht. Vom Arbeiterstrandbad kam entfernt der fröhliche Lärm badender Kinder über das Wasser, während August sie langsam zurückruderte. Louise lachte ihn leise an, aber sein Lächeln wurde unsicher, weil sie so sehr glücklich aussah, und also rettete er sich in einen Scherz.

Als er sie nach Hause brachte, stand die Sonne schon sehr tief, und in der Neustadt wurden die Schatten der Häuser lang. Der Abend wurde kühl.

»Das war ein sehr schöner Tag«, sagte Louise im Torgang stehend.

»Ja«, sagte er, denn es war ja wahr. Er hätte gehen sollen, aber er spürte ihr kleines Zögern, sah, wie ihr Lächeln zu einer Erwartung wurde, und wieder wollte er nicht so tun, als hätte er es nicht gemerkt, und so küsste er sie ein zweites Mal.

»Auf bald«, sagte sie dann glücklich, als sie hineinging.

»Ja«, sagte er und lächelte ihr zu, »auf bald.«

Als er nach Hause kam, fand er auf seinem Schreibtisch ein Telegramm von Onkel Josef vor. August wusste, dass Josef nicht auf den Groschen schaute, aber ein Telegramm von Haus zu Haus? Er öffnete es und überflog murmelnd die Zeilen: »Sarotti Berlin fragt Duftpralinen an. Besprechung baldmöglichst! Josef.«

Manchmal hatte August das Gefühl, als spielte ein anderer mit seinem Leben, freundlich oder grausam, aber immer mit einer leisen Belustigung. Pralinen, Konfekt, Schokolade – das war eine Laune gewesen, eine Idee, die zu nichts anderem gedient hatte, als Elena zu gewinnen, die man mit nichts anderem hätte gewinnen können, für die es etwas Besonderes gebraucht hatte. Keine Bootsfahrt und auch kein leichtes Gespräch und schon gar keine übliche Cour. Und vielleicht, um dieser eigenartigen Gabe Berechtigung zu verschaffen, dieser seltsamen Fähigkeit, sich vom Duft der Menschen Geschichten erzählen zu lassen, von der man niemandem erzählen konnte, weil sie eine Spinnerei war. Wieder etwas, von dem nur Elena wusste. Er stand am Fenster, das Telegramm in der Hand, und sah in den Frühlingshimmel. Ganz still war August, und er spürte, wie er vor einem Jahr am selben Fenster vor einem ähnlichen Frühlingshimmel gestanden hatte, und das erste Mal seit dem Brand liefen ihm die Tränen hinunter, immer mehr, ohne Ende, weil er sich so sehr nach Elena sehnte, dass es keine Worte dafür gab, und weil diese Sehnsucht so hoffnungslos war.

Viel später ging er durch die nächtlichen Straßen zur Konditorei, schloss die Hintertür zur Zuckerküche auf und schlüpfte hinein, ohne das Gaslicht anzuzünden. Der Mond war nicht ganz voll, aber das Licht reichte, um schwache Schatten zu werfen. Es gab keine Farben, sondern nur kühle

Ahnungen von Blau und Rot und Weiß, immer mit einem Hauch von Grau. Es gab kein anderes Wort dafür – es war ein magisches Licht. August stand in der Mitte der Küche und erinnerte sich an die erste Nacht mit Elena. Es hatte in der Kompanie einen gegeben, der hatte gerne mit Zündhölzern gespielt, sie angerissen und dann zwischen den Fingern gehalten, bis die Flamme an den Fingerkuppen erlosch. August hatte es ein wenig vor ihm gegraust – der Kamerad hatte immer Brandblasen an den Fingern gehabt –, und er hatte nie verstehen können, wieso man sich selber verletzen konnte. Aber als er jetzt in diesem Licht in der Zuckerküche stand, da hatte er auf einmal eine Ahnung, wieso man manchmal nicht anders konnte, als sich selber ins Fleisch zu schneiden, bis es blutete. Es war wie ein Drang, den inneren Schmerz endlich sichtbar zu machen.

Er nahm den goldenen Skarabäus aus der Brusttasche, den er damals in der Leichenhalle gestohlen hatte, und legte ihn auf den Marmor der Teigbank. In dem schwachen Mondlicht war er nicht golden, sondern schimmerte nur hell. August schürte den Herd an. Das gelbwarme Flackern des Feuers störte ihn, aber sobald er die Ofenklappe schließen konnte, war das Licht in der Küche wieder kühl und blauweiß. Er holte ein paar kleine Barren Reinzinn für die Gussformen und gab sie in den Schmelztiegel, den er auf das Feuer gestellt hatte. Während das Zinn zu schmelzen begann, holte er die Keramikformen und setzte den Skarabäus hinein, nachdem er sie mit Talkum ausgepudert hatte. Das Zinn war flüssig geworden, und August hielt nun die zähe Haut mit einem Holzstab zurück, während er die silberne Flüssigkeit in die Form goss. Dann stellte er den Tiegel zurück auf das Feuer. Es dauerte immer ein paar Minuten, bis das Zinn erstarrt war, deshalb brauchte er eine Stunde für ein Dutzend Formen. Anschließend lagen sie schimmernd auf einem Gitter – wie Betten für die zu entstehenden Skarabäen. August betrachtete sie einen Augenblick lang. Dann ging er in die Vorratskammer und holte einen der Säcke mit dem Zucker, den er damals für Elena zum Bett aufgeschüttet hatte. Er setzte ihn auf den Fliesen ab und schnürte ihn auf. Als er ihn öffnete, entfaltete sich der Duft von Orangen und Vanille und Muskat und Bittermandel und von Rauch – das war Elena – und ein unbekannter, leichter Geruch wie von klarem Wasser und bitterem Kakao. Er überlegte einen Augenblick, dann fiel ihm ein, dass er das vielleicht selber gewesen war. Er wusste es nicht, er konnte sich ja nicht selbst riechen. Der Duft trübte das Mondlicht ein wenig, als hätte man einen fast durchsichtigen Schleier in die Luft geworfen, der nur ganz allmählich zu Boden schwebte, und mit ihm das Aroma der Liebe zwischen August Liebeskind und Elena Palffy. Dieses Aroma nahm er jetzt und goss es in Schokolade, in eine Süßigkeit voller verzweifelter Sehnsucht und verlorener Liebe. Er arbeitete in der mondhellen Zuckerküche wie ein Schatten, schweigend und fast lautlos. Manchmal klirrte leise das Glas, oder das Wasser flüsterte, in dem die besonders dunkle Schokolade schmolz, mit der die Formen des Skarabäus ausgegossen werden würden. Es gab keine Farben mehr, nur Düfte und Gerüche und Aromen. Auf die Farben kam es nicht an, als er die Füllung entwarf. Er hätte es mit geschlossenen Augen tun können, nach Gefühl und Geruch. Ein wenig Bitterorangenmarzipan. Grob gestoßener Kakao. Vanille. Muskatkrokant. Er fügte Dinge zusammen, die kein Konditor je zusammen verwendet hätte, aber so waren sie beide ja auch gewesen. Und dann gab er eine Prise von dem Zucker dazu, auf dem sie geschlafen hatten. Nur einen Hauch von sich selbst und Elena.

Er arbeitete die ganze Nacht durch, bis der Mond unter- und die Sonne aufgegangen war. Es waren vielleicht dreihundert schwarz schimmernde Skarabäen von dunkler Schokolade geworden, die nun in Reihen auf dem Marmor unter den hohen Fenstern standen. Das Licht wurde fahl. Es war das graue Licht eines Frühlingsmorgens in der Stadt, ganz kurz, bevor die Sonne aufging. August nahm noch einmal zwei Löffel Zucker und schmolz ihn mit ein wenig Wasser zu einer Glasur. Dann holte er aus dem Schrank das Heftchen mit dem Blattgold. Käfer für Käfer überzog er, nahm dann den Vergolderpinsel und legte um jeden Käfer eine hauchdünne Schicht Gold. Er war fertig, als die Sonne über die Dächer stieg, in den Hof und durch das Fenster auf die Skarabäen schien. Sie leuchteten. Für einen Augenblick konnte er Elenas Amulett nicht mehr von den Pralinen unterscheiden, und er musste alle in die Hand nehmen, um den echten herauszufinden. Dann sah er sein Konfekt an. Es war nicht das gute Gefühl, etwas Besonderes geschaffen zu haben. Es war ein Gefühl wie nach einer Arbeit, die hatte getan werden müssen. Und da war noch etwas anderes, das sich anfühlte, als hätte er Elena und sich selbst verraten.

»Hier«, sagte er zu Josef, sobald er um halb acht Uhr das Kontor betreten hatte, »die Proben für Berlin.«

Fast achtlos schüttete er die Käfer aus. Josef sah sie an.

»Blattgold«, sagte er, »das wird nicht billig!«

Dann nahm er eine, roch an ihr und – ungewöhnlich für einen Mann wie Josef – zögerte auf einmal hineinzubeißen.

»Sind sie gut?«, fragte er August, als wollte er eine Ermutigung. August hob die Schultern. »Ich weiß nicht, wie sie schmecken«, sagte er kurz und übermüdet, »aber bessere werde ich wohl keine machen können.«

Josef probierte. Während er der Praline nachschmeckte, stieg eine flüchtige Röte in seine Altmännerwangen, und er senkte die Augen für einen Augenblick, bis er sich wieder in der Gewalt hatte. Dann lächelte er breit, halb verlegen, halb amüsiert, und sagte:

»Das ist keine Praline für einen alten Mann ...«, besann sich und fügte selbstverspottend hinzu, »oder vielleicht gerade für uns alte Herren. Sie wird sich ausgezeichnet verkaufen. Und du wirst nach Berlin fahren müssen.«

»Na gut«, sagte August erschöpft, »aber es braucht einen besonderen Zucker dazu. Wir müssten ihn mitnehmen, und wenn er verbraucht ist, wird man von den Käfern keine mehr machen können.«

»Darauf wird es nicht ankommen«, sagte Onkel Josef, »wir haben ja genug andere Pralinen. Sie müssen sie nur erst einmal haben wollen. Und diese hier«, er nahm vorsichtig, fast zärtlich, noch einen Käfer vom Tisch und hob ihn vor seine Augen, »diese hier werden sie haben wollen.«

Als August die Treppen zur Eingangshalle hinunterstieg, fuhr er mit dem Finger das Fries nach, das über dem Geländer ins Erdgeschoss lief und von Jorinde und Joringel erzählte. Es war nur halb ausgemalt, weil der Maler über dem Fries gestorben war, und dann hatte Josef es einfach gelassen, wie es eben war. So waren nur die Hexe und die zu Vögeln verzauberten Jungfrauen farbig, Joringel und die erlösende rote Blume, mit der er im Schloss der Hexe Jorinde befreien sollte, waren kalkweiß geblieben.

»Kamerad«, murmelte August wie früher, als er noch mit den Märchenfiguren gesprochen hatte, da er an Joringel vorbeikam, »sei so gut und borg mir die Blume ...«

Dann schüttelte er den Kopf über sich. Er war einfach zu müde und wollte nur noch schlafen.

7

Zwei Tage später saß er abends im Theater an der Wien und sah Louise zu, die in einem Nestroystück die Peppi spielte. Es war ein heiteres Stück, und August musste schon deshalb über sie lachen, wenn sie rechts die Bühne verließ, weil er sich vorstellte, wie sie sich im Laufen umziehen musste, um eine halbe Minute später durch die linke Tür wieder auf die Bühne zu stürzen. Es war eine unbeschwerte Rolle für eine unbeschwerte Frau, und man konnte sehen, wie viel Spaß ihr das Intrigenspiel auf der Bühne machte. Sie wirkte natürlich, und ihre heitere Peppi riss das Publikum zu spontanem Beifall hin, manche pfiffen sogar. August lächelte.

Später stand er mit ein paar Blumen vor ihrer Garderobe und holte sie ab, um mit ihr in irgendeinem Nachtkaffeehaus noch etwas trinken zu gehen.

»Blumen!«, beschwerte sich Louise lachend, noch immer aufgekratzt vom Spiel. »Der beste Confiseur der Stadt bringt mir Blumen mit. Hätte es keine Schokolade sein können?«

»Genau, darum ist es ja etwas Besonderes«, sagte August, »Konfekt kriegen die anderen Mädchen.«

»Böser Mensch!«, schimpfte sie und schlug die Garderobentür hinter sich zu. »Dafür wirst du mich aushalten müssen, heute Abend!«

Die Besitzerin des Nachtkaffeehauses sah immer wieder auf die Uhr, aber Louise hatte einige Kolleginnen mitgenommen. Im Fahrwasser ihrer Fröhlichkeit waren sie in das Nachtkaffeehaus eingefallen, der Kellner hatte sich wohl auf einen ruhigen, kurzen Abend eingestellt und war jetzt umso schlechter gelaunt, während er Suppen,

Geröstetes und Brot und natürlich Bier heranschleppen musste. August war immer wieder überrascht, dass alle Schauspielerinnen so gerne – und vor allem viel – Bier tranken. Als die Besitzerin den Kellner endlich soweit hatte, dass er sie gerade noch höflich hinauswarf, standen sie alle noch eine Weile auf der Gasse, und in der kühlen Nachtluft merkte er erst, wie betrunken er war. Lachend und lärmend zogen sie heimwärts, eine nach der anderen verabschiedete sich, und schließlich waren sie beide allein, und August wusste, dass es falsch war, aber irgendwie war es ihm auch gleichgültig, und so stieg er schließlich mit ihr die Treppen hoch.

Er stand an eine Kommode gelehnt und sah ihr zu, wie sie sich auszog.

»Gefall ich dir?«, fragte sie ein bisschen zu kokett, weil sie, wie er, zu viel getrunken hatte.

»Wem würde eine schöne Frau nicht gefallen?«, fragte er charmant zurück und fing ebenfalls an, sich auszuziehen. Louise schlüpfte ins Bett und sah ihm zu. Er musste verlegen lachen, als er die Knöpfe des Hemdes nicht gleich aufbekam.

»Komm«, sagte Louise leise kichernd und schlug das Bett zurück, »komm ins Bett, Schokoladensoldat.«

Schokoladensoldat. Die Erinnerung riss ein Loch in seine Trunkenheit, er sah sich auf einmal von außen und war von einer Sekunde auf die andere wütend. Auf sich und auf sie. Einen Augenblick lang war er versucht, sie zu nehmen, grob und roh und gewalttätig, wie zur Strafe. Einfach deshalb, weil sie gesagt hatte, was ihr nicht zukam. Aber gleichzeitig schämte er sich plötzlich so dafür – dafür, dass er hier stand. Was tat er denn hier?

Louise hatte gemerkt, dass sie etwas Falsches gesagt hatte.

»Nicht böse sein«, bat sie und lächelte ihn an, viel zu nett und viel zu hübsch.

»Ich ... Es tut mir leid, Louise«, sagte er dann und log. »Ich bin betrunken. Ich bin zu betrunken. Es tut mir leid. Auf morgen, ja?«

Er zog sich rasch an und küsste sie nur flüchtig. Sie hatte die Decke nicht hochgezogen und saß noch immer nackt im Bett, ihre Haut war glatt und roch gut. Sie gab sich Mühe, ihre Enttäuschung zu verbergen, lächelte traurig.

»Solch ein Angebot, Herr Leutnant, kommt nicht alle Tage ... aber bis morgen will ich mal dabei bleiben. ›Ich bin ein ehrlicher Geschäftsmann!‹«, zitierte sie aus dem Theaterstück und sah ihn zärtlich an.

»Ach Louise«, sagte August tief beschämt und war auf einmal so müde, dass er sich am liebsten doch noch neben sie gelegt hätte, einfach, um in ihren Armen zu schlafen, »das bist du wirklich. Ehrlich und viel zu gut ... Auf morgen, ja? Ich komme vorbei, bevor ich nach Berlin fahre.«

Sie nickte: »Auf morgen!«, sagte sie leise.

Er ging die Treppen hinunter und wankte vor Müdigkeit. Oben lag Louise, und wenn er an sie dachte, hatte er wieder dieses seltsame Gefühl, das zwischen Scham und Verrat lag. Betäubt ging er nach Hause und schlief, sobald sein Kopf das Kissen berührt hatte. Er träumte von Bootsleuten, die mit langen Stangen Holzfiguren von Heiligen aus der Alten Donau fischten. Er hätte gerne einen der Heiligen gehabt, sah aber dann, dass ein langer Riss durch ihr Holz ging, von oben nach unten, und ließ sie deshalb stehen. Im Wasser schwammen lauter rote Bibeln.

Als er aufwachte, hatte er vor allem aber nur einen furchtbaren Kater und dachte nicht weiter über seine Träume nach.

»Du schaust schrecklich aus«, sagte der Onkel auf dem Bahnsteig. Er hatte August mit seinem eigenen Wagen abgeholt, um ihn an die Bahn zu bringen. Eigentlich hatte August vorgehabt, noch bei Louise vorbeizugehen, bevor er fuhr, um sich für gestern zu entschuldigen und noch einen Kaffee mit ihr zu trinken. Aber Josef hatte ihn mit in sein Stammkaffeehaus geschleppt, um ihm noch einmal einzuschärfen, wie er in Berlin verhandeln sollte.

»Wen wundert's?«, sagte August müde ironisch. »Diese Schauspielerinnen trinken jeden Mann unter den Tisch.«

Er ärgerte sich jetzt, dass er Louise nicht mehr besucht hatte, und suchte in seinem Rock nach einem Bleistift, um ihr wenigstens ein paar Zeilen zu schreiben.

»Richte dich ein wenig respektabel her, bevor du die Berliner siehst, ja?«, bat Josef. »Ich will keinen Auftrag verlieren, bloß weil ihr jungen Leute nicht mehr trinken könnt. Als ich jung war ...«

»Onkel«, unterbrach ihn August, »ich will gerne zugeben, dass du mindestens so trinkfest bist wie die Damen vom Theater, aber ich möchte heute Morgen nicht vom Trinken sprechen. Vom Essen übrigens auch nicht und von Schokolade schon gleich gar nicht. Kannst du dem Fräulein Brenner die Karte auf dem Rückweg einstecken?« Er reichte Josef das Kärtchen.

»Und ein paar Blumen vielleicht?«, fragte Josef. »Wie groß muss der Strauß denn sein – für was musst du dich entschuldigen?«

Er grinste und stach spielerisch mit seinem Stock nach ihm.

»Onkel!«, sagte August. »Einfach einen Strauß, ja!« Aber dann musste er doch lachen und sagte: »Dir mache ich keine Liebespralinen mehr, so viel ist sicher!«

Der Zug lief ein.

»Hinein mit dir!«, sagte Josef. »Und mir brauchst du ja eh keine mehr zu machen. Den Berlinern aber umso mehr. Viel Glück, Gustl! Steig im *Kaiserhof* am Wilhelmplatz ab, ich schicke denen noch ein Telegramm vor deiner Ankunft!«

Der Zug rollte an, und August merkte, dass er Wien das erste Mal verließ, seit er Elena geküsst hatte. Vielleicht war das gut, dachte er, auf Reisen zu sein. Dann sah er dem Auf und Ab der Telegrafenstangen neben dem Zug zu und schlief darüber sanft und schnell ein.

August war von Wien zwar gewohnt, dass ständig gebaut wurde, aber Berlin überwältigte ihn doch, als er am selben Abend aus dem Bahnhof trat. Ähnlich wie in Wien hatten sie hier eine nagelneue Stadtbahn, aber diese war gleich um das Dreifache größer als die Wiener Tramway. Und während sie in Wien noch alles mit der Hand bewegten, hatten sie hier Dampframmen, die riesige Pfähle in den Boden droschen. Gegen Berlin war Wien trotz der Ringstraße eine alte Stadt. Hier war alles neu, man merkte, dass die Berliner Geld hatten und es auch ausgeben wollten. Die Fiaker hießen hier Droschken und kosteten dafür gleich um die Hälfte mehr. August ließ sich zu seinem Hotel fahren. Es war ein ganzes Stück kälter als in Wien, aber er fuhr trotzdem offen, damit er sich ein Bild von der Stadt machen konnte. Als Wiener hatte er auf Preußen immer ein wenig spöttisch, ein wenig gespielt mitleidig herabgeschaut. Jetzt war er überrascht, wie leicht er sich von der neuen alten Hauptstadt begeistern ließ. Hier ging alles schnell, und alles war laut. Aber vor allem war alles so energisch, ob gearbeitet wurde, ob man miteinander redete, alles wirkte ungeduldig und voller Tatendrang. Sie fuhren die Wilhelmstraße hinunter, in der ein Palais am anderen stand, bis sich ganz unvermittelt ein Stück Park auftat, überraschend und frühlingshaft frisch zwischen all dem Stein. Er gehörte zum Hotel. Das Hotel *Kaiserhof* selbst war so groß wie ein Schloss und wirkte sehr elegant. August war froh, dass er die Uniform mitgenommen hatte.

»Du musst Eindruck machen!«, hatte Josef gesagt. »Und auf die Preußen machen nur Uniformen Eindruck.«

»Leutnant August Liebeskind aus Wien«, meldete er sich dann auch an der Rezeption an, »man hat für mich reserviert.«

Er sah sich um, während man seine Buchung suchte. Die Eingangshalle war nur unwesentlich kleiner als der Bahnhof, an dem er eben angekommen war. Die vielen Sessel wirkten fast verstreut, überall standen Paravents, Zeitungs- und Rauchtischchen, und ständig liefen die Telegrafenboys mit großen Namenstafeln und kleinen silbernen Tabletts durch die Halle, um die Adressaten der Telegramme zu finden. Das Foyer war belebt, obwohl es schon Abend war, und August war froh, als er endlich in sein Zimmer kam. Bevor er sich umzog, blickte er aus dem Fenster über den Wilhelmplatz. Die Bäume mit ihrem lichten Grün waren von oben noch viel schöner. Er stand und sah zu, wie der aufgeregt bewölkte Himmel sich allmählich zu einem dunklen Blau verfärbte und die Droschken unten immer weniger wurden. Überall in der Stadt wurden die Gaslichter angezündet, und es machte ihm Vergnügen, von hier oben, aus dem dritten Stock, zusehen zu können, wie die Anzünder in manchen Straßen viel schneller als die in anderen waren. Man konnte Wetten mit sich selbst abschließen, welches Viertel zuerst hell werden würde. Schließlich aber leuchtete die ganze Stadt. August schloss gerade das Fenster, um zum Essen zu gehen, als es klopfte und einer der Telegrafenboys ihm sein Tablett hinhielt. August gab ihm ein Trinkgeld und öffnete die Depesche, während er die Treppen hinunterging.

›Angebot prolongiert bis Rückkunft Wien‹, stand da, ›Geschw. Louise und Peppi, ehrliche Geschäftsleute! Sehr netter Onkel, nebenbei!‹

Er konnte sich vorstellen, wie sie auf dem Weg zum Theater am Telegrafenamt vorbeikam, den Postbeamten lachend durcheinanderbrachte, nach Bleistift und Geld kramte, bis der Beamte ihr nachsichtig einen Stift reichte, und sie wahrscheinlich alles zwei Mal neu schreiben musste, bis die Depesche endlich auf den Weg gebracht war. Er freute sich, dass sie ihm nicht böse war, es war schön, dass sie an ihn dachte – er hatte nichts verdorben. Gut gelaunt ging er zum Essen. Später verließ er das Hotel noch einmal, ohne Ziel, einfach, um durch das Viertel zu promenieren und die Stadt ein wenig kennenzulernen. Es gefiel ihm, dass sie überall Bäume gepflanzt hatten. Es roch ganz zart nach Kastanienblüten, ein Frühjahrsduft, in dem schon immer eine kleine Note von Herbst mit-schwang. Das gab ihm eine besondere Süße; eine verwe-hend leichte Süße, die machen konnte, dass man sich mit-ten im Frühling nach dem Frühling sehnte. Oder, dachte August, vielleicht ist es diese kleine Angst, dass der Früh-ling vergeht, das winzige Aroma der Vergänglichkeit, das macht, dass man diesen Duft immer tiefer einatmen will, damit man nie mehr neu Luft holen müsste. Wie sehr er im letzten Jahr zu einem Duftmenschen geworden war! Gerüche waren immer wichtig gewesen, aber in diesen Monaten mit Elena und vor allem danach waren die Düfte ein Teil seiner Welt geworden. Er ging ein paar Schritte mit geschlossenen Augen und roch den raublättrigen Duft der Baumstämme, den Geruch der Sandsteine neben sich, das Leuchtgas der Straßenlaternen. Es war beinahe, als könnte er die Dinge durch ihren Geruch hindurch nebel-haft sehen. Es war ganz einfach, den Weg zwischen ihnen zu finden. Aber dann roch er unvermittelt Bieratem und prallte gegen einen Mann.

»Wennse so müde sin, junga Mann«, sagte ein langer Kerl mit der Lederschürze der Lastkutscher und mit hängendem Schnurrbart gemütlich und tippte ihm auf die Brust, »denn jehnse man lieba ins Bette, wa?«

August brauchte ein wenig, um das breite Berlinerisch zu verstehen, aber dann musste er lachen und entschuldigte sich. Der Lange zog die Mütze und ging weiter. August dagegen merkte, wie erschöpft er tatsächlich war, und kehrte zum Hotel zurück. Er schlief bei offenem Fenster – weil nachts alles stärker duftete – und träumte seit Langem das erste Mal wieder von Elena. Er trieb glücklich durch den Schlaf, glücklich, solange der Traum noch wahr war. Erst als er aufwachte, merkte er, wo er wirklich war. Er lag ein paar Minuten in den Erinnerungen: an den Teich. An die Zuckerküche. An ihre Stimme und ihre kühle Schlagfertigkeit, er schwankte zwischen Glück und Traurigkeit und wunderte sich, wie viel Macht sie noch immer über ihn hatte. Er musste sich einen Ruck geben, um aufstehen zu können.

8

Die *Confiseur-Waaren-Handlung Felix & Sarotti* lag in der Friedrichstraße. Von seinem Hotel war das nur einen Steinwurf entfernt. August ließ die Kiste mit den Konfektproben von einem Boten des Hotels voraustragen und ging selber sehr zeitig los. Der Morgen war noch kühl, aber sonnig, und man konnte erahnen, dass es ein schöner Tag werden würde. Im oberen Teil der Friedrichstraße war es still. Da lagen die Kaschemmen und die Bierkneipen und die Nachtkaffeehäuser ... obwohl sie ganz anders aussahen als die in Wien. Überhaupt – August sah sich nach einem vernünftigen Kaffeehaus um, in dem er eben noch eine Schale Kaffee nehmen konnte, aber er konnte keins finden. Er kam bei *Felix & Sarotti* vorbei, doch er war noch viel zu früh. Außerdem mochte er es, morgens noch ein wenig Zeit für sich zu haben, Kaffee zu trinken und dabei die Zeitungen durchzublättern. Man konnte eine Stadt gut kennenlernen, so fand er, wenn man ihre Zeitungen las. Als er an die Kreuzung Unter den Linden kam, entdeckte er endlich, was er gesucht hatte. Es gab sogar zwei Kaffeehäuser, die sich direkt gegenüberlagen, das *Kranzler* und das *Bauer*. Er ging ins *Bauer*, weil es fast so aussah wie ein Wiener Kaffeehaus, aber es war – wie so vieles in dieser Stadt – komplett neu. Er bestellte Kaffee und sah sich nach den Zeitungen um. Und dann sah er sie. Es waren Hunderte und Aberhunderte, so viele Zeitungen gab es in keinem Wiener Kaffeehaus und wahrscheinlich auch sonst nirgendwo auf der Welt. Englische, französische, spanische, jedes deutsche Blatt, alle österreichischen, amerikanische Journale, Mode, Militär, Handels- und Börsenblätter – es gab alles. In diesem Augenblick war das *Bauer* zu Augusts Lieblingscafé in Berlin geworden, ohne dass er die anderen gesehen hatte. Wenn er vorhin noch zu viel Zeit gehabt hatte, dann hatte er jetzt nicht einmal genug, um sich die richtige Zeitung auszusuchen, und sah sich stattdessen noch die Confiserietheke an. Im Vergleich zur Auswahl an Zeitungen fiel sie deutlich ab, und August lächelte ein wenig. Man konnte seine Pralinen hier wirklich vertragen.

»Brauchen wir Ihr Konfekt?«

Hugo Hoffmann, Herr über *Felix & Sarotti*, sprach mit weichem schwäbischem Akzent. Es klang ein wenig fremd in diesem hastigen Berlin, ein wenig ländlich. Aber August sah, dass Hoffmann sein Geschäft verstand. Er hatte die Kiste geöffnet, und jetzt saßen sie zu dritt um den Tisch in dem Büro der Firma: Hoffmann, sein Geschäftsführer und August. Das Zimmer war ihm ein vertrautes Bild: die Rechnungsbücher, die Bestellungen, die Gewürz- und Kakaoproben in Kistchen und Leinensäckchen. Trotzdem schien das Kontor in Wien weit fort. August nahm eine Praline nach der anderen heraus und ordnete sie auf dem Tisch an, bis er zu seinen Skarabäen kam.

»Ich weiß nicht, ob Sie mein Konfekt brauchen«, sagte August liebenswürdig zu den beiden, »aber Berlin, denke ich, braucht es. Irgendjemand wird es ihm geben müssen. Und im Ernst, Herr Hoffmann, Sie hätten mich nicht kommen lassen, wenn Sie es nicht haben wollten, oder?«

Hoffmann lächelte nicht. Der Geschäftsführer schwieg, aber er spielte mit dem Konfekt und roch ein paar Mal daran. August unterdrückte ein Lächeln.

»Sie sind kein gelernter Confiseur, so hört man.«

»Nein«, sagte August ruhig, lächelte nicht mehr und wartete einfach. Eine Zeit lang sagte niemand etwas. Hoffmann nahm die Pralinen nicht einmal in die Hand. Er sah sie nur an. Der Geschäftsführer legte seine Praline zurück.

»Ich habe in Paris gelernt«, sagte Hoffmann schließlich, »man macht dort die besten Pralinen. Bisher habe ich noch keine besseren Rezepte gekauft.«

»Herr Hoffmann«, sagte August jetzt etwas kühler, »mein Onkel ist einer der größten Schokoladenfabrikanten in Wien. Sie müssen meine Pralinen nicht kaufen.«

Er verschwieg, dass es nicht seine Idee gewesen war, hierher zu kommen. »Aber ich fände es einen Affront, wenn Sie sie nicht einmal kosten wollten.«

Das wirkte. Das und die Uniform. Wenn man in Uniform war und sich beleidigt gab, sprangen sie alle. Hoffmann nahm einen der Käfer, drehte ihn in der Hand, roch an ihm und kostete dann. Es ging ihm wie Josef – er errötete.

»Wie machen Sie das?«, fragte er dann angestrengt geschäftsmäßig, als er die angebissene Praline zurücklegte, aber man hörte, wie das Schwäbische jetzt stärker durchschlug, »Sie sind kein Confiseur!«

August zuckte mit den Schultern.

»Deswegen brauche ich jemand Guten, um sie zu verkaufen«, sagte er und lächelte wieder. Das brach das Eis. Hoffmann lachte auf einmal. Jetzt nahm auch der Geschäftsführer einen Käfer und probierte.

»Müssen wir sie vergolden?«, fragte er, und jetzt amüsierte August sich im Stillen über diese typisch schwäbische Sparsamkeit.

»Die Leute werden den Gedanken mögen, dass sie echtes Gold essen können«, sagte August.

»Wir werden abwarten«, sagte Hoffmann, »sehen Sie, wir müssen sowieso vergrößern. Der Laden ist längst zu klein, wir sind eigentlich schon mitten im Umzug. Ich baue an der Mohrenstraße eine Fabrik. Solange können wir hier Ihre Käfer noch machen. Wir werden immer ein Dutzend Pralinen verkaufen, gemischt, mit einem Goldkäfer dazwischen, das macht sich gut.«

Hoffmann warf ein paar Zahlen aufs Papier und sprach mit seinem Kompagnon, dann sah er wieder zu August auf.

»Und jetzt zum Rezept«, sagte er bestimmt.

»Haben Sie eine Zuckerküche?«, fragte August.

Sie arbeiteten stundenlang zusammen. Hoffmann war ein sehr guter Geschäftsmann, aber er kannte seine Grenzen als Confiseur. Vielleicht fehlte ihm auch das Quäntchen Besessenheit. Deswegen hatte er auch immer aus Paris importiert. Als er sah, wie August manche Zutaten mischte, und vor allem, was alles er an Zutaten verwendete, da konnte er manchmal nicht anders und musste etwas sagen:

»Das ist ... sehr ungewöhnlich!«, presste er einmal heraus, als August ein paar Kastanienblüten zerrieb und in die Konfektmasse mischte. Man sah ihm an, dass er lieber etwas anderes gesagt hätte. Aber dann ließ August ihn probieren, und Hoffmann gab nach.

»Sie schmecken«, sagte er in seinem weichen Schwäbisch verwundert, »wie Frühling und Herbst zugleich.«

August lächelte.

Hoffmann riss sich zusammen:

»Anfang nächster Woche sind Ihre Pralinen fertig«, sagte er, »dann liefern wir aus.«

»So schnell schon?«, fragte August erstaunt.

»Schokolade. Gewürze. Nüsse. Früchte. Viel mehr braucht es für Pralinen nicht, und ich habe alles hier! Wir Deutschen sind keine Denker mehr«, lachte er, »wir packen an!«

Er zeigte durch die Fenster auf die ziegelroten Hinterhofbauten, in denen überall gearbeitet wurde.

»Morgen geht es los, nächste Woche hat jede Confiserie in Berlin unser Konfekt. Bleiben Sie bis dahin?«

August zögerte kurz. Er hatte noch nicht darüber nachgedacht, wie lange er bleiben würde. Er dachte an Louise, aber vielleicht war es gerade gut so, dass sie sich nicht sahen. Er hätte nicht gewusst, was er ihr sagen sollte. Kurz, es zog ihn im Augenblick nicht nach Wien zurück. Er nickte.

»Ja, mir gefällt Ihr Berlin«, sagte er.

»Gut«, sagte Hoffmann zufrieden, »dann machen wir jetzt noch ein wenig Schokolade!«

Es war später Nachmittag, als August *Felix & Sarotti* wieder verließ. Die Telegrafenämter hatten schon geschlossen, so konnte er weder Josef noch Louise depeschieren, dass er länger bleiben würde. Die Sonne stand schräg in den Baumkronen. Es gab ein paar pludrig weiße Wölkchen, die trotz der Brise, die auf der Straße ging, unbewegt am Himmel standen. Ein Frühlingstag ging zu Ende, und August fühlte sich einen Augenblick lang so frei wie damals, als er die Kaserne verlassen hatte, und er erinnerte sich, wie sich das richtige Glück anfühlte. Einen Lidschlag lang.

9

Trotz der ungeheuren Betriebsamkeit der Stadt verbrachte August unentschlossene und unruhige Tage in Berlin. Die Erinnerung an den ersten Abend ließ ihn nicht los, und er fing an, der Stadt und ihren Gerüchen zu folgen. Ihm fiel auf, wie sehr der Plan seines Wiens, den er im Kopf hatte, eine Karte der Gerüche war, jetzt, wo er sich in einer neuen Stadt zurechtfinden musste. Hier hatte jeder Stadtteil seinen Geruch, die Straßen am Landwehrkanal rochen anders als die an der Spree. Die Hausgänge in der Friedrichstadt rochen anders als die Alleen in Berlin-Mitte. Der Geruch der Armut in Neukölln: stinkende Brunnen, billigste Seife in der Wäsche, die quer über die Straßen zum Trocknen gehängt wurde, der ranzige Geruch der Kinderköpfe, die nie gewaschen wurden, weil die Eltern immer in der Fabrik waren. Der Parkgeruch im Westen der Stadt, wo die Fabrikanten ihre großen Häuser bauten. Der Kohlegeruch in den Straßen rings um den neuen Bahnhof Friedrichstraße. Der warme Steingeruch nach einem Regenguss, wenn die Sonne wieder herauskam. Der besondere Brotgeruch am Fehrbelliner Platz. Der Geruch von röstendem Malz aus der *Schultheiß-Brauerei* in den schrägen Gassen des Prenzlauer Bergs. August schloss oft die Augen auf diesen Gängen und sah die Stadt in den nebelhaften Farben ihrer Düfte. Die Gerüche waren etwas, an dem er sich festhalten konnte. Sie gaben seinem Leben so etwas wie ein Muster, waren so etwas wie das Versprechen eines Ziels.

Abends besuchte er die Kneipen in der Friedrichstraße und unterschiedslos Theater und Varietés. Es gab zweifelhafte Lokale, vor denen hagere Männer mit tätowierten Armen und speckigen Hüten auf dem Kopf herumstanden, immer mit

einem übel riechenden Stumpen im Mundwinkel. Sie rede-
ten alle Vorbeigehenden an, in so hartem, schnellem Berliner
Dialekt, dass August oft gar nicht alles verstand. Ganze Korps
von Studenten mit Mützen schief auf dem Kopf, in Stiefeln
und den Farben ihrer Verbindung fielen manchmal in diese
Lokale ein, und August schloss sich einem dieser Trupps
einfach an. Aber auch diese Kaschemmen waren alle sehr
preußisch. August hatte das Gefühl, dass den Studenten das
Bier wichtiger war als die Mädchentruppe, die da alle halbe
Stunde auf die Bühne kam und jämmerlich schlecht tanzte.
Aber immerhin warfen sie die nackten Beine, an den Tischen
wurde gejohlt, alles zackig und wie auf Kommando. Da sind
die Wiener Huren gemütlicher, dachte er. Die Dielen waren
mit Sand bestreut, die Tische weiß gescheuert, das Bier kam
in Steinkrügen und die Mädchen zu dritt und zu viert an die
Tische der Gäste. Und wenn dann die Studenten mit den
Mädchen auf die Zimmer gingen, dann gingen alle zusammen – selbst das Laster hatte hier etwas preußisch Ordent-
liches. Es gab viele von diesen Lokalen, aber sie waren nicht
das, was August suchte. Ich weiß immer, was ich nicht suche,
dachte er, als er spät abends vor das Varieté an der Hasenheide
auf die Straße trat und darauf verzichtete, eine Droschke zu
nehmen, aber nicht, was ich wirklich will.

Er ging bergab, bis er ans Wasser kam, und dann immer
am Landwehrkanal entlang. Ein wenig erinnerte ihn der
Hafen an die Donaulände in Wien. Die Nacht war fast mond-
los. Im Wasser spiegelten sich die Gaslaternen mit zitternden
Flecken. Die schnelle Musik aus dem Varieté klang ihm noch
im Kopf nach; er hätte sie gerne vergessen, aber sie drehte
sich immer weiter. Am Zeughaus blieb er stehen, bevor er
zu seinem Hotel abbiegen musste. Er legte die Hände auf
das eiserne Geländer der Brücke und sah in das Wasser des
Kanals und konnte nicht anders: Er stellte sich vor, wie Elena

neben ihm stand und ihre Hände so auf das Geländer legte, dass ihre und seine sich berührten. Das, dachte er, das. Nichts anderes. Das. Elenas Hände und ihr Duft und ihr Haar und ihre Augen, ihr Lachen, ihre Stimme, ihr Gang. Er sah lange ins Wasser.

Als er später an den erleuchteten Auslagen der Geschäfte in Berlin-Mitte entlangging, blieb er vor einer der großen Confiserien stehen. Da arbeiteten die Ladenmädels noch und dekorierten die Schaufenster um. Und zwischen all den Schokoladenfiguren, den Berliner Spezialitäten und den kandierten Früchten sah er einen ganzen Stapel Kistchen aus dem Hause Hoffmann. »Feinstes Wiener Konfekt« stand in geschwungenen Buchstaben darauf, und ein Papierbildchen nach einem Stich vom Stephansdom war daraufgeklebt. August sah eine Zeit lang zu, wie die Skarabäen zu einer kleinen Armee gelegt wurden, dann ging er schnell weiter. Heute Nacht war ihm Schokolade schal, und er selbst kam sich auf eigenartige Weise billig vor – so, als hätte er seine Liebe verkauft und so, als hätte er kein Recht mehr, sich nach ihr zu sehnen. Er entschied, dass er bald abreisen würde.

Am nächsten Tag traf er sich noch einmal mit Hoffmann, um die Verträge und die Vereinbarungen zu besprechen. Sie saßen in dem engen Büro, das Hoffmann schon zur Hälfte ausgeräumt hatte.

»Wir ziehen jetzt endgültig um«, sagte Hoffmann, »in die Mohrenstraße. Endlich vergrößern wir uns!«

»Meinetwegen?«, fragte August in leichtem Ton. »So viele Pralinen werden Sie doch gar nicht verkaufen können.«

Hoffmann nickte etwas zerstreut, während er in seinen Papieren kramte.

»Nein«, sagte er dann triumphierend, als er in einer der Spankisten, in die man die Geschäftskorrespondenz schon gepackt hatte, das richtige Papier gefunden hatte, »an Ihnen allein liegt es nicht. Wir wollten ja sowieso umziehen. Aber«, er schwenkte das Papier, »wir haben das Wiener Konfekt schon komplett in Berlin verkauft. Da sind die Konditoreien in Brandenburg und in Potsdam noch gar nicht dabei. Alles nur in Berlin. Man hat sogar schon nach Ihnen gefragt! Damen natürlich ...«, er lächelte August kurz an, dann fuhr er fort, »Schokolade geht wie nie zuvor. Wir produzieren jetzt schon fast dreihundert Tonnen im Jahr. Und ich weiß nicht, wo ich die Leute für die neue Fabrik in der Mohrenstraße hernehmen soll.«

August merkte allmählich, worauf er hinauswollte, wartete aber höflich ab.

»Wie sieht es aus?«, fragte Hoffmann kurzerhand und legte das Blatt zurück. »Berlin gefällt Ihnen doch, nicht wahr? Und Sie sind ein ausgezeichneter Confiseur ... besser als ich«, sagte er und sah ihn an, »ich kann Ihnen eine erstklassige Stellung bieten ...«

August war von seiner Offenheit überrascht. Er lächelte Hoffmann an.

»Mein Onkel erwartet mich, Herr Hoffmann«, sagte er dann höflich, »Ihr Angebot ehrt mich sehr, wirklich, aber ich ...«, er stockte und überlegte dann doch kurz. Vielleicht wäre es gar nicht schlecht, Wien zu verlassen, einfach wegzugehen.

»Ich reise morgen ab«, sagte er dann entschlossen, »aber ich will es mir überlegen. Ich muss auch mit meinem Onkel sprechen. Ich depeschiere Ihnen, Herr Hoffmann.« Er reichte ihm die Hand. »Es hat mich sehr gefreut«, sagte er dann, »und wie Sie auch immer als Confiseur sind: Von Schokolade verstehen Sie viel!«

Jetzt, da er sich entschlossen hatte, am nächsten Tag abzureisen, kam Berlin ihm noch einmal sehr schön vor, obwohl es ein diesiger Tag war. Er ging am Spreeufer spazieren und dann zu den eleganten Geschäften an der Friedrichstraße, um für die Schwestern ein paar Geschenke und für den Onkel ein Kistchen Zigarren zu kaufen. Als er in einer eleganten Kolonialwarenhandlung einen japanischen Fächer sah und sich erinnerte, dass er in Louises Zimmer japanische Drucke gesehen hatte, kaufte er ihn für sie. Auf dem Weg zum Hotel und mit der Heimreise vor Augen musste er über Louise nachdenken. Er wollte sie nicht enttäuschen, aber dann – wie sollte er ihr entgegentreten?

Als er die Hotelhalle betrat und an der Rezeption nach seinem Schlüssel fragte, sah der Empfangschef auf den Namen und sagte dann:

»Herr Liebeskind?« Und als August nickte: »Wenn Sie einen Augenblick dort Platz nehmen wollen, eine Dame erwartet Sie. Der Boy kommt sofort.«

August ging überrascht zu den Sesseln unter den riesigen Topfpalmen, blieb aber stehen. Er hatte Louise kein einziges Mal telegrafiert, und jetzt war sie ihm nachgereist. Er überlegte, was er ihr sagen sollte, als der Boy kam, gefolgt von einer Dame.

»Der Leutnant Liebeskind!«, sagte er und wartete auf ein Trinkgeld. Aber August bewegte sich nicht, weil er nicht verstehen konnte, was er sah.

»Ich möchte diesen Käfer gegen den echten tauschen«, sagte Elena gelassen, mit einem goldbestaubten Konfektkäfer auf ihrer behandschuhten Hand, »guten Tag, August.«

Sie standen in dem kleinen Park gegenüber dem Hotel. In der Halle war der Lärm der Unterhaltungen auf einmal unerträglich geworden. August sah Elena an, und in ihm tobte und schäumte es von Gefühlen und Gedanken, wie wenn drei Flüsse aufeinandertreffen. Er wusste nicht, was er fühlte, und wunderte sich darüber. Gleichzeitig waren da auf einmal all die Gedanken wieder, die er in der Brandnacht gehabt hatte, all die verschiedenen verzweifelten Auswege, wie sie irgendwie überlebt haben könnte, und immer sah er doch das Bild der verbrannten Elena im Leichenschauhaus vor sich, mit dem Skarabäus auf dem Blechteller neben sich.

»Wie ...«, begann er und stolperte über die eigenen Gedanken, »Elena!«, sagte er dann hilflos.

»Ja«, sagte sie, ohne zu lächeln, und sah so schön aus, wie sie in diesem leuchtenden Herbst ausgesehen hatte, an dem August sich seit einem halben Jahr festgehalten hatte, um nicht zu ertrinken.

»Wollen wir ein Stück gehen?«, fragte sie. Er nickte, und sie liefen schweigend nebeneinanderher. Sie war klug, dachte er, sie gab ihm Zeit, sich zu sammeln. Für August fühlte es sich an, als wäre die Welt gläsern und eine unbedachte Bewegung würde genügen, um sie zerfallen zu lassen. Sie erreichten den Tiergarten. Unter den alten Ahornbäumen spielten die Sonnenflecken mit den Schatten. Es sah so heiter aus.

»Wieso bist du hier?«, fragte August schließlich.

Elena blieb stehen, sah ihn an und holte tief Luft:

»Ich bin gesprungen«, sagte sie dann, »unter einem der Fenster hatten sie Tücher aufgespannt. Da bin ich gesprungen. Ich war die Letzte, hinter mir waren sie alle schon tot. Ich bin über sie geklettert«, sagte sie und gab sich Mühe, ruhig zu klingen, »ich bin einfach über sie geklettert, gekrochen bin ich, weil der Rauch unten am Boden nicht so schlimm war, und dann war ich auf einmal am Fenster.«

August holte den Skarabäus, den er immer bei sich trug, aus der Brusttasche und hielt ihn ihr hin.

»Und da hast du den Skarabäus verloren. Ich hätte dich nie ...«, er verbesserte sich, »ich konnte nicht sehen, wer die tote Frau war. Sie war so ... so verbrannt«, sagte er.

»Nein«, sagte sie. Sie nahm das Medaillon nicht aus Augusts Hand und sah ihn fest an.

»Ich habe ihn nicht verloren. Ich habe ihn einer der Toten umgelegt, bevor ich gesprungen bin.«

August sah sie an und verstand zuerst nicht.

»Elena«, sagte er, »wieso ...?« Er stockte.

»Du bist der Stratege«, entgegnete sie kühl, »denk nach.«

Es brauchte einen Augenblick. Elena betrachtete die Ahornbäume, und er sah sie an. Sie stand gerade, schlank und so schön, dass er überrascht war, wie sehr sie seine Erinnerung an sie übertraf. Er dachte nach.

»Das war etwas, was ich immer an dir mochte«, sagte er dann langsam, »wie schnell du denken kannst. Wie schnell du eine Lage erfassen kannst. Man macht einer Toten keinen Prozess, natürlich nicht. Wie sollte man auch? Aber hast du nicht ... Was ist mit dem Erbe des Oberleutnants? Du hast ja alles aufgegeben ...«

»Ja«, sagte sie, drehte sich von den Bäumen weg ganz zu ihm und legte ihm die behandschuhte Hand leicht auf die Brust, »ich habe alles aufgegeben. Alles.«

»Aber es war doch gar nicht sicher!«, sagte er, auf einmal wütend. »Es war doch nicht sicher! Sie hätten dich doch nie verurteilen können. Es weiß ja keiner, ob er wirklich tot ist, er ist verschollen. Irgendwann hätten sie ihn für tot erklären müssen!«

»Und währenddessen bin ich die Geliebte des Leutnants Liebeskind, obwohl mein Mann vermisst ist? Währenddessen bekomme ich vom Gericht einen Vormund bestellt, der das Vermögen des Oberleutnants verwaltet, denn erben kann man ja erst, wenn einer wirklich tot ist, nicht wahr? Und währenddessen führe ich bestenfalls ein Leben an der Leine, ja? Wenn sie mich nicht wirklich als Mörderin verurteilt hätten! Tot ist tot, ob verbrannt oder gehenkt.«

Sie war nicht einmal laut geworden. Sie blieb geschäftsmäßig, redete so, wie man einem Kind etwas vorrechnet.

Er drehte sich um und ging weiter. Elena folgte, blieb aber ein Stück hinter ihm.

»Wie hast du mich eigentlich gefunden?«, fragte er nach einer Weile sehr kurz.

Elena lachte ein leises, unverhofftes Lachen. August wunderte sich, dass es sich so schön anhören konnte, dass er sich so darüber freuen konnte.

»Das, Herr Leutnant, war nicht sehr schwer. Die Stadt ist voller Wiener Konfekt, und ich konnte nicht anders, als mir welches zu kaufen. Erinnerst du dich?«, fragte sie immer noch lächelnd. »Ich mag Schokolade sehr.«

»Natürlich erinnere ich mich«, sagte August fast tonlos, »ich habe mich jeden Tag daran erinnert, jeden Tag seit dem Feuer.«

»Als ich den Käfer sah, habe ich eigentlich schon gewusst, dass du ihn gemacht haben musst«, sagte Elena. Im Tiergarten war es sehr still. Man hörte die Holztauben locken und einen Kuckuck aus der Ferne.

»Dann habe ich ihn probiert.« Sie flüsterte fast, und ihre Gelassenheit und ihre Kühle waren auf einmal fort. »Und ich ... ich habe unsere Liebe ... Ich habe wieder gesehen, wie es war. Gerochen, gespürt, geatmet. Alles. Es war, als ob du wieder da gewesen wärest. Solche Schokolade habe ich noch nie gegessen.«

»Es ist von dem Zucker darin, auf dem wir geschlafen haben«, sagte August ohne Bewegung. Er wusste nicht, was er fühlte. Sie trat vor ihn hin, sie standen Gesicht an Gesicht.

Sie wollte etwas sagen, aber tat es dann doch nicht. Er wusste nicht, welche Worte die richtigen waren, weil es so viele gab.

»Elena!«, sagte er fast verzweifelt.

»August«, flüsterte sie zärtlich.

Sie standen eine ganze Zeit lang einfach nur da. Sehr nah, aber ohne sich zu berühren. Er atmete ihren Duft.

»Du riechst anders«, sagte er überrascht, »dein Duft ... Du riechst nicht mehr nach Rauch.«

»Habe ich denn nach Rauch gerochen?«, fragte sie ein wenig überrascht.

Er nickte. Da war noch etwas anderes in ihrem Geruch, aber er konnte nicht gleich sagen, was es war. Es war immer noch so, als hätte jemand um sie herum eine Handvoll exotischer Gewürze in den Wind geworfen. Immer noch gab es eine aromatische Ahnung von bitteren Kräutern und von Süßem. Aber da war etwas Neues. Es roch klar und kühl, fast sogar kalt, nach Wasser und nach Meer. Warum konnte er andere Gerüche lesen, und warum war ihrer ihm immer ein Rätsel?

»Du riechst gut«, sagte er, »du duftest nach Elena.«

Er wollte nicht mehr darüber nachdenken, was geschehen war. Er wollte hier sein, nicht in Wien und nicht im Gestern.

»Zeig mir deine Stadt!«, sagte er, und Elena lächelte.

»Willkommen in der Reichshauptstadt«, sagte sie, »ich bitte, näher zu treten.« Sie ging hinüber in den tiefen Schatten eines Ahorns und zeigte auf den Stamm. »Die Schnitte, die der Herr Leutnant belieben wollen, anzusehen, stammen noch von Seiner Majestät Friedrich II. persönlich, der hier Zucker gewinnen wollte.«

August betrachtete die vernarbten Schnitte in dem mächtigen Baum und sah Elena fragend an:

»Ich glaube, Sie lügen, junge Dame, man kann aus Bäumen keinen Zucker gewinnen.«

Elena blieb in ihrer Rolle.

»Man merkt, mein Herr, dass Sie aus der Provinz kommen. Als vor hundert Jahren auf Santo Domingo die Sklaven gegen ihre Herren aufstanden und die Zuckerrohrplantagen zerstörten, da wurde bei uns in Preußen der Zucker so teuer, dass der König anordnete, hier im Tiergarten und ringsherum fünf Millionen Ahornbäume zu pflanzen, um aus ihnen Zuckersirup zu gewinnen.«

»Ist das wahr?«, fragte August, nun wirklich interessiert.

Elena lächelte ihn an und wurde ernst.

»Ja, es ist wahr. Man hat zwar nicht so viele Samen bekommen können, weil Napoleon die Schiffe blockierte, aber ein paar Tausend sind es doch geworden. Man hat erst damit aufgehört, als man gemerkt hat, dass man aus Rüben viel einfacher Zucker herstellen kann.«

In diesem Augenblick sehnte sich August so sehr nach ihr, dass er ihre Hände nahm und verzweifelt flüsterte:

»Warum, Elena? Warum hast du mich verraten? Warum hast du nicht einmal geschrieben? Ich habe geglaubt, du wärst tot. Die ganze Zeit habe ich geglaubt, du wärst tot. Warum?«

»Ich weiß es nicht«, sagte sie, und er sah, dass ihre Augen nass waren, »ich kann es dir nicht sagen. Ich weiß es nicht.«

Die Schatten der hunderttausend Ahornblätter waren komplizierte, heitere Muster auf den Kieswegen. Von jetzt an sprachen sie nicht mehr darüber. Es war wie eine schweigende Übereinkunft, wie ein geheimer Vertrag, wie ein absolutes Tabu.

August reiste nicht ab. Natürlich nicht. Er depeschierte an den Onkel und bat ihn um zehn weitere Tage Urlaub. Er depeschierte Louise mit schlechtem Gewissen – eigenartig, denn er schuldete ihr ja nichts. Er depeschierte an die Familie, und das war am leichtesten. Elena und er verbrachten jeden Tag miteinander. In gewisser Hinsicht war es eine Zeit absoluter Freiheit. In Berlin kannte man ihn nicht, und niemand wusste von dem, was in Wien geschehen war. Elena war damals nicht nach Posen heimgekehrt, sondern hatte sich eine Wohnung in Berlin genommen.

»Wovon lebst du?«, fragte August.

»Mein Vater war reich. Er hat uns alle gut versorgt«, sagte sie, und dann, zwischen Ironie und Bewunderung, »ein weitblickender Mann. Ich bin niemandem Rechenschaft schuldig.«

Es waren Tage von außergewöhnlicher Intensität. Jede Stunde war ein Geschenk. Es war das Gefühl, dachte August, das sie damals hätten haben müssen, in Wien, vor dem Brand. Aber damals war es so gewesen, dass vor ihnen alle Zeit der Welt lag, dass alles nur ein Beginn war und es die Gewissheit einer langen Zukunft gegeben hatte. Dabei waren es nur wenig mehr als sechs Monate gewesen und davon vielleicht sechzig gemeinsame Tage. Dafür war jetzt in Berlin jeder Tag unsicher. Es war, als könnte jeder der letzte sein. Alles war in einem unsicheren Gleichgewicht, alles war zerbrechlich und vergänglich und flüchtig wie ... wie ein Duft, dachte August, kaum überrascht.

Es war unvermittelt und früh Sommer geworden in diesem Jahr, und wenn es bisher am Morgen und am Abend noch kühl, obgleich sonnig gewesen war, begann es jetzt, warm, fast heiß zu werden. Berlin erstrahlte in der Sonne. Sie mieteten Pferde und trafen sich im Lustgarten an der Statue des Grafen Leopold, ritten gemeinsam über die Eiserne Brücke bis hinüber zum Welperschen Badehaus, das in einem großen Garten lag und in dem sie Kaffee tranken.

»Wollen Sie nicht baden, meine Dame?«, fragte August.

»Sie sind unverschämt, Herr Leutnant«, sagte Elena, »wir Damen sind von Natur aus sauber. Man weiß ja, warum Männer verlangen, dass Damen baden. Nicht der Sauberkeit wegen, das ist sicher ...«

»Nicht alle von uns sind so«, sagte August, »zu meiner Schande muss ich aber gestehen: ich schon.«

Er wusste nicht, wie es um sie beide stand, und wunderte sich, dass sie den Ton von damals einfach aufnehmen konnte – für ihn war die Leichtigkeit fort, und er konnte noch nicht wieder so unbeschwert scherzen wie damals. Doch er versuchte es trotzdem, sich nichts anmerken zu lassen.

»Dann hättest du Maler werden müssen!«, sagte Elena spöttisch. »Und wenn du mich wirklich baden sehen willst, dann«, sie stand unvermittelt vom Tisch auf, »musst du mich fangen.«

Sie lief auf ihr Pferd zu, mit leicht gerafften Röcken und sehr schnell, war in einem Schwung aufgestiegen und galoppierte aus dem Stand los. August sah ihr zu und musste doch lachen, rief »Zahlen!«, warf dann das Geld einfach hin und sprang auf sein Tier. Sie war schon an der Friedrichsbrücke vorbei, als er erst aus dem Welperschen Garten auf den Weg einbog, und jetzt flog sie den Weidendamm an der Spree entlang, dass der Kies spritzte. Sie ritt so gut, wie sie schwamm, und August hatte Mühe, ihr mit dem fremden Pferd nachzukommen. Aber sein Rückstand lag auch daran, dass sie, anders als er, völlig rücksichtslos war. Sie ritt, ohne sich um die Fußgänger zu kümmern, und es war gut, dass es vorher geregnet hatte und die Wege jetzt fast leer waren. Trotzdem mussten manche beiseitespringen, und August rief Entschuldigungen, wenn er sie passierte. Erst beim Magazin, eine halbe Meile später, ließ sie das Pferd in Trab fallen, und August schloss endlich auf. Hinter ihnen konnte man immer noch ein älteres Bürgerpaar rufen hören, das fassungslos auf dem Weg stehen geblieben war und das mit den Fäusten drohte. Elena lachte atemlos.

»Wo bleibst du?«, rief sie.

»Uns Soldaten hat man verboten, in der Stadt zu galoppieren«, sagte August lächelnd. Er wollte kein Spielverderber sein. »Wir bringen die Leute lieber in der Schlacht um.«

»Man kann sich nicht immer um andere kümmern, wenn man fortkommen will«, sagte sie mit hochmütigem Gesicht, und August war nicht sicher, ob das gespielt war oder nicht.

»Ja«, antwortete er plötzlich bedrückt, »das stimmt wohl.«

Elena sah, was August meinte, wendete ihr Pferd und trieb es eng an seins, bis sie sich zu ihm hinüberbeugen konnte und ihn küsste.

»Ich habe nicht dich gemeint«, sagte sie mit einem ganz leichten Lächeln, »das weißt du.«

Sie schmeckte süß und bitter und ein wenig salzig nach Wasser – er liebte ihre kühlen Lippen und vermisste in diesem Augenblick doch den Hauch von Rauch, der immer um sie gewesen war.

Sie ritten im Schritt weiter. Ein Stück weiter unten war eine Holzbrücke abgerissen worden, und man baute an einer steinernen. Die Ziegelfähre lag schwer und schief im Wasser, während ein Arbeiter sie mit einer Holzkarre entlud.

Immer, wenn er mit der einrädrigen Karre voller Ziegelsteine auf die Planke fuhr, die vom Deck ans Ufer führte, bog sie sich ein wenig durch, und August konnte sehen, wie viel Kraft es brauchte, über dem Wasser auf der Planke mit dem Karren die Balance zu halten. Seine Frau ging hinter ihm, und als ihr Mann an das steile Stück am Ufer kam, legte sie die Hände an seine Hüften und schob ihn. August hielt die Zügel lose, und sein Pferd blieb stehen, während er selber dem Entladen zusah. Es war, als ob eine besondere Bedeutung in diesem Bild läge, ohne dass er sie verstehen konnte. Wenn der Mann die leere Karre zurück auf die flache Fähre schob, ging seine Frau vor ihm über die Planke, ohne sich umzusehen, und dann beluden sie sie gemeinsam wieder.

»Kommst du?«, fragte Elena über die Schulter, und August nahm die Zügel wieder auf.

»Da bin ich doch froh, dass ich Zuckerbäcker geworden bin«, sagte er selbstironisch, als er sie eingeholt hatte, »mich würde keiner schieben.«

»Mit Ziegeln«, sagte Elena trocken, »hätte ich mich auch kaum verführen lassen.«

Sie waren mittlerweile an der Dampferanlegestelle nahe der Unterbaumbrücke angelangt, aber sie sprach so laut, als könnte sie keiner hören. Eine kleine Welle des Verlangens ging durch August. Obwohl sie die letzten Tage so viel zusammen gewesen waren, hatten sie sich seit dem Tag im Tiergarten und dem Kuss heute noch nicht berührt. Es war eine eigenartige Scheu, die sie davon abhielt, und sie hatten nicht über sie gesprochen.

»Ich habe jetzt ein paar Besorgungen zu machen«, sagte Elena, als sie die Pferde nahe der Anlegestelle abgaben, »willst du nachmittags zum Tee kommen?«

»Sehr gerne, Frau Palffy«, sagte August mit einer kleinen Verbeugung.

Sie hielt einen Augenblick in ihrer Bewegung inne, nur einen winzigen Augenblick.

»Ich heiße nicht mehr Palffy«, sagte sie mit plötzlicher Reserviertheit, »ich habe meinen Mädchennamen wieder angenommen.«

»Dann, mein Fräulein«, sagte August und verbeugte sich ein zweites Mal übertrieben und noch tiefer, »freut es mich, Ihre Bekanntschaft zu machen. August Liebeskind, Ihr Diener.«

Elena musste lachen.

»Elena Kronfeldt«, sagte sie, »wie nett, in Berlin einen Wiener zu treffen.«

»Wie angenehm, in Berlin keine Wienerin zu sehen«, sagte August rasch, und in diesem Augenblick gemeinsamen Lachens war alles wie früher.

»Bis später, Herr Leutnant!«, verabschiedete Elena ihn und hielt ihm hoheitsvoll ihre Hand hin.

»Bis später, mein Fräulein«, sagte August und hauchte einen Kuss auf die Hand, »bis später.«

Als sie ging, sah er ihr – an das Geländer des Steges gelehnt – nach. Er hatte immer gemocht, wie sie ging. Präzise und voller Energie. Wie konnte es sein, dass ihn diese Entschiedenheit anzog und sie ihm doch gleichzeitig kühl und fremd machte? Es war noch ein kleiner Hauch von ihr in der Luft, aber dann begann es wieder zu regnen. Widerstrebend ging August unter das Vordach des Anlegehäuschens, sah über das Wasser hin und war auf einmal voller Sehnsucht nach dem Regentag, an dem er mit Elena geschwommen war.

Am Spätnachmittag hatte es aufgehört zu regnen, und die Sonne war zwischen den abziehenden Regenwolken noch einmal herausgekommen. August ging durch die schräg beleuchteten Kolonnaden und stieß auf den Alexanderplatz. Hier hatten sie einen neuen Bahnhof für die Ringbahn, und rings um den Platz fuhren die Pferdeomnibusse. Auf dem Platz selber war noch Markt, und weil er Zeit hatte, schlenderte er neugierig zwischen den Ständen entlang, hinter denen die Marktweiber hockten, die jetzt nach dem Regen noch auf ein schnelles Geschäft hofften, bevor der Marktknecht das Ende ausläutete. August hatte Märkte schon immer gemocht. Er erinnerte sich an die kroatischen Dörfer, als sie dort im Manöver gewesen waren. Die starken Düfte des verschiedenen Gemüses, der süßlich rote Duft der scharfen Paprika, der leicht metallische der Paradeiser, der glatt dunkle Geruch der Auberginen. Und dann die verschiedenen Kräuter, die im Süden immer stärker dufteten als in Wien oder hier: Oregano. Thymian. Koreander. Kümmel. Er hatte schon bemerkt, dass viele Leute den Duft der Kräuter nur mochten, weil sie eigentlich das Essen liebten, das mit den Düften gewürzt war. Wer Dill mochte, der mochte eigentlich Fisch, und das Gewürz erinnerte ihn nur daran, war eine Beigabe. Wer Kümmel mochte, der mochte ihn nicht um seines Geruchs willen, sondern nur deshalb, weil er gerne stark gewürztes Brot aß. Das war ja nicht falsch, aber bei ihm war es doch so, dass er die Gewürze nicht nur des Essens wegen mochte. Vielleicht, dachte er, ist die Sehnsucht ein Hunger, der nur mit Düften gestillt werden kann. Deswegen liebte er die Düfte selbst. Er liebte die Düfte wegen ihrer Bilder und ihrer Farben. Weil Oregano eine sonnendurchglühte, leere Felslandschaft hoch über einem Meer war und Kinder fröhlich machte, wenn sie an den viereckigen Stengeln kauten. Weil Kümmel ein Bild von lachenden Junggesellen beschwor, die ihren Liebsten Kümmel in den Wein mischten, weil sie nicht wollten, dass sie verlassen wurden. Weil

Thymian sonnige Felssteinmauern zeigte und Damen, die ihren Rittern Zweige des Gewürzes in Tüchlein stickten; Damen, deren Abschiedsküsse nach Thymian schmeckten. August lächelte über sich selbst und sah sich nach Blumen um, die er Elena mitbringen konnte. Aber dann sah er einen Stand, an dem Reis verkauft wurde und getrocknete Früchte, und dann wusste er, was er Elena mitbringen würde. Er kaufte dort ein, ließ sich von der Frau erklären, wo er noch exotische Gewürze bekommen konnte, lief eilig über den ganzen Platz, suchte, fand den Stand schließlich, als der Mann schon zusammenpackte, und musste viel zu viel Geld für ein paar Gramm Gewürze bezahlen, die schon in den Kisten auf dem Karren verpackt waren. Immerhin, dachte August amüsiert, als der Verkäufer murrend in seinen Säcken kramte, lernt man so Berliner Schimpfwörter kennen. Schließlich hatte er alles, was er brauchte, aber dafür war er eine halbe Stunde zu spät.

»Ich dachte schon, du würdest nicht mehr kommen«, sagte Elena, als er mit seinem Paket in der Hand hereinkam, »wenn ich Tee hätte machen lassen, wäre er jetzt kalt.«

Sie lächelte.

»Und wenn ich Blumen mitgebracht hätte, wären sie jetzt welk«, sagte August in komischer Resignation, »wie gut, dass wir nichts füreinander empfinden. Hast du ein Mädchen, das dir Tee kocht?«

»Mein Vater war reich, aber kein Millionär«, sagte Elena ironisch, »und in Berlin sind die Wohnungen teuer. Ich hatte die Wahl: auf Schokolade verzichten oder kein Mädchen mehr haben. Also habe ich das Mädchen aufgegeben.«

Sie öffnete die Tür zu ihrem Wohnzimmer und machte eine kaum wahrzunehmende Handbewegung zu August. Die Wohnung war wirklich viel kleiner als in Wien, aber der

Raum war so sparsam und kühl, fast japanisch eingerichtet, dass er viel größer wirkte. Der Boden war mit auffällig schönem Fischgrätparkett ausgelegt, auf dem, wie damals in Wien, die Schalen standen: voller Schokolade, voller Konfekt, voller kandierter Früchte. Zudem gab es noch flache Gefäße, die halb mit Wasser gefüllt waren und auf deren Oberfläche je eine Handvoll Fliederblüten schwammen. Die Luft im Raum fühlte sich fast flüssig an, so als könnte man seine Hand durch sie bewegen und hinter ihr würden sich die Düfte in Wirbeln vermischen. Elenas leichter Duft von Süßem und Bitterem und vor allem von Wasser war ein seltsamer Kontrast dazu. August trat nah zu ihr und küsste sie. Elena fuhr mit einer Fingerspitze ganz leicht seinen Handrücken entlang, bis sie die Schnur des Pakets spürte.

»Was hast du mitgebracht?«, fragte sie und trat ein kleines Stück zurück.

»Konfekt«, sagte August lächelnd. Er riss das Papier auf und holte den Reis und die Früchte und die Tütchen mit Gewürzen heraus.

»Wenn du Tee machst«, sagte er, »mache ich dir Konfekt.«

Es war eine moderne Küche – der Herd war nicht gemauert, sondern ein elegant emaillierter Eisenherd mit den neuesten Hitzereglern, und anders als in den meisten Häusern Wiens gab es hier einen kupfernen Hahn, aus dem man direkt Wasser zapfen konnte. Die Küche war so sauber und so aufgeräumt, als würde sie nur selten benutzt. Nichts Unnötiges stand herum. August legte sein Paket auf die Steinplatte unter den hohen Fenstern. Der Himmel über dem Hof war jetzt ganz blau geworden; der Regen hatte sich endgültig verzogen, und es würde eine klare Nacht werden.

»Reis?«, fragte Elena neugierig.

»Sie kochen Tee, mein Fräulein«, bestimmte August, »und ich mache das Konfekt. Sie werden sehen – es passt zu Ihnen!«

Sie arbeiteten nebeneinander am Herd. August ließ den Reis aufkochen, und Elena nahm sich Zeit mit dem Tee und sah ihm meistens zu.

Er karamelisierte Zucker in einem Pfännchen. Mit einem winzigen Schuss Rum und zwei Tropfen Orangenöl.

»Das ist das Schwierigste«, sagte er, »man kann Zucker auf viele Arten kochen, aber es gibt nur eine richtige.«

In der Küche duftete es jetzt nach chinesischem Tee und eigenartig nach Harz.

»Was ist das?«, fragte Elena, als August noch mehr gelbliche Plättchen in den Zucker warf und sie sich auflösten.

»Schellack von der Koromandelküste«, sagte er, »erzähl nie jemandem davon ... Onkel Josef ist ein gutmütiger Mann, aber nur, solange seine Geschäfte gut gehen. Es würde ihm nicht gefallen, wenn er wüsste, dass ich den Lack seiner geliebten Biedermeiermöbel unter den Zucker mische. Aber Schellack macht das Karamel ganz besonders. Eigentlich war es nur ein Versehen – ich hatte keinen Zucker mehr zur Hand und dachte, es sei Kandiszucker.«

Er zeigte ihr die Schellackklümpchen, die tatsächlich wie Kandis aussahen. Dann stupste er den Stiel des Holzquirls in die Masse, nahm ihn wieder auf, blies darauf und hielt ihn Elena hin. Sie kostete vorsichtig.

»Es schmeckt ... ein bisschen wie Waldhonig«, sagte sie, »nach ... nach fremden Wäldern.«

»Ja«, sagte August. Sonst nichts. Er wusste ja, wie es schmeckte.

Dann arbeitete er weiter, und Elena sah ihm dabei zu. Jeder Handgriff stimmte. August hatte einmal gedacht, dass Konfekt machen wie Tanzen war, dass es wie jede Bewegung ein Ziel hatte und nichts umsonst geschah. Er öffnete ein Tütchen und lachte leise.

»Was?«, fragte Elena. Sie ließ sich gefangen nehmen von dem, was er tat.

»Deine Berliner haben versucht, mich zu betrügen«, sagte August amüsiert, »aber auch wenn ich nur aus Wien komme: Ich kann echte Vanille erkennen. Es braucht nicht viel, wenn es die richtige ist. Vielleicht ein halbes Juwelenkarat. Aber sie darf nicht aus Tahiti kommen, diese Vanille ist schwer und übersüß und schmeckt flach. Hier!«

Er hielt Elena das Tütchen hin, und sie atmete den Duft ein. Für einen Augenblick wurde sie ganz ernst, und August sah überrascht, wie ihre Augen nass wurden. Es waren bisher nur wenige Male gewesen, dass er Tränen bei ihr gesehen hatte. Sie schloss die Augen und atmete noch einmal den Duft ein.

»Es riecht genau wie damals. In der Zuckerküche«, flüsterte sie.

»Es ist Vanille von Réunion«, sagte August leise, »viele tausend Meilen für eine Sekunde Geschmack.«

Dann stieß er die Mandeln und rieb die Orangen ab.

»Und Zimt«, sagte er und nahm ein Stäbchen Zimt aus dem Tütchen, »den chinesischen kann man nicht rollen. Es muss ceylonesischer sein, der Sonnenzimt ... Manche sagen«, August sah Elena an, »dass die Haut der schönen Frauen in den Tropen nach Zimt duftet.«

Er neigte sich über ihre Schultern.

»Aber keine«, flüsterte er, und jetzt merkte er, dass es ihm ebenso ging wie Elena eben, »keine einzige duftet so wie du.«

Sie standen voreinander. Die Düfte in der Küche verschränkten sich wie ihre Finger, doch blieben sie trotzdem noch einzeln zu riechen.

»Wie heißt das Konfekt?«, fragte sie schließlich, als er mit sicheren Bewegungen die Masse geknetet hatte und jetzt auf der Steinplatte zu Kugeln rollte.

»Diables«, sagte er, »ein altes Rezept. Ich habe es nur ein wenig verändert. Damit es zu dir passt.«

»Was für ein reizendes Kompliment«, sagte sie lächelnd und nahm ihm eine Kugel ab, »womit habe ich das verdient?«

»Mit Verrat«, sagte August, ohne nachzudenken. Schon in dem Augenblick, als die Worte aus seinem Mund waren, bereute er es, aber Elena sah ihn nur rätselhaft an. Dann hob sie ruhig ihre Arme und löste ihr Haar.

»Ja«, sagte sie nach einer langen Pause, »mit Verrat.«

Ihr Kleid fiel. Wie ein schön gefalteter Ring legte es sich um ihre Knöchel.

»Du kannst gehen, wenn du möchtest«, sagte sie.

Sie knöpfte ihre Bluse auf, als sei er nicht da. Sie glitt über ihre nackten Schultern und fiel zu Boden. Eine kleine weiße Wolke über dem Kleid, die langsam in sich zusammensank.

»Ich halte dich nicht. Ich bin tot.«

Sie stand nackt in dem Ring aus Kleidern, eine Hand leicht in ihre Seite gestützt, in der anderen das Konfekt.

»Aber wenn du mich haben willst«, sagte sie gelassen und mit einer kleinen Verachtung in der Stimme, »wird Schokolade nicht reichen. Dann musst du mich nehmen.«

In ihrer Nacktheit lag eine überlegene Herausforderung, eine hochmütige Gewissheit. August hätte gerne zurückgenommen, was er gesagt hatte, er kam zu ihr und wollte sie küssen, aber sie fasste in sein Haar und riss seinen Kopf zurück. Er biss sich auf die Lippen.

»Nein«, flüsterte sie schneidend, ohne sein Haar loszulassen, »kein Verzeihen und keine Gnade. Du wirst kämpfen müssen, Schokoladensoldat! Dieses eine Mal wirst du kämpfen müssen.«

Da stieg die Wut in August hoch, und er fasste nach ihren Handgelenken, die schmal, aber stark waren, und zwang sie Schritt für Schritt zurück, in die Knie und schließlich auf den Boden. Sein Verlangen und sein unterdrückter Zorn und seine Sehnsucht nach der Elena, die er verloren hatte, seine Verzweiflung und seine Liebe mischten sich zu einer rasenden, wütenden Lust. Sie sprachen nichts. Kein einziges Wort in diesen Stunden. August drückte Elena mit dem ganzen Gewicht seines Körpers auf die harten Fliesen der Küche. Elena biss in seine Brust und in seine Schultern, ohne Rücksicht, so dass er unwillkürlich aufstöhnte und danach blutige Ringe in seiner Haut waren. Sie schlug ihn. Er lag auf ihren Schenkeln, so dass sie ihre Beine nicht mehr bewegen konnte, ihre Hände hatte er über ihrem Kopf gekreuzt und hielt sie eisern fest. Es war, als ob er sie mit Gewalt nahm, und sie kämpfte schweigend, traf ihn mit ihrer Stirn hart am Kopf und sagte kein Wort. Keiner von beiden gab auf. Es war, auch wenn sie dazwischen minutenlang erschöpft nebeneinanderlagen, immer nur eine Pause im Kampf. Es gab keine Versöhnung, es gab nur Sieg oder Niederlage. Sie schlug ihm ins Gesicht und lachte dabei lautlos. Sie kratzte ihm Rücken und Wangen blutig. Er hielt ihre Hüften so fest, schlug seine Finger in ihr Fleisch, dass die Male seiner Hände für Tage zu sehen sein würden. Und dabei liebten sie sich mit einer Wucht, die August noch nie erlebt hatte, mit einer Lust, wie man sie wohl eigentlich nur im Kampf erleben konnte, es war, das merkte August erst viel später erschrocken, wie eine Lust am Töten. Und mitten in dieser Lust, in jedem Augenblick, roch er ihren Duft von Schweiß und bitterem Kakao und der Vanille von vorhin und vor allem, in allem, den Geruch des Wassers.

Auf einmal war er mit ihr in tiefem Wasser, schlief mit ihr, rauschend von Wasser umspült, verschlungen, tobend, und sah gleichzeitig, wie schemenhaft ein Mann um sich schlug, um sein Leben schwamm, wie er gegen das Wasser um sein Leben kämpfte, und das war für einen Augenblick die höchste Lust: Elena und der Tod.

Es war früh am Morgen, als sie nicht mehr konnten, als sie schließlich schnell und schwer atmend beide innehielten, aber es war nur, als ob sie übereingekommen wären, den Krieg zu vertagen. August stand schweigend vom Boden auf. Sie saß, den Rücken gegen den Herd gelehnt, die Beine angewinkelt und offen, die Arme locker auf die Knie gelegt, müde, aber bereit, und blickte ihn schweigend an. Im Bad sah er in den Spiegel über dem blauweiß emaillierten Becken und holte tief Luft: Er sah aus, als sei er in eine Schlägerei geraten. Kratzer, quer über das Gesicht verteilt, das linke Auge ein bisschen kleiner als das rechte. Er goss Wasser in das Becken und hielt sein Gesicht hinein, solange er die Luft anhalten konnte. Dann trocknete er sich ab und richtete seine Kleidung. Als er aus dem Bad kam, saß sie noch immer auf dem Boden. Trotz der Striemen und blauen Flecke sah sie schön aus, und August wünschte sich einen Augenblick lang, die Nacht wäre nicht geschehen. Er hätte sie gerne geküsst, aber jetzt war zwischen ihnen etwas, das sich nicht mehr ändern ließ.

»Vielleicht wäre es besser gewesen, wenn wir uns nicht wiedergesehen hätten«, sagte er nach einer Weile ohne Betonung. Es sollte nicht sehnsüchtig klingen. Sie hielt seinen Blick ruhig aus.

»Vielleicht«, antwortete sie ungerührt.

»Ich gehe jetzt«, sagte er schließlich, nur um etwas zu sagen, weil das Schweigen zu schwer wurde.

Sie nickte. Er war schon an der Tür, als er hörte, dass sie aufgestanden war. Er drehte sich um, und sie stand im Eingang der Küche, nackt und schlank und sehr stolz, und sah zu, wie er ging.

»Sehen wir uns wieder?«, fragte er plötzlich.

»Das liegt bei dir«, sagte sie.

Sie stand da und wartete, aber er wusste nicht, ob darauf, dass er etwas sagte, oder darauf, dass er ging. Schließlich deutete er schweigend eine kleine Verbeugung an und verließ ihre Wohnung. Er hatte keine Ahnung, was er sagen sollte.

II

Er nahm sich Zeit auf dem Weg zum Hotel. Zum einen war es noch sehr früh, zum anderen hätte er jetzt keinen Menschen ertragen. Es war ein glanzvoller Frühsommermorgen, so wie er nur nach einem Regentag sein kann. Die Dächer der Stadt leuchteten strahlend rot, und die langen Schatten der Linden und Platanen malten rätselhafte Märchenbilder auf die Straßen. Ein Sprengwagen fuhr rumpelnd die Chaussee entlang, und in den staubenden Wassertropfen der Fontäne brach sich funkelnd das Licht – die Schönheit der Stadt war atemberaubend. August dachte daran, wie ihm einer der alten Kameraden erzählt hatte, dass die Welt niemals schöner gewesen sei als in den Gefechtspausen – mitten im Krieg. Plötzlich war eine ungeheure Gier nach Leben in ihm. Allein dieser Morgen war so voller Schönheit, so schön, dass man nicht anders konnte, als sich danach zu sehnen, dass es so bliebe. Nur wusste er nicht mehr, ob

Elena noch ein Teil dieser Schönheit war, ob sie noch ein Teil sein konnte.

Er ging auf einen Morgenkaffee ins *Bauer*, bevor er zum Hotel zurückkehren wollte. Sein Auge schwoll allmählich ab; während er am Fenster saß und las und versuchte, nicht an die vergangene Nacht zu denken. Es war schwierig – immer wieder ließ er die Zeitung sinken und sah durch die Fenster hinaus auf die Bilder, die sich zwischen die hastenden Passanten auf den Straßen drängten. Er dachte daran abzureisen, aber er wusste im Innersten, dass er es gar nicht konnte. Es war eine nervöse Unentschlossenheit in ihm, die scharfe Überwachheit nach einer Nacht ohne Schlaf, die ihn lärmempfindlich und gereizt machte. Schließlich hielt es ihn nicht mehr im Café, und er ging.

An der Rezeption des Hotels ging die Augenbraue des Empfangschefs eine Kleinigkeit nach oben, als er August sah, unrasiert, Kratzer im Gesicht, rote Male am Hals.

»Eine Nachricht für Sie, Herr Liebeskind«, sagte er mit sorgfältig unbewegter Stimme und reichte ihm zusammen mit dem Schlüssel eine Depesche.

August riss das Kuvert auf, während er die Treppen nach oben stieg. Es war von Onkel Josef, und er konnte sich schon denken, was darin stand. Josef mochte ein alter Mann sein – doch er schaffte es immer noch, August zu überraschen. Laut las er:

»Frl. Brenner als Eskorte für Deserteur eintrifft Berlin heute 14.30. Erwarte Rückkunft beide Sonntag. Zum Essen. Josef.«

Wunderbar, dachte August ergeben und war auf diese übernervöse Art fast amüsiert über die seltsame Konstellation, die sich da ergab. Ich hätte Soldat bleiben sollen, dachte er, da ist man nicht selbst schuld, wenn man ins Feuer gerät. Da gibt es Befehle, denen man zu folgen hat.

Eigentlich hatte er sich die Tage in Berlin so vorgestellt, als könnte er aus seinem Leben für einen Augenblick heraustreten, danebenstehen und es betrachten, wie man einen Zug im Vorbeifahren betrachtet. Das hatte er schon auf der Fahrt hierher gedacht: Wenn man im Zug saß, konnte man ja nicht sehen, wohin man fuhr, das konnte man nur von außen. Und schon bei der Ankunft in Berlin hatte sich sein Leben in Wien ein wenig entfernt. Es war ein gutes Gefühl gewesen. Auf einmal hatte er klar sehen können, wie eines zum anderen geführt hatte. Er wäre gerne so stehen geblieben, souverän sein Leben analysierend. Aber jetzt merkte er, dass er gar nicht außen gestanden hatte. Er war gar nicht beiseitegetreten. In Wirklichkeit war er nur in einen anderen, in einen stehenden Zug eingestiegen. Und der war jetzt auch angefahren.

Er war müde und hätte gerne ein wenig geschlafen, aber trotz der Läden vor den Fenstern war es im Zimmer nur halbdunkel. Er lag mit geschlossenen Augen auf dem Sofa, hörte die Vormittagsgeräusche aus dem Hof des Hotels und versuchte, Klarheit zu gewinnen. Von den Mustern seiner Pralinen stand noch immer ein geöffnetes Kästchen auf dem niedrigen Tisch, und ab und zu trieb der Duft des goldenen Käfers in Fahnen zu ihm herüber. In diesen von Duft getränkten Augenblicken liebte er Elena. Oder das Bild, das er in dem Geruch eingeschlossen hatte. Vielleicht war das immer schon so gewesen. Vielleicht hatte er immer nur das Bild geliebt, das ihr Duft von ihr malte. Er musste auch an Louise denken und an den Tag auf dem Wasser. Womöglich war es das, was ihn an ihr anzog: ihre ungebrochene Heiterkeit. Ihre Ganzheit. Wann immer er sie gesehen hatte, war sie durch und durch Louise Brenner gewesen, verschiedene Seiten zwar, aber immer sie. Und mit allen

Seiten liebte sie ihn, dachte August mit einem seltsamen Gefühl des Erschreckens, die ganze Louise. Er hatte es bisher nie so klar gedacht und nie ausgesprochen, damit dieses Gefühl, das er immer beiseitegeschoben hatte, nicht wahr wurde. Aber es war eben so. Sie liebte ihn. Und er? Er liebte nicht sie, sondern nur, was sie bedeutete, die Unbeschwertheit und Heiterkeit, die ihm verloren gegangen war. Er liebte Elena. Er liebte die Elena, die er verloren hatte. Ob er die liebte, die er wiedergefunden hatte, wusste er nicht mehr. Und auch nicht, ob sie ihn noch liebte. Und dann schlief August doch ein und träumte verwirrende Bilder von Gewässern aus farbigen, flüssigen Düften, über die er in einem immer schneller sinkenden Boot ruderte. Als es unterging, zog es ihn durch das Wasser nach unten, er sank immer tiefer, bis er den Grund erreichte und durch den Aufprall erwachte.

Er war noch traumbefangen, als er sich auf den Weg zum Bahnhof machte, um Louise abzuholen. Elenas Abschiedsworte vom Morgen gingen ihm durch den Kopf. »Das liegt bei dir.« Je länger er darüber nachdachte, desto weniger wusste er, was sie bedeuten sollten. Hieß es, dass sie ihn liebte und auf ihn wartete, bis er ihr ihren vorgetäuschten Tod verziehen hatte? Oder hieß es, dass es ihr nichts bedeutete, ob er ging oder ob er kam? Er wusste es nicht. Sie war aus seinem Leben verschwunden, ohne mit der Wimper zu zucken, ohne Vorwarnung, ohne jede Nachricht. Wie konnte sie ihn dann noch lieben? Vielleicht war sie nur da, weil sie Angst hatte, dass er sie verriet, dachte er, aber dann fiel ihm ein, dass sie ihn ja aufgesucht hatte, dass sie sich zu ihm durchgefragt hatte. Sie hätte sich ihm nicht offenbaren müssen, wenn sie es nicht gewollt hätte. Er wusste nicht mehr, was er denken sollte. Na, so was, dachte er schließlich sarkastisch, was für eine Überraschung: Ich habe keine

Ahnung, was Frauen bewegt. Und dann musste er grimmig über sich selbst lachen.

Er war unsicher, ob er Louise unbefangen begegnen könnte, aber sie enthob ihn aller Sorgen in dem Augenblick, als sie ausstieg. Sie trug ein helles Reisekleid und einen leichten Hut und lachte schon, als sie die eisernen Stufen aus dem Waggon hinunterstieg, sie lachte den Träger an, der zwei unmöglich große Koffer hinter ihr hertrug und gar nicht anders konnte, als auch zu lachen, obwohl ihr Trinkgeld nicht üppig war. Sie lachte August an, der angesichts derselben Koffer fragte, ob sie drei Tage oder drei Monate bleiben wollte.

»Was hast du mit deinem Gesicht gemacht?«, fragte sie, fuhr aber aufgeregt sofort fort: »Eine Dame, mein Lieber«, sagte sie und küsste ihn rasch auf beide Wangen, »muss für alles gerüstet sein. Es sind ein Paar Fußfesseln im großen Koffer, weil dein Onkel mich beauftragt hat, dich auf jeden Fall nach Hause zu bringen. Er braucht dich in der Fabrik, sagt er. Und du hast einen sehr netten Onkel! Er hat mir fast jeden Tag Pralinés schicken lassen. Und Blumen. Weil du nicht da seist, hat er gesagt. August!«, sagte sie dann plötzlich streng. »Wieso hast du mir keine Blumen geschickt? Schließlich hast du mich kompromittiert, nicht wahr? Ich war ein ehrbares Fräulein«, imitierte sie nun ein kleines, braves Schulmädchen, dass August wirklich lachen musste. Es war so, als wüsste sie wohl, dass es eine Schwerkraft im Leben gab, aber die war für sie nur zum Spaß da, die galt nur für die anderen.

»Louise«, sagte August lächelnd, »lass uns erst ins Hotel gehen, ja? Wenn wir zwei Wiener hier auf dem Bahnsteig weiter solchen Lärm machen, fangen die Preußen wieder Krieg mit uns an. Und dann werde ich eingezogen und dann ...«

Louise schlug die Hände über dem Kopf zusammen: »Um Gottes willen!«, rief sie laut. »Die ganze Reise umsonst!«

Er musste ihren Arm nehmen und sie führen, sonst wäre das Spiel noch weitergegangen. Sie nahmen der Koffer wegen eine Droschke, und Louise plauderte die ganze Zeit. Es war überhaupt nicht so, als sei sie ihm aus vergeblicher Liebe nachgereist; viel eher, als genieße sie den Ausflug in die große Stadt.

So blieb es, als sie sich im Hotel umgezogen hatte und August den Fremdenführer spielen musste.

»Ich kenne noch gar nichts!«, protestierte er, aber Louise drohte, sich dann einen Führer zu nehmen und das ganze Geld, das sie mitgenommen hatte, an einem Nachmittag zu verschleudern.

»Du könntest mir wenigstens die Schokoladenfabrik zeigen, für die du arbeitest. Dein Onkel sagt, du wärst jetzt reich. Und eine ganz ausgezeichnete Partie!«, setzte sie boshaft lächelnd nach.

Also besuchte er mit ihr die Fabrik und stellte sie dem Herrn Hoffmann vor, der vergeblich versuchte, galant zu sein, was schon an seinem schwäbischen Akzent scheiterte, aber auch an seiner plötzlichen Ungeschicklichkeit in der Anwesenheit einer Dame. Ganz anders als der geschäftsmäßig kühle Hoffmann, den August aus den Verhandlungen kannte, stolperte dieser Hoffmann mindestens zwei Mal, als er vor Louise rückwärtsging, und bei einer seiner ständigen kleinen Verbeugungen vor ihr stieß er in der Fertigung eine Gussform um. Nicht nur die Arbeiter mussten sich rasch abwenden. Louise war ständig zum Lachen gereizt und konnte ihre Heiterkeit bei dieser Gelegenheit nicht mehr erfolgreich unterdrücken, obwohl sie sich rasch bückte, um die Scherben mit aufzulesen.

August wies sie darauf hin, als sie nach einer umständlichen Verabschiedung vor das Tor traten.

»Bis heute Mittag hat vielleicht tatsächlich eine Chance bestanden, dass ich durch Schokolade reich werde. Jetzt sicherlich nicht mehr. Du bist doch Schauspielerin. Kannst du dich nicht beherrschen?«

Louise sah versonnen am Gebäude hoch, wo das Kontor des Herrn Hoffmann lag.

»Ei, des isch aber recht nett, dass Sie vorbeischauet, Fräulein!«, sagte sie dann gemütlich und kopierte Hoffmann dabei exakt, so dass August wider Willen lachen musste.

Abends waren sie im Theater, und da verfolgte sie alles, was auf der Bühne passierte, so gefangen und aufmerksam, dass sie August neben sich kaum wahrnahm. Und er war überraschend froh, dass sie da war. Dieser Nachmittag war so freundschaftlich unbeschwert verlaufen, dass sogar die vorangegangene Nacht in einem weicheren Licht erschien. Eine angenehme Müdigkeit sickerte durch die Dunkelheit und Wärme des Theaters und zog an ihm. Es war ein gutes Gefühl, und er dachte, dass er auf jeden Fall morgen mit Elena sprechen würde.

»Gute Nacht, Louise«, sagte er, als er sie zu ihrem Zimmer gebracht hatte, das ein Stockwerk unter seinem lag.

»Gute Nacht, August«, sagte sie lächelnd, »es war ein sehr schöner Tag. Danke«, und in einer schnellen Bewegung, die typisch für sie war, berührte sie mit den Fingern flüchtig seine Wange, »Danke.« Dann war sie in ihrem Zimmer.

August schlief in dieser Nacht ohne Träume.

12

Es war ein diesiger Morgen, in den August hineinerwachte. Man konnte noch nicht sagen, ob der Tag besonders schön werden oder ob das Wetter umschlagen würde. Er lag im Bett und sah durch das offene Fenster hinüber zu den Bäumen, in deren Kronen jetzt, kurz bevor die Sonne aufging, die Luft wie ein Schleier schwebte. Die Blätter hingen unbewegt, es war völlig windstill. Aber der Morgen roch nach Wasser – vielleicht würde es ein Gewitter geben. Er lag da und überlegte, wann er Elena besuchen sollte. Onkel Josef wollte, dass er zurückkam. Allerdings würde es ihn nicht lange in Wien halten, wenn er morgen mit Louise fuhr, ohne Elena gesehen zu haben. Egal, was Elena fühlte; er war noch nicht fertig mit ihr und nicht mit seiner Liebe. Er lag bewegungslos da und ließ die Düfte aufsteigen wie Luftblasen in einem See. Er hätte zu jedem Tag, den er sie kannte, ein Konfekt machen können, zu jedem einzelnen: als er sie das erste Mal im Café gesehen hatte – mit ihrem Hochrad davor. Das war der Duft des Mazagran: ein Hauch von Cognac und Mokka. August lächelte. Wie sehr das zu ihr passte, dieses Hochrad! Schade, dass er sie nie mehr hatte fahren sehen. Der Ausflug zum Derby: Das war der Geruch von Akazienblüten und den Aromen im Pavillon und dem Salmiakgeruch der Pferde. Er lag mit offenen Augen da und schöpfte mehr und mehr Düfte aus seiner Erinnerung. Es war schon immer so gewesen: Wenn die anderen sich in Bildern erinnerten, dachte er an die Düfte. Bilder kamen immer erst danach. Der erste Besuch bei ihr: Das war ein Strauß von Schokoladendüften und Früchten, daraus wäre ein sehr schweres Konfekt zu machen, eines, in dem man all die verschiedenen Schokoladen schmecken müsste und dazwischen den zarten Duft der Früchte. Und dann immer wieder sie selbst, wie sie damals gerochen hatte. Der Duft nach Rauch.

Der Duft nach Rauch – wenn er daran dachte, wurden die Bilder dunkel, und er sah das *Ringtheater* vor sich. Eigentlich, dachte er nach einer Weile ohne Spott und ganz gelassen, ist es einfach: Ich will nur nicht glauben, dass sie mich nicht so liebt wie ich sie. Ich will nur nicht glauben, dass sie mich hinter sich lassen konnte, ohne einen Augenblick zu zögern. Ich will nur nicht glauben, dachte er, und jetzt musste er doch spöttisch über sich lächeln, dass das Leben stärker ist als meine Liebe. Er stand entschlossen auf. Vielleicht sollte ich ihr das sagen, dachte er, wenigstens das. Er zog sich rasch an und überlegte, ob er Louise wecken sollte, ließ es dann aber. Er würde ihr eine Nachricht an der Rezeption hinterlassen, dass er den Vormittag unterwegs war. Aber als er nach unten in den Speisesaal kam, sah er, dass sie schon wach war und beim Frühstück saß. Die Ober hatten die Glasflügeltüren auf die Terrasse geöffnet, und Louise saß so, dass sie nach draußen sehen konnte.

»Guten Morgen«, sagte August, als er hinter sie trat, »ich dachte, Schauspielerinnen schlafen immer lang.«

Louise sah zu ihm auf:

»Nur die arrivierten«, antwortete sie fröhlich, »wir Debütantinnen müssen immer früh heraus, damit die Herren Intendanten uns eher sehen als die Alten, nur so kommt man voran und bekommt die guten Rollen. Setz dich her!«

Sie klopfte auf den leeren Sessel neben sich.

»Es ist ein preußischer Kaffee«, flüsterte sie, als der Ober August eingegossen hatte, »schwarz, steif und unverschämt, aber wir sind ja bald wieder daheim! Schade eigentlich«, setzte sie noch hinzu, »Berlin ist so schön. Und aufregend.«

»Ja, nicht wahr?«, kam es wie selbstverständlich von hinten, und beide drehten sich überrascht um.

»Willst du mich der Dame nicht vorstellen?«, fragte Elena lächelnd. Sie trug ein schmales beigefarbenes Kleid und sah sehr elegant aus. August brauchte eine Sekunde, bevor er aufstand.

»Fräulein Brenner«, sagte er, »Schauspielerin in Wien. Wir haben uns hier ...«

Er stockte. Es war schwierig zu erklären.

»Sein Onkel hat mich geschickt«, sagte Louise amüsiert, »damit ich ihn abhole. Er hat eine Schokoladenfabrik, der alte Herr Liebeskind, und weil der Herr Leutnant gar nicht mehr aus Berlin zurückkommen wollte, hat er eben mich geschickt. Damit der Neffe auch sicher wieder im Kontor ankommt!«

»Was für eine hübsche Idee«, sagte Elena im selben Ton, »man müsste ein Mann sein und Soldat dazu, dann werden einem hübsche Mädchen nachgeschickt.«

»Fräulein Kronfeldt«, stellte August Elena vor. Beinahe hätte er Palffy gesagt. Er wusste nicht, was er denken sollte. Einerseits freute es ihn sehr, es machte ihn fast glücklich, dass Elena gekommen war, aber andererseits wusste er nicht, was Elena über Louise dachte, und er hoffte, dass Louise Elena in Wien nie gesehen hatte. Für Wien war Elena tot.

»Setzen Sie sich doch zu uns«, sagte Louise unkompliziert und freundlich, »kennen Sie August schon lange?«

Elena setzte sich und schlug die Beine übereinander.

»Wir kennen uns ...«, begann August.

»Wir haben uns in Wien kennengelernt«, unterbrach Elena im Plauderton, »als er noch Soldat war.«

Und wieder: Wie sicher und schnell sie dachte, schneller als er.

»Ach, Sie kennen Wien?«, fragte Louise erfreut.

»Ein wenig«, sagte Elena vage und zu August gewandt, »ich wollte einen Ausflug vorschlagen, aber ich sehe, dass du für heute schon vergeben bist – vielleicht ein andermal.«

Sie wollte aufstehen.

»Nicht doch«, sagte Louise, spontan und ehrlich, »bitte, lassen Sie sich doch nicht stören. Wir sind ja nicht mehr lange hier. Ich ... Wenn Sie eine Landpartie geplant haben ... es gibt für mich hier in Berlin so viel zu sehen.«

Sie fiel keinen Augenblick aus der Rolle. Elena betrachtete sie ruhig. Dann sah August ihr kleines Lächeln und wünschte sich, dass es ihm gegolten hätte. Elena war schön.

»Wenn Sie Lust haben«, sagte sie dann sehr liebenswürdig, »würde es mich freuen, wenn Sie mitkämen, Fräulein Brenner. ›Tres facit collegium‹, sagt man doch, oder? Na, Herr Leutnant«, sie sah August mit einem schwer zu deutenden Blick an, »werden Sie es mit zwei Damen aushalten?«

»Mit großem Vergnügen«, sagte August und stand auf, um sich leicht zu verbeugen, »wenn ich erst einmal gefrühstückt habe.«

Elena lehnte sich wieder zurück. Die Situation gehörte ihr.

Was war das für ein Gefühl? Sie saßen zu dritt an einem Tisch, und Elena und Louise plauderten miteinander, als kennten sie sich schon lange. Als der Ober mit einer dritten Tasse und der Kanne kam, schnupperte Elena und sagte dann mit einem Achselzucken zu Louise:

»Das ist eben Berlin ... an den Wiener Kaffee kommt er nicht heran.«

Louise lachte.

August sah von Elena zu Louise und von Louise zu Elena. Das Gespräch zwischen ihnen war wie ein schnelles, heiteres Damespiel. August achtete kaum darauf. Er achtete nur auf die Düfte. Da war der Wasser- und Wermutduft von Elena, diese sehnsüchtig machende Mischung aus fremder Süße und aromatischer Bitterkeit. Es war wenig mehr als ein durchsichtiger Eindruck, aber Elenas Duft sah so aus wie ... so als ob Wasser glühen könnte. Und Louise roch nach einer ganz leichten Süße wie die in den Brennnesselblüten, die man als Kind ausgesogen hatte, nach Apfel- und Kirschblüten, alles leichte Frühjahrsdüfte, und nach Gras. Die Düfte verwoben sich über dem Frühstückstisch, auf dem das Vormittagslicht unscharfe Schatten des Geschirrs zeichnete. Der Geruch einer frisch geschnittenen Wiese, der zu Louise gehörte, sah aus wie gespannte grüne Fäden, und um sie herum, an ihnen entlang, drehte sich schwerelos und wie Fahnen von Rauch der graue Heuduft betäubend nach oben. Wie eigenartig, dachte August, dass beide Gerüche denselben Ursprung hatten und doch unterschiedlicher nicht hätten sein können.

»Wohin wollten Sie August entführen?«, fragte Louise.

»Ich wollte ihn mit der Dicken Marie bekannt machen«, antwortete Elena und fügte ein wenig spöttisch an, »noch eine Dame mehr.«

Louise sah sie fragend an.

»Sie werden schon sehen«, sagte Elena.

Sie rief den Ober und ließ sich von ihm einen Picknickkorb zusammenstellen. Dann gingen sie durch die Eingangshalle des Hotels und traten ins Freie. Im Westen lag ein dünner Wolkenschleier über dem Horizont, und die Luft war jetzt schon warm und unbewegt.

»Es wird ein Wetter geben«, sagte Louise nach einem Blick zum Himmel.

Elena zuckte mit den Schultern.

»Jetzt scheint die Sonne«, sagte sie, »also steigen wir ein.«

August hätte sehr gerne mit Elena alleine gesprochen, aber es hatte bis jetzt keine Gelegenheit gegeben. Zu dritt saßen sie in dem offenen Landauer, in dem Elena gekommen war, und rollten auf einer der großen Chausseen Berlins stadtauswärts. Obwohl er noch gar nicht sicher war, dass er morgen mit Louise nach Wien zurückfahren würde, konnte er das Gefühl von Abschied nicht loswerden. Und je länger sie unterwegs waren, desto stärker wurde es. Sie waren nicht ganz eine Stunde gefahren, als Elena den Wagen an einem Tor halten ließ.

»Sind wir da?«, fragte August.

Elena sah ihn flüchtig an, dann wandte sie sich an Louise:

»Der Tegeler Schlosspark«, sagte sie, »er gehört den Humboldtbrüdern, aber sie haben ihn schon 1824 für das Publikum geöffnet. Als Humboldt sechzig war, wollte der russische Zar Platingeld einführen und hat ihn zu einer Russlandexpedition eingeladen, damit er die Lagerstätten erkunden sollte. Damit er auch kommt – er war schon ziemlich berühmt damals –, hat er ihm einen sechzehnspännigen Wagen gestellt.«

»Höre ich da Neid heraus?«, fragte August spöttisch. »Ist das nicht das, was Frauen sich wünschen?«

»Ich heirate den Mann!«, sagte Louise. »Egal, wie alt er ist. Sechzehnspännig zur Kirche fahren ...«

Elena lachte. August hörte es überrascht. Er hatte sie lange nicht so befreit lachen hören.

»Er ist seit dreißig Jahren tot«, sagte sie dann, »aber den Park hat er nach russischem Vorbild anlegen lassen. Wollen wir ein Stück gehen?«

Sie bogen in eine Lindenallee ein, die schnurgerade zum Schloss führte, das in einiger Entfernung zu sehen war. Es war mittlerweile drückend heiß geworden, aber zwischen den Bäumen war es schattig. Während sie auf das Schloss zugingen, wurden die Gesprächspausen immer länger, bis schließlich alle schwiegen. Aber es war ein angenehmes Schweigen, das sich wie ein kühler Schatten in der Hitze zwischen sie legte.

»Es gibt eine Allee zwischen Kairo und den Gärten von Schubrah«, sagte Elena nach einer ganzen Zeit leise, fast träumerisch, aber sehr eindringlich zu August, »in der hat diese Geschichte angefangen.«

Es war eins der seltenen Male an diesem Tag, dass Elena ihn direkt ansprach. Ein kalter Stoß ging durch Augusts Magen, und er wusste auf einmal, dass dieser Tag der entscheidende für ihn und Elena sein würde.

»Sie läuft so gerade am Nil entlang wie diese hier, hat man mir erzählt«, sagte er im gleichen Ton, »man könnte dort ein Derby reiten.«

Louise sah zwischen Elena und August hin und her, sagte aber nichts.

»Man kann das Rennen aber nicht gewinnen, wenn einem verboten wird zu gewinnen«, sagte Elena hart, »wenn einem bestimmt wird, wie schnell man reiten und wie hoch man fliegen darf.«

August dachte an ihr Wettreiten am Spreeufer. Dann hatte er das Derby in der Freudenau vor Augen, als er sich in sie verliebt hatte.

»Manche reiten auch nicht gegeneinander. Manche reiten nebeneinander und sind trotzdem schnell«, sagte er und wog dabei jedes Wort vorsichtig ab, »aber ich weiß noch, damals in der Freudenau wolltest du auch nicht beim Ziel stehen, du wolltest dort stehen, wo die Pferde noch kämpfen. Ist es das? Möchtest du kämpfen?«

Elena antwortete nicht. Sie waren am Ende der Allee angekommen und sahen das Schloss, das sich hier in Preußen seltsam italienisch ausnahm. Elena nahm Louises Arm, als sei nichts gewesen. Louise war still geworden, als sie die Spannung spürte, die zwischen August und Elena so plötzlich entstanden war. Sie hatte zwischen ihnen hin- und hergesehen, aber so, wie man jemandem zusah, von dem man etwas lernen kann. Wie eine Schauspielerin eben. Interessiert, aber nicht wirklich betroffen. August wusste nicht, was in ihr vorging. Sonst hatte er in ihrem Gesicht immer lesen können. Für einen Augenblick hätte er gerne ihre Hand genommen und ihr gesagt, dass er ihr nicht wehtun wollte.

»Humboldt hat Vorlesungen über Geographie und Pflanzen und Menschenkunde gehalten«, erzählte Elena im vertrauten Plauderton, »und bei seinen Vorlesungen – nur bei seinen – hatten auch Damen zur Universität Zutritt.«

»Schade, dass er tot ist«, sagte Louise jetzt in einem Ton des Bedauerns, »ich hätte ihn auf jeden Fall geheiratet!«

Während August erleichtert lachen musste, lächelte Elena Louise an; es war wie eine unausgesprochene Bitte um Entschuldigung, wie das Lächeln eines Arztes, der einem sagt, dass er einem gleich wehtun wird.

»Sollen wir hier Picknick machen? Oder besuchen wir zuerst die Dicke Marie?«, fragte sie.

»Bei der Dame!«, sagte Louise, und August konnte nicht sagen, ob sie sich mit Elena wirklich so gut verstand oder nur spielte. »Ich lerne gerne neue Menschen kennen.«

Elena lächelte.

»Na, dann werden Sie enttäuscht sein.«

In diesem Augenblick waren sich die beiden Frauen viel näher als er einer von ihnen.

Als sie eine Dreiviertelstunde später wieder aus dem Landauer stiegen, hatte sich der Himmel weißlich bezogen, und die Schatten waren weich und an den Rändern unscharf geworden. Sie standen nahe der Uferpromenade des Tegeler Sees, aber trotz der Nähe zum Wasser war es drückend schwül.

»Darf ich vorstellen«, sagte Elena zu Louise und wies auf eine ungeheure Eiche, »die Dicke Marie. Der älteste Baum Berlins.«

Louise lachte.

»Darf ich auf Ihren Schoß, Madame?«, fragte sie, machte einen Knicks und breitete die Decke aus, die sie aus dem Landauer mitgenommen hatte. August stellte den Korb ab. Sie setzten sich.

»Essen«, sagte Elena und packte aus.

Es war heiß, und obwohl Louise sich bemühte, heitere kleine Bemerkungen zu machen, und sich sogar mit der Dicken Marie auf ein Gespräch einließ, das über ihr hohes Alter ging, über ihre ziemlich runzlige Haut und über ihr wirres Haar, wurde die Spannung zwischen Elena und August immer größer. Er hätte viel darum gegeben, jetzt mit ihr allein sein und mit ihr sprechen zu können. Ganz selten nur kam vom See herauf ein kleiner, erfrischender Lufthauch. Der Nachmittag dehnte sich, und August wurde immer nervöser, weil der Tag verging.

»Konfekt?«, fragte Elena Louise. »Von unserem Schokoladensoldaten?« Und als Louise nickte, beugte Elena sich vor, um ihr Pralinen aus dem Kistchen anzubieten. Dabei glitt für einen kleinen Augenblick der Skarabäus aus ihrem Dekolleté und glänzte genauso wie das Konfekt. Elena schob ihn rasch zurück, aber Louise hatte ihn schon gesehen.

»Ach so«, sagte sie leise, »so ist das.«

Ihr Lächeln war fort. Sie sah auf die Decke und malte mit den Fingern die Muster nach. Dann, nach einem langen

Schweigen, in dem Elena und August sich ansahen und beide auf etwas warteten, stand sie schließlich auf und sagte: »Ich gehe wohl besser. Wenn Sie mir Ihren Wagen leihen wollen, Fräulein Kronfeldt, ich schicke ihn gleich zurück, wenn ich im Hotel bin.«

Weder Elena noch August rührten sich. Sie sahen sich an. Es war wie ein schweigendes Kräftemessen.

»Sie sollten hierbleiben, Fräulein Brenner«, sagte Elena nach einer langen Weile, in der Louise dagestanden war. »August liebt nicht mich. Er liebt eine Tote. So ist es doch, August, und es ist schade, dass ich ihr so ähnlich sehe.«

»Ich verstehe nicht«, sagte Louise plötzlich sehr wütend, »ich verstehe euch beide nicht. Was geschieht hier eigentlich? Was ist das mit euch? Was soll die Geschichte mit der Allee? Was soll das mit dem Reiten? Warum, verflucht, redet ihr nicht einfach miteinander?«

»Ich hätte nicht gedacht, dass Sie fluchen können«, sagte Elena auf einmal lächelnd, »aber es gefällt mir.«

»Ich ... Ich erkläre es dir später«, sagte August zu Louise, »ich will erst ... ich muss erst mit Elena sprechen.«

»Nein, sie soll hierbleiben«, sagte Elena bestimmt, »sie kann alles hören.«

»Elena!«, sagte August laut. »Du weißt doch ...«, er beherrschte sich mühsam, »ich würde gerne ein paar Minuten mit dir alleine sprechen!«

»Kommen Sie, Fräulein Brenner«, sagte Elena und nahm Louise am Arm, »wir gehen um den See. Ich erzähle Ihnen alles.«

Der Himmel hatte sich bezogen, und das Licht begann graugelb zu werden. Ab und zu hörte man von weit weg ein leises Grummeln. Elena war einfach losgegangen, und Louise folgte ihr zögernd. Auch August fluchte jetzt, raffte die Decken und den Korb zusammen und warf alles in den Landauer. Der Kutscher wies mit der Peitsche auf den westlichen Himmel:

»Es wird ein Wetter geben. Ich fahre offen – wenn es anfängt zu regnen, müssen Sie sich eine andere Droschke suchen, ich warte nicht.«

August nickte, bezahlte die Fahrt und ging dann den beiden Frauen hinterher.

»Hat er Ihnen nie von mir erzählt?«, fragte Elena Louise eben.

Louise schüttelte den Kopf und sah zu August hinüber.

»Wie auch«, sagte Elena, »er dachte ja, ich sei tot.«

August wollte sie aufhalten, aber Elena machte eine ungeduldige Handbewegung und sah August für einen Moment abschätzend an. August verstand bald, warum. Elena erzählte Louise nur das Nötigste. Sie sprach weder vom Oberleutnant Palffy, sie sagte nicht, dass sie verheiratet gewesen war, sie erzählte nichts vom Tod ihres Mannes. Sie sprach nur von August und ihr, erzählte vom Ringtheaterbrand, als beide voneinander geglaubt hatten, sie seien tot. Sie gingen und gingen, und Louise fragte immer wieder nach Details von der Brandnacht, denn wie allen Wienern war ihr diese Nacht tief im Gedächtnis geblieben. August schwieg und hörte zu. Er wusste nicht, was er denken sollte. Er wusste nicht, ob Louise wissen sollte, woher Elena wirklich kam. Er sah immer wieder zu ihr hin. Was dachte sie? Manchmal kam der Duft beider Frauen zu ihm, und es war eigenartig, dass er nicht mehr sagen konnte, zu wem der durchsichtige Geruch des Wassers gehörte und zu wem das verwehte Aroma eines fernen Feuers. Wenn die tief stehende Sonne noch einmal zwischen den Wolken hervorkam, spielten die Reflexe der Wasseroberfläche auf den Gesichtern beider Frauen und machten es August schwer zu sehen, was Louise dachte. Es dauerte fast eine Stunde, bis Elena zu Ende erzählt hatte.

»Ich habe nicht gewusst, dass er noch lebt. Die Stadt war ein Chaos damals, und ich kannte mich nicht aus«, sagte Elena kühl und geschäftsmäßig, und Louise hörte ihr zu, »und dann bin ich irgendwann wieder zurück nach Berlin gereist. Ich dachte, du wärst tot«, wandte sie sich direkt an August, und das klang inmitten dieser zerstückelten, halb wahren Geschichte, die mit ihm und Elena nichts zu tun hatte, für einen Augenblick so, als wäre es wahr.

Vielleicht war es ja auch so. August kam dieser Gedanke das erste Mal, und er traf ihn vollkommen unvorbereitet. Er war so beschäftigt mit sich selbst gewesen, dass er die Sache noch nie von dieser Seite betrachtet hatte. Sie hatte ja nicht gewusst, dass er nach draußen gegangen war. Sie ... vielleicht hatte sie wirklich geglaubt, er sei auch tot, verbrannt, erstickt oder zertreten. Sie hatte ja nicht nach ihm suchen können. Sie musste ja als tot gelten. August verstand das erste Mal, dass sie sich vielleicht genauso verraten fühlte wie er.

»Elena«, sagte er, »Elena!«

Zwischen den Wolkenbänken über dem See leuchtete die untergehende Sonne noch einmal auf. Dann begann es zu regnen. Sie waren jetzt fast an der Südostseite des Sees angekommen.

»Stellen wir uns unter?«

Elena ging ohne Hast durch den stärker werdenden Regen. Es blitzte das erste Mal. Noch von ferne – der Donner brauchte lang. Sie erreichten eine Bootshütte, die zum Wasser hin offen und deren Tür nur mit einem Strick festgebunden war. August entknotete ihn, und dann schlüpften sie nacheinander hinein. Rechts war ein kleiner Steg mit einer Bank; ein paar alte Netze lagen darunter. Das Wasser klatschte in kleinen, aufgeregten Wellen gegen die

Holzpfähle, auf denen die Hütte stand. Es gab kein Boot, und man konnte von hier aus durch den strömenden Regen und die Dunkelheit eben noch das gegenüberliegende Ufer sehen, mehr als zweieinhalb Meilen entfernt.

Sie saßen nebeneinander auf der Bank und schwiegen. Alle drei waren mit ihren eigenen Gedanken beschäftigt. Draußen nahm der Gewittersturm zu. Louise malte mit einem Finger die Maserung des Holzes nach. Die Wellen, die an die Pfähle des Stegs schlugen, nahmen sich mehr Zeit und wurden jetzt immer wuchtiger. In den Blättern der Bäume am Ufer fingen die Gewitterböen an zu rauschen, und der Regen prasselte so auf den See und das Holzdach, dass man laut hätte sprechen müssen, um sich zu verständigen. Wenn man denn hätte sprechen wollen. August dachte über das nach, was Elena gesagt hatte, aber es war, als seien seine Gedanken stumpf geworden. Er konnte nicht mehr denken. In ihm ging alles durcheinander.

»Es gibt einen See in der Oase Fayoum«, sagte Elena auf einmal zu niemand Bestimmtem, »das ist der See der heiligen Krokodile. Und wenn einer zum Tod verurteilt ist und er sagt, er sei unschuldig, dann lassen sie ihn durch den See schwimmen. Es ist ein Gottesurteil. Wenn er überlebt, ist er frei. Ich bin durch ihn geschwommen.«

August war es, als könne er für einen Augenblick den Schlamm eines hitzedurchglühten ägyptischen Seeufers riechen. Er versuchte noch immer nachzudenken. Er wusste, dass er morgen nicht nach Wien fahren konnte. Und so wie heute konnte er morgen auch mit Elena nicht mehr sein. Es brauchte noch eine Weile, aber dann stand er auf und begann, sich auszuziehen.

»Was tust du?«, fragte Louise plötzlich alarmiert. August achtete nicht auf sie. Er sah Elena an.

»Schwimmen wir«, sagte er.

Ohne zu zögern, stand Elena auf und öffnete ihr Kleid. Es fiel wie damals, und an ihrem Hals schimmerte der Skarabäus auf.

Auch Louise stand auf. Sie sah August an.

»Aber es stürmt!«, schrie sie auf einmal wütend. »Ihr seid verrückt! Alle beide! Bei Gewitter schwimmen! August!«

Aber keiner hörte ihr zu. Louise nahm August fest beim Arm und versuchte, ihn festzuhalten. August sah sie nicht an, er löste nur ihre Hand von seinem Arm.

»Du Idiot! Du Dummkopf!«, sagte Louise mit vor Wut heiserer Stimme. »Was macht ihr da? Wozu machst du das ...« Sie biss sich zornig auf die Lippen, aber August sah sie nicht mehr an. Elena und er standen jetzt nebeneinander auf der Querseite des Steges, wo das Boot normalerweise festgemacht wurde. Und dann, gleichzeitig, wie auf Verabredung, sprangen sie.

13

Das Wasser war ein Schock. Es war eiskalt. August schnappte nach Luft, als er wieder an die Oberfläche kam. Aber Elena war ihm schon voraus. Mit ein paar Schwimmstößen war er aus dem Schutz des Bootshäuschens im offenen Wasser. Der Regen prasselte auf seinen Kopf. Die Wellen folgten den Sturmböen mit ein wenig Abstand, und es war schwierig, einen Rhythmus beim Schwimmen zu finden. Allmählich gewöhnte er sich an die Kälte, und er kam etwas besser vorwärts. Trotzdem schluckte er ein paar Mal Wasser. Elena schwamm jetzt neben ihm. August konnte sehen, dass sie die geübtere Schwimmerin war; er war es, der sich anstrengen musste, das Tempo zu halten. Es war jetzt schon ziemlich dunkel, und er konnte ihr Gesicht nur sehen, wenn es hell am Himmel blitzte. Er versuchte, nicht an das Gewitter zu denken, aber ein Mal folgte der Donner dem Blitz so rasch und so voller Wucht, dass er ihn durch das Wasser hindurch im Bauch spürte. Das rückwärtige Ufer konnte er schon jetzt nur noch als Schatten erahnen. Und sie schwammen in eine ungewisse, immer tiefere Dunkelheit vor ihnen. August biss die Zähne zusammen.

»Im Tegeler See wohnen die Männekens«, rief Elena, und wenn der Lärm des Regens nicht gewesen wäre, hätte es ein Plauderton sein können, »und als man vor Jahren die Tiefe des Sees hat ausmessen wollen, hat das Wasser neben dem Boot geschäumt so wie jetzt.«

Sie hielt den Kopf geradeaus und schwamm nur ein paar Armlängen entfernt von ihm.

»Und dann, als sie das Lot auswerfen wollten, haben die Männekens gerufen: ›Wenn du unsere Welt willst messen, wirst du deine bald vergessen.‹ Deswegen weiß bis heute keiner, wie tief der Tegeler See ist – keiner traut sich, ihn zu messen ...«

»Elena!«, schrie August, hin und her gerissen zwischen Zorn und Angst. »Keine Geschichten mehr!«

Er atmete schon viel schneller als sie.

»Sag, was wirklich geschehen ist«, rief er kurzatmig, »sag es endlich. Hast du geglaubt, ich sei verbrannt?«

Elena erhöhte jetzt das Tempo. Geübt tauchte ihr Kopf unter den Wellen hindurch. August musste sich immer mehr Mühe geben, um mitzuhalten. Manchmal berührte etwas kühl streichelnd seine Beine, dann erschrak er und unterdrückte einen Schrei. Es war sehr eigenartig, durch dieses Gewitter, durch dunkles Wasser zu schwimmen. Er holte ein Stück auf.

»Elena!«, keuchte er. »Hast du es geglaubt?«

»Nein.«, sagte sie nach einer ganzen Weile zwischen zwei Zügen. »Aber es hat keinen Unterschied gemacht. Ich habe mir eingebildet ...«, eine Welle kam, sie tauchte, kam hoch und sprach weiter, als sei sie nicht unterbrochen worden, »... dass du tot bist. Ich habe mir immer vorgestellt, du seiest tot. Dann war es leichter.«

»Aber warum?«, schrie August wütend. »Warum? Du hättest es mir sagen können – ich wusste doch ...«

»Nichts!«, schrie Elena, plötzlich aufgeregt. »Nichts wusstest du! Was hast du von mir überhaupt wissen wollen? Ich war deine Schokoladenliebe, ein Spiegel, vor dem du gestanden hast, voller Bewunderung, in deine eigene Liebe verliebt – was hast du denn von meiner Liebe wirklich gewusst? Nicht das Allerkleinste! Du hast doch kein einziges Mal geahnt, wie ich dich geliebt habe, ob ich dich überhaupt geliebt habe, du hast ja nicht einmal gefragt, nach meiner einen, richtigen Liebe, nach meiner ernsten Liebe, kein Spiel ...« Jetzt schluckte sie plötzlich Wasser und hustete, aber sie schwamm weiter, schnell und voller Kraft. »Als ob du wüsstest, was das ist – diese tiefe und totale Liebe! Du hast ja gar nichts von ihr wissen wollen. Nichts von mir hast du wirklich wissen wollen! Nichts!«, schrie sie. Und voller Wut und mit entschlossenem Ausdruck warf sie sich nach vorn. Zwischen den dunklen Wellen konnte er nur noch ihre weißen Arme sehen, wie sie sich gleichmäßig hoben und danach wieder eintauchten, voller Kraft, voller Genauigkeit. Er wusste nicht, wie lange er dieses Tempo noch halten konnte.

»Das ist nicht wahr!«, schrie er zurück. »Ich habe dich geliebt wie noch nie jemanden zuvor – du«, stieß er zwischen zwei Zügen heraus, »du hast mich einfach fallen lassen! Wie etwas, das man nicht mehr braucht! Warum hast du mir nichts erzählt?«

»Weil«, schrie sie erbost und hob sich dabei ein Stück aus dem Wasser, so vehement trat sie nach unten, »du nicht stark genug warst! Du hättest es nicht ausgehalten, oder? Die Wahrheit wolltest du ja nicht hören!«

August kämpfte mit dem Wasser und seinen Worten. Und da fiel ihm das Bild wieder ein, das er in Elenas Duft gesehen hatte: der Mann im Wasser. Der ertrinkende Mann im Wasser. Auf einmal kam die Angst wie eine Gegenströmung von unten und strich um seine Beine.

»Elena!«, rief er. Es gab jetzt keine Blitze mehr und kein Ufer. Der Regen fiel und fiel. Der See schien unendlich groß, und durch das Rauschen des Regens und des Windes drang kein anderes Geräusch mehr zu ihm. Es war, als ob man für alles andere taub geworden wäre. Aber trotzdem hielt ihn etwas neben ihr.

»Elena!«, schrie er wieder. Da tauchte ihr Kopf ein paar Meter entfernt wieder aus dem Wasser. Ihr Gesicht war nur noch ein schwach leuchtender heller Fleck in der Dunkelheit. Sie sah zu ihm herüber. Da nahm er sich zusammen und fragte endlich, was er immer hatte fragen wollen:

»Hast du ihn umgebracht?«, rief er. »Hast du ihn umgebracht?«

Elena tauchte. Direkt neben ihm kam sie wieder hoch. Sie sah ihn an, während sie gleichmäßig auf- und niederging. Ihr Gesicht war glänzend nass, ihr dunkles Haar lag glatt nach hinten und schimmerte wie poliert, an ihren Wimpern hingen Tropfen, ihre Augen waren dunkel und groß. Sie schwamm neben ihm her, mühelos und leicht und schnell.

»Ja«, sagte sie dann klar und ohne Zögern.

August begann zu frieren und schwamm, so schnell er konnte.

»Aber du hast es«, rief sie durch das Regenrauschen, tauchte wieder unter einer Welle durch und kam hoch, »von Anfang an gewusst.«

Ja, dachte August, ich habe es gewusst. Ich habe es gewusst, und es war mir egal.

»Wie«, fragte er kurzatmig, »hast du ihn ...?«

Wo waren sie? August hatte jede Orientierung verloren. Er wusste nicht mehr, wo das Ufer war. Er hatte keine Ahnung, wie weit sie schon geschwommen waren. Es kam ihm vor wie eine Meile, aber vielleicht war es auch nur die Hälfte – man konnte es nicht sagen, der Wind kam von allen Seiten. Aber er wollte es jetzt wissen. Er wollte alles wissen.

Sie kam wieder näher und schüttelte den Kopf.

»Nein!«, rief sie und wischte mit einer wütenden Bewegung die nassen Haare aus dem Gesicht. »Als er anfing zu ertrinken«, sagte sie dann laut und hart, »hat er sich an mich geklammert. Wir wären beide gestorben. Leg dich auf den Rücken!«

August brauchte einen Augenblick, um den raschen Wechsel zu verstehen, dann sah er, wie sie sich drehte und auf dem Rücken weiterschwamm. Er folgte ihrem Beispiel. Seine Arme schmerzten schon, und in der Lage konnte er sich etwas ausruhen. Aber dafür kamen sie kaum noch voran, und er fror immer stärker.

»Er hat sich an mich geklammert«, rief Elena wieder, »er wollte ja nicht umkehren, er wollte nicht aufgeben gegen seine Frau! Dieses Schwein«, schrie sie auf einmal, »dieses Schwein klammert sich an seine Frau, an mich. ›Ich kann nicht mehr!‹, hat er geschrien und geheult wie ein altes Weib und dann ... Du weißt nicht, wie das ist. Ertrinken, da kämpft man gegen alles, da schlägst du nur noch um dich, gegen jeden, da willst du nur eins ... leben, und dann ...«

»Ist er untergegangen«, sagte August leise und wusste nicht, ob sie es gehört hatte. Er bereute, dass er sie zum Schwimmen herausgefordert hatte. Er fror jetzt so sehr, dass er sich wieder auf den Bauch drehte und weiterschwamm. Aber er hatte das Gefühl, dass er nicht weiterkam. Panik stieg in ihm hoch.

»Elena«, sagte er mühsam, »wir ... ich ... Wir drehen um, ja?«

Jetzt, wo sie ihm so nahe war, sah er, dass auch sie fror. Ihre Lippen wurden dunkel, und sie schwamm nicht mehr so schnell wie anfangs.

»Man kann nicht umkehren«, sagte sie zitternd, »man kann niemals zurück.«

August wusste nicht, was er tun sollte. Er schwamm noch neben ihr her, aber seine Angst wurde mit jeder Sekunde größer. Er bemühte sich, ruhig zu atmen, aber dazwischen kam überraschend immer wieder eine Welle, und er schluckte Wasser, hustete, ging für einen Augenblick unter und kam spuckend wieder hoch. Dann ließ der

Regen nach, und auf einmal hatte es aufgehört. Das Wasser wurde ruhiger, begann jetzt, in die nach dem Regen kalte Nachtluft zu dampfen, und ein feiner Dunst schwebte über den Spiegel des Sees. Die Dunkelheit wurde immer beklemmender.

»Elena!«, rief August. Er hatte sie aus den Augen verloren. »Elena!«

Seine Stimme trieb jetzt über das Wasser.

»Wir müssen umkehren! Ich ... Elena, ich liebe dich. Ich ...«

»Ich kehre nicht um!«, hallte Elenas Stimme zurück. »Ich schwimme ans andere Ende. Man darf nicht umkehren. Man ist nur frei, wenn man auf der anderen Seite ankommt ...«

»Aber das hier ist nicht der verdammte Krokodilsee!«, schrie August verzweifelt. »Was willst du, Elena? Du bist doch längst frei! Schwimm mit mir zurück, ich bitte dich! Elena!«

Er schwamm in die Richtung, aus der er ihre Stimme gehört hatte.

»Schwimm du zurück, August.« Ihre Stimme hörte sich jetzt erschöpft an, aber immer noch entschlossen. Er korrigierte seine Richtung ein wenig und stieß völlig unvermittelt gegen sie. Er griff nach ihrem Arm. Seine Finger waren steif und schlossen sich nur widerwillig – es war kein fester Griff.

»Komm zurück, Elena, du schaffst es niemals! Das Wasser ist viel zu kalt!«

Sie versuchte, sich loszumachen.

»Lass los, August«, sagte sie warnend, »ich schwimme weiter.«

Aber er ließ nicht los. Ihr Arm war so kalt wie seine Finger.

»Diesmal nicht, Elena«, stieß er hervor, »diesmal nicht. Ich gehe nicht weg. Diesmal nicht. Wir schwimmen beide zurück! Und wir ertrinken auch zusammen, wenn wir nicht umkehren!«

Er hielt ihren Arm fest.

»Lass mich los«, sagte Elena gefährlich leise, »schwimm zurück oder ertrink mit mir. Aber ich kehre nicht um!«

Sie versuchte wieder loszuschwimmen. August zog sie zurück und dicht an sich. Ihre Gesichter waren sich so nahe wie den ganzen Tag noch nicht. Er sah ihr schönes, scharf geschnittenes Gesicht und wusste einen Augenblick nicht, ob es eine Erinnerung an ein Duftbild war, weil die Dunkelheit alles so ungefähr und traumhaft machte.

»Ich ... ich liebe dich, Elena«, sagte er zähneklappernd, »komm zurück!«

Einen Augenblick war es ganz still. Die Oberfläche des Sees war spiegelglatt, und Elena sah ihn an.

»Ja«, sagte sie leise und fast erstaunt, »ich weiß.«

Sie küsste ihn und stieß sich im selben Augenblick mit beiden Füßen und mit aller Kraft von ihm ab, traf ihn mit Gewalt in Bauch und Unterleib und warf sich nach vorn. August krümmte sich zusammen, atmete Wasser ein, ging unter, konnte nicht husten und schlug entsetzt um sich. Alles schäumte um ihn, als er verzweifelt Wasser trat und nicht einmal wusste, ob er tatsächlich nach oben schwamm. Er musste Luft holen, er musste nach oben, und dann war er an der Oberfläche und konnte nicht atmen, weil sich in ihm alles zusammenkrampfte und er Wasser auswürgte, bevor er mit brennenden Lungen endlich einatmen konnte. Ein paar Augenblicke konnte er nichts anderes tun – nur atmen, atmen. Dann fing er an, nach ihr zu schreien. Aber er hatte vollkommen die Orientierung verloren, und so sehr er sich auch anstrengte, das geringste Geräusch zu hören – Elena blieb verschwunden. August fing wieder an, zu schwimmen, aber er war sich nicht sicher, welche Richtung die richtige war. Die Wolken waren jetzt zwar aufgerissen, aber es war eine mondlose Nacht, und das Sternenlicht reichte ihm bei Weitem nicht, um irgendein Ufer zu sehen. August schwamm ein Stück in eine Richtung, aber nach einer Weile hielt er an. Er hatte keine Ahnung, wo das nahe Ufer war. Er wusste nicht einmal, ob er womöglich sogar im Kreis schwamm. Er drehte sich im Wasser, um irgendwo das Ende des Sees zu entdecken, aber es war dunkel. Und während er die ganze Zeit seine Angst unterdrückt hatte, solange er noch mit Elena geschwommen war, die Angst vor dem Gewitter im Wasser, die Angst vor der Kälte – jetzt auf einmal war sie da. Brach über ihn herein. Es war, als ob die Kälte in ihm unbemerkt hochgekrochen wäre und jetzt von innen an seine Kehle tippte, dass sie sich zusammenkrampfte, kalt, kalt, kalt. Er wollte schreien, aber zuerst ging es nicht, und er wimmerte nur vor sich hin.

»Hilfe!«, schrie er dann. Und immer lauter: »Hilfe!«

Seine Rufe hallten übers Wasser, und als es still wurde, ließ die Angst seltsamerweise nach, und August wusste plötzlich, dass es kein gutes Ende der Geschichte geben würde, dass er sie niemals jemandem erzählen würde, dass es kein Abenteuer mehr war, sondern dass er ganz unvermittelt am Ende seines Lebens angekommen war. Er war sich bewusst, dass er ertrinken würde. Jetzt wusste er auch, was er in Elenas Duft gesehen hatte, in dieser letzten Nacht. Es war nicht der Oberleutnant Palffy gewesen, den er hatte untergehen sehen, und es war nicht der Bosporus gewesen. Es war der Leutnant Liebeskind, er selbst, der nun in einem Berliner See ertrank, spuckend und jämmerlich ertrank. Was für eine Ironie, dachte er und wunderte sich, dass er, bei aller schreienden Angst in ihm, noch daran denken konnte, wie er Elena im *Ringtheater* allein gelassen hatte ... Er im Wasser, sie im Feuer ... Er weinte fast vor Angst, die jetzt wieder über ihn kam, die wieder einen kalten Finger an seine Kehle stieß und ihn hart schlucken und schlucken ließ, ohne dass es aufhörte.

Und dann sah er das Feuer. Der Schein war rechts hinter ihm, und er hatte ihn nur aus dem Augenwinkel bemerkt. Er drehte sich im Wasser und sah, dass am Ufer ein Feuer brannte. Er konnte nicht schätzen, wie weit es weg war, aber es gab keine andere Wahl. Sein Gefühl sagte ihm, dass es das weiter entfernte Ufer war, aber hier, in der kalten Dunkelheit, gab es nur dieses Feuer und sonst nichts. Er fing wieder an, mit Kraft zu schwimmen. Zuerst sah es so aus, als würde das Feuer nie näherkommen, aber er gab nicht auf. Er wollte nicht aufgeben. Das Wasser war grauenvoll kalt, und er spürte seine Fingerspitzen schon längst nicht mehr. Seine Beine bewegten sich wie automatisch. Schwimm, murmelte er, schwimm, schwimm, schwimm. Zwischendurch legte er sich auf den Rücken, aber dann sah er das Feuer nicht mehr und wurde panisch, drehte sich wieder um und schwamm weiter. Seine Arme wurden so lahm und schwer, dass er sie am liebsten einfach hätte sinken lassen, aber jetzt wurde das Feuer endlich größer. Und dann war es auf einmal ganz nahe, und August sah, was es war: eine brennende Hütte. Er schürfte mit den Knien über Steine, bis er endlich merkte, dass das Wasser nicht mehr tief war. Er stand auf. Seine Beine zitterten unkontrolliert, als er endgültig ans Ufer watete, und er spürte nicht, dass er sich die Füße an scharfkantigen Steinen aufschnitt, so kalt waren sie.

»Wo ist sie?«, schrie Louise, als sie sah, dass er alleine war. August brauchte einen Augenblick, um sich zu orientieren. Er war überzeugt gewesen, dass er ans gegenüberliegende Ufer geschwommen war. Erst jetzt erkannte er, dass die brennende Hütte das Bootshaus war, von dem aus Elena

und er losgeschwommen waren. Louise musste es angesteckt haben.

»Ich ... ich weiß es nicht!«, sagte August. Seine Zähne
schlugen so hart aufeinander, dass er sich kaum verständ-
lich machen konnte. »Sie wollte weiterschwimmen. Ich
konnte nicht ...«

»Wo ist sie?«, schrie Louise noch einmal. »Hast du sie
alleine gelassen? Was hast du mit ihr gemacht? Wo ist sie?«

Da verstand August allmählich, was Louise dachte.

Er konnte nicht gleich loslaufen. Er glaubte, er würde nie
wieder warm werden. Louise musste ihm beim Anziehen
helfen, weil er so steif gefroren war. August versuchte, zu
erklären, was geschehen war, aber selbst für seine Ohren
hörte es sich jämmerlich falsch an. Louise sah ihn nicht an,
als sie schließlich bestimmt sagte:

»Wir gehen jetzt auf beiden Seiten um den See herum
und suchen sie. Wir treffen uns auf der anderen Seite in der
Mitte, ja?«

Sie stand vor ihm und sah ihn endlich an.

»Danke«, sagte August nach einer Weile leise, »danke
für das Feuer, Louise.«

Louise sagte nichts, und dann stolperten sie durch
Unterholz und durch Schilf und über Steine die beiden
Ufer entlang, jeder für sich. August wollte es sich gegenüber nicht zugeben, aber er war sich sicher, dass sie Elena
nicht finden würden. »Ertrinke mit mir«, hatte sie gesagt,
und August weinte die ganze Zeit, während er am See
entlangging, weinte lautlos und konnte nicht aufhören.
Schließlich kam er an eine Stelle, wo der See in einen Fluss,
womöglich die Havel, überging. Man konnte den See gar
nicht umrunden! Irgendwo auf der anderen Seite musste
Louise sein. Der Regen hatte längst aufgehört, und es war

nachtstill geworden. August rief nach Louise. Auf einmal war es so, als sei er endgültig und völlig allein. Einsamer noch als vorhin im Wasser.

»Louise!« Seine Stimme hallte über den See. Er dachte kurz daran hinüberzuschwimmen, aber er schauderte, als er nah ans Ufer trat. Die Kälte saß ihm noch immer tief in den Knochen. Schließlich ging er zurück. August konnte nur hoffen, dass Louise auch erkannt hatte, wo der See zum Fluss wurde, und ebenso umgekehrt war.

Es dämmerte schon, als sie sich endlich wieder trafen. Er konnte sehen, dass auch Louise geweint hatte, aber er wusste nicht, um wen.

14

August telegrafierte dem Onkel, dass sie noch nicht kommen konnten. Er war zu Tode erschöpft und dachte, er müsste sich zum Schlafen zwingen, aber natürlich lag er wach. Irgendwann gab er es auf und klopfte an Louises Zimmertür.

»Ich fahre noch einmal zum See«, sagte er.

Louise kam mit. Auf dem Weg sprachen sie wenig. Louise fragte ein paar Mal, in welche Richtung Elena geschwommen sein könnte, aber August wusste es nicht. Diesmal gingen sie zusammen die beiden Ufer ab. Louise hatte Schuhe und Strümpfe ausgezogen und watete ins Schilf, wenn das Ufer bewachsen war. Sie brauchten Stunden, um bis zu der Stelle zu kommen, wo der See in den Fluss überging. Die ganze Zeit hatte August Angst, Elena irgendwo am Rande des Ufers treiben zu sehen, wie er schon oft tote Fische im Wasser hatte treiben sehen, von den Wellen auf grausige

Art leicht geschaukelt, als ob sie nur schliefen. Louise sah ihn manchmal prüfend an. Er war sich nicht sicher, was sie dachte. Vielleicht wusste sie es auch selber nicht. Der Spruch der Männekens im Tegeler See, von denen Elena erzählt hatte, nachdem sie ins Wasser gesprungen waren, ging ihm durch den Kopf, sinnlos und immer wieder: »Wenn du unsere Welt willst messen, wirst du deine bald vergessen.«

Dann mussten sie das ganze Ufer zurückgehen, bis sie schließlich wieder am Ausgangspunkt standen.

»Du musst auf die Wache«, sagte Louise, »man muss sie suchen. Mit Booten.«

August überlegte. Dann zuckte er mit den Schultern.

»Und was soll ich ihnen sagen?«, fragte er. »Was denkst du? Dass ich im Gewitter mit Fräulein Kronfeldt schwimmen gegangen bin, weil ...« Er stockte und sah Louise an. »Ich kann es ja nicht einmal dir erklären. Selbst du verstehst es nicht!«

»Nein«, sagte Louise und sah ihn lange an, »aber ich versuche es.«

Als sie in die Stadt zurückfuhren, schlug Louise vor, dass sie eine Vermisstenanzeige aufgeben konnten, anonym. Sie überlegten lange, wie man glaubhaft formulieren konnte, dass man das Fräulein Kronfeldt im Tegeler See suchen sollte, aber schließlich sagte Louise langsam:

»Wenn es so ist, wie du sagst, dann hätte sie es wohl auch nicht gewollt ...«

August nickte. Trotzdem war es ein Gefühl wie von Verrat und Feigheit, als sie im Hotel angekommen waren und er seine Koffer packte, seine Zimmer für den nächsten Tag kündigte und bezahlte und während sie zu Abend aßen – die ganze Zeit. Wir desertieren, dachte August, als sie am

nächsten Tag auf dem Bahnsteig standen und der Zug nach
Wien einfuhr, wir desertieren.

Sie fuhren schweigend zurück. August hatte versucht, Louise
auf dem langen nächtlichen Weg vom Tegeler See zurück
nach Berlin alles zu erzählen. Alles über Elena und alles
über sie beide. Es fiel ihm schwer. Es ließ sich nicht in Worte
packen, was wirklich zwischen ihnen passiert war. Louise
hatte zugehört, aber nichts hatte ihre Zweifel geändert, mit
denen sie August noch immer ansah. Sie hatte nur einmal
gefragt, warum er nicht mit Elena zurückgeschwommen
war, und August hatte versucht, es zu erklären. Aber alles,
was er sagte, hörte sich seltsam an und so, als ob es nicht
mehr wahr wäre.

Das Eigenartigste aber war, dass in Wien der Alltag weiterging, als sei gar nichts geschehen. Josef holte sie vom
Bahnhof ab, aber beide ließen sich nicht zum Essen bei
ihm bewegen. August war froh, dass Louise sich rasch nach
Hause bringen lassen wollte und vorgab, sie sei krank und
erschöpft. Mit ihm allein wollte Josef wohl nicht essen, und
so brachte er ihn zu seiner Wohnung. Die Fahrt von Berlin
hatte den ganzen Tag gedauert, und es dämmerte schon, als
er aus Josefs Wagen stieg.

»Es reicht morgen auch noch!«, sagte Josef derb und laut
und fügte anzüglich hinzu: »Und ich sehe ja gerne, dass ihr
beide erschöpft seid!«

August ertrug die Fröhlichkeit seines Onkels nur schwer
und musste sich zusammennehmen, um nicht unhöflich
zu werden. Als er endlich allein in seinem Zimmer war, öffnete er die Fenster, um die dumpfe Luft hinauszulassen, die
in den Wochen seiner Abwesenheit schwer geworden war.
Dann legte er sich aufs Bett. Es kam ihm schon lange vor,
seit er das letzte Mal für sich gewesen war. Draußen war die

Luft angenehm warm. Seit er im See so gefroren hatte, war ihm jede Wärme willkommen. Er dachte an Elena, und ein Gefühl von Traurigkeit stieg in ihm hoch, gleichmäßig und unausweichlich, vor allem aber auch von Schuld. Wie kam das, dachte er, wieso jetzt? Im Winter wäre er tatsächlich schuld gewesen, aber damals hatte er nur um sie getrauert. Und jetzt? August legte beide Hände auf sein Gesicht und wünschte sich, dass er schlafen könnte, aber er lag Stunde um Stunde wach, so lange, bis es wieder dämmerte. Und als morgens der Geruch von Pferden und Malz von der Brauerei und von Brot aus der Bäckerei gegenüber durch das offene Fenster hereinkam, da merkte er, dass in den Düften keine Bilder mehr waren. Es war, als hätte er zusammen mit Elena ein Stück seines Wesens im See zurückgelassen. Es war so wie nachts im See: Er konnte schwimmen oder auch nicht, aber es würde sich nichts ändern. Es gab nichts um ihn herum, auf das er sich zubewegte. Es gab nur noch ihn. Und eine nichtssagende, vor Leere hallende Welt.

So vergingen die Tage. August arbeitete tagsüber im Kontor, aber er ging nicht mehr in die Zuckerküche. Er wollte kein Konfekt mehr machen. Die beiden Düfte Elenas – den nach Rauch und den nach Wasser – wollte er nicht mehr finden. Er besuchte auch immer seltener das Lager, wo er früher gerne in die Gewürze gefasst hatte, weil seine Hände dann stundenlang nach der Ferne dufteten. Einmal trat Josef ins Kontor und kam direkt auf ihn zu:

»Jetzt reicht es aber!«, sagte er. »Was ist in Berlin mit euch beiden passiert? Das Fräulein Brenner kommt mich nicht mehr besuchen, und du bist wie aus der Welt. Gestern war ich im Theater, um sie wenigstens auf der Bühne zu sehen – sie spielt wie eine Holzpuppe! Und du siehst nicht viel lebendiger aus! Was ist los? Was habt ihr in Berlin gemacht? Habt ihr Streit gehabt?«

August schüttelte den Kopf.

»Keinen Streit, Onkel, es ... Wir haben uns einfach nicht gut verstanden«, versuchte er sich herauszureden, aber er konnte sehen, dass Josef ihm nicht glaubte.

»Nicht verstanden«, murrte er ärgerlich, als er wieder ging, »nicht verstanden! So ein neumodischer Schmarrn! Aber ich find es noch heraus, auch ohnedem ...«

Die Zeit war nicht gut zu August. Über allem, was er tat, lag eine schwer zu fassende Trägheit, so wie an diesigen Sommertagen ein Schleier über dem Himmel liegt, der das Sonnenlicht dämpft, dass ein Tag nicht mehr sonnig und fröhlich ist, sondern schwül und müde. Es waren Tage, in denen man alle Dinge unter Vorbehalt tat, Tage, die man sich mit schlechtem Gewissen vom Leben auslieh, weil man nicht wusste, ob man sie zurückgeben musste. August hatte sich nach der Rückkehr angewöhnt, in ein bestimmtes Kaffeehaus am Ring zu gehen, weil sie dort Berliner Zeitungen hatten und er jede einzelne sorgfältig durchlesen konnte, ob es eine Meldung über eine Ertrunkene im Tegeler See gab. Aber weder der Brand des Bootshauses noch sonst etwas Ungewöhnliches war zu finden gewesen. Immer wieder ließ er die letzten beiden Tage in Berlin Revue passieren, immer wieder, und je öfter er über sie nachdachte, desto mehr wünschte er sich, mit Louise sprechen zu können. Schuld, dachte er, das ist es. Schuld machte die Tage diesig und schwer. Schuld war der schwer fassbare Schleier, kaum sichtbar und trotzdem so drückend. Und Scham. Alles, was er aß, alles, was er trank, hatte diesen ganz leichten, fad süßlichen Untergeschmack von Scham, und manchmal hatte er keine Lust zu essen oder zu trinken. Ob es Louise auch so ging? Er überlegte. Aber wieso sollte es – sie hatte ja alles richtig gemacht. Und er? Er wollte nicht mehr darüber nachdenken, was er hätte anders tun sollen, und konnte doch nicht anders, als sich vorzustellen, wie sie nicht in die Oper gingen oder wie er im Hof der Konditorei den Zucker verbrannte, auf dem sie geschlafen hatten, oder wie sie sich im Berliner Hotel verpassten ... Es war ein müßiges, selbstzerstörerisches Spiel. Einmal ertappte er sich bei der Vorstellung, sie sei tatsächlich in der Oper umgekommen. Für einen kurzen Augenblick hatte er sich erleichtert gefühlt, aber Stunden danach noch konnte er nichts essen, weil alles fad, süßlich und widerwärtig schmeckte. Es war eine schleichende, kaum sichtbare Verzweiflung, die Tag für Tag wiederkam, nicht stärker und nicht schwächer wurde und die ihn gerade dadurch allmählich zerrieb.

Es waren vielleicht drei oder vier Wochen seit seiner Rückkehr vergangen. Er war mit dem Sonnenaufgang aufgewacht, vielleicht um halb sechs Uhr morgens, und hatte zugesehen, wie die Zimmerdecke ihre Farbe mit dem Licht wechselte, vom Grau der Nacht zum Rosa der Dämmerung zum Weiß des Morgens, bemüht, an nichts zu denken. Lustlos stand er auf, wusch und rasierte sich, zog sich an. In der Stadt läuteten die Glocken zur Messe. Sonntag. Ein Sommermorgen wie in einem Kirchenlied, und als August zum Fenster hinaussah, wünschte er sich einen Augenblick lang in sehnsüchtiger Verzweiflung, wieder leicht sein zu können, leicht und unbeschwert. Er ging aus dem Haus, ohne zu frühstücken, weil er wusste, es würde nicht schmecken. Er ging, nur um nicht mehr in seinem Zimmer sein zu müssen. Er hätte zu den Eltern laufen können, sie hatten ihn eingeladen, ins Kaffeehaus zu den alten Kameraden, die sich jeden Sonntagmorgen zum Billardspielen trafen, oder ... Aber es lohnte nicht, darüber nachzudenken. Er wollte ja niemanden sehen.

Er ging und ging, ohne ein richtiges Ziel, aber dann merkte er, dass er auf dem Weg in den Prater war, und hätte gerne spöttisch über sich gelächelt, weil er wohl ohne Absicht dorthin gelangt war, wohin es ihn in Wahrheit zog. Die Wege im Prater waren belebt, es war ein sonniger Vormittag, und erst, als August plötzlich den Hauch Salmiak in der Luft roch, den salzigen Geruch aufgeregter Pferde, da merkte er, wieso alle Welt im Prater war: Heute war wieder Derby in der Freudenau. Die Erinnerung kam, wie wenn man in kaltes Wasser fiel, und August blieb stehen. Das Derby. Alle Gerüche waren wieder da, das Parfum der Damen, der heimelig heiße Geruch roter, aufgeregter, rennender Kinder mit verschwitzten Haaren, der verwehte Duft der Lindenblüten, der Staub – und Elena. August war entschlossen umzudrehen, aber dann gab er sich einen Ruck und ging weiter. Es wäre feige gewesen, es nicht zu tun, und er wollte nicht noch einmal desertieren.

Auf dem Weg in den lichten, bewegten Schatten der Allee bemerkte August plötzlich, wie schön alles war. Die Gruppen lachender, Zigarre rauchender Herren, die zur Rennbahn schlenderten, die eleganten Offiziere, die ihn auf Pferden überholten, welche schon die Aufregung rochen und kaum im Schritt zu halten waren, der fröhliche Lärm der herumlaufenden Jungen. Und alles in ihm tat weh. Es tat weh, weil es für die anderen so schön war, wie es vor einem Jahr für ihn schön gewesen war. Es tat weh, weil er es sehen konnte und Elena nicht. Nicht, weil er sie verloren hatte, sondern weil sie diese unglaubliche Schönheit der Welt, des Lebens nicht mehr spüren konnte. Und als ihm das klar wurde, wollte er sogar, dass es wehtat. Es konnte ihm nicht genug wehtun, und er ging weiter. Wie damals, ins Lusthaus. Auch jetzt flimmerte die Luft vor süßen Düften. Das kaum zu erkennende, säuerlich frische Aroma der letzten Johannisbeeren auf zuckersüßen Meringues. Der Kindersommergeruch der Erdbeeren im Eis. Zitrone und Nelke von eben gebackenen Nonnenkrapferln und ... August stockte. Zitronen und Nelken. Er versuchte, die Nonnenkrapferln hinter der Theke zu finden, aber in der Vitrine lagen keine. Trotzdem war der Geruch überdeutlich, und er sah sich um. Er erinnerte sich an ihn. Er wusste, dass er ihn ganz genau kannte, aber das Bild dazu fehlte. Um ihn herum standen die Menschen und drängten zur Theke, um noch ihr Konfekt zu bekommen, bevor das Derby begann. Der Geruch wurde schwächer, entfernte sich und August ging ihm nach. Er zwängte sich durch die Menschen, Entschuldigungen murmelnd, und versuchte dabei, sich nicht von all den anderen Düften ablenken zu lassen. Nelken und Zitronen. Und auf einmal wusste er wieder, woher er den Geruch kannte. Alles war wieder da, die Bilder, die rasenden Pferde, das Vibrieren des Bodens, der Junge mit den Nonnenkrapferln auf der Holzstange, balancierend, fallend ...

»Es gab nichts, was ich hätte tun können«, hatte Elena damals gesagt, und er war so wütend auf sie gewesen. Aber in Wirklichkeit war es gar nicht Elena gewesen, die er in diesem Augenblick gehasst hatte, sondern ... Er konnte es nicht genau sagen: das Schicksal. Gott. Das Leben, das es zuließ, dass ein Kind zwischen die Pferde fiel – aus dem höchsten Kinderglück der Süßigkeit in den Staub und in die Schmerzen. August schob sich durch die Glastüren des Lusthauses hinaus und blieb einen Augenblick auf der Freitreppe stehen. Leicht drehte er den Kopf hin und her, um zu erfassen, woher der Duft kam. Und dann sah er ihn. Der Junge schaukelte sich auf seinen Krücken mit der Menge in Richtung der Rennbahn. August beeilte sich, ihm hinterherzugehen, schob sich an den Damen vorbei, die plaudernd und gemächlich schlenderten, berührte –

gerade noch höflich – manche Herren an der Schulter, um an ihnen vorbeizukommen, und bemühte sich, den Jungen im Auge zu behalten. An der Absperrung verlor er ihn kurz, aber als er auf die untere Stange des Geländers stieg, entdeckte er ihn. Er war nicht weit vor ihm, in der Nähe des Einlaufs. Die Leute hatten ihn in die erste Reihe durchgelassen, und so stand er direkt an der Bahn. August stieg von der Sprosse hinunter und drängte sich weiter durch, bis er schließlich neben dem Jungen stand. Der Startschuss tönte dünn und trocken durch den leichten Wind. In der Kaiserloge gegenüber sah man, wie sich die Kaiserin leicht vorbeugte und das Glas an die Augen nahm. Der Junge hatte sein Nonnenkrapferl in der Hand und drückte es aufgeregt, ohne es zu bemerken. Er streckte den Kopf, um die Pferde sehen zu können. August roch Nelken und Zitronen und einen warmen, seltsam schönen Geruch von ... Er konnte nicht sagen, was es war, aber es roch nach Glück. Die Pferde kamen in Sicht. In fast unglaublicher Schräge rasten sie durch die Kurve, richteten sich auf der Geraden eines nach dem anderen auf, die Beine wirbelten auf der Bahn wie auf einer langen, dumpfen Trommel – es dröhnte im Bauch. Ohne darüber nachzudenken, beugte sich August zu dem Jungen hinunter und fragte:

»Welches gewinnt?«

Der Junge sah nicht einmal hoch.

»Das da!«, rief er aufgeregt. »Der Falbe. Jede Wette!«, und deutete mit dem Zeigefinger auf den Pulk der Pferde, der jetzt herankam. Der Rest der Faust zerdrückte das Krapferl vor Aufregung, und der Duft von Zitronen und Nelken mischte sich mit der Wolke aus heißem Pferdegeruch und dem Sand, der wie in einer Welle staubig hinter dem Feld herrollte. Jetzt sah der Junge zu August auf. Seine Augen waren groß vor Aufregung:

»Zwei Runden noch«, sagte er, »dann liegt er vorne. Wetten?«

August nahm einen Gulden aus der Tasche.

»Wir wollen sehen«, sagte er lächelnd. Der Junge sagte erschrocken:

»Aber ich habe kein Geld mehr – einen Sechser noch!«

August machte eine ermutigende Handbewegung, und der Junge legte den Sechser neben Augusts Gulden auf den Holzpfosten. Wieder kam das Feld herangerauscht. Wieder das Trommeln, der Staub, der Wind wie eine Welle. Noch hielt sich der Falbe in der Mitte, aber August sah, dass er Boden gutgemacht hatte. Bei der dritten Runde war er an vierter Stelle, und in der folgenden lag er vorn. Der Junge sah zu August hoch und lachte. August schob ihm den Gulden zu.

»Aber sie sind doch noch gar nicht im Ziel!«, sagte der Junge halb abwehrend, halb erstaunt.

»Er hat schon gewonnen«, sagte August und drückte ihm den Gulden in die Hand. Einen Augenblick lang blieb er noch stehen und atmete den Geruch von Nelken und Zitronen und Glück, bevor er sich umdrehte und durch die Menge schob. Er war schon ein Stück weg, als die Pferde einliefen und wie eine Woge der Jubel der Menge hinter ihm erscholl.

Wie vor einem Jahr blieb er abends lange wach am Fenster sitzen, weil das Bild des Jungen vor seinen Augen stand. Erst als gegen Morgen endlich der Regen begann, der seit Wochen diesig in der Luft gehangen hatte, überkam August plötzlich eine große, warme Müdigkeit, und er schlief leicht und traumlos ein.

Obwohl er es in den nächsten Tagen noch gerne vermieden hätte, geschah es jetzt wieder öfter, dass er und Louise sich trafen. Es waren ungewöhnliche Begegnungen, und zu anderen Zeiten hätte man darüber lachen können, weil sie sich an Orten sahen, wo sie bisher nie hingegangen waren. Die Treffen waren voller Kühle, voller Ungesagtem, das sich an jedes Wort hängte und die Gespräche schwer und beklommen machte. August hätte ihr gerne von dem Jungen erzählt, aber er wusste nicht, wieso und warum, und auch nicht, ob es irgendetwas geändert hätte.

An einem dieser Tage fand er, als er von der Schokoladenfabrik nach Hause kam, ein Billett von Louise vor, in dem sie ihn bat, sich am späten Nachmittag zu treffen.

Nachdem es nach dem Derby tagelang geregnet und die Luft das sommerliche Wien ungewöhnlich kühl gemacht hatte, war es wieder klar geworden und heute ein so sonnenwarmer Nachmittag, dass man meinen konnte, es hätte in dieser Stadt nie einen Winter gegeben und keinen Brand. August lief mit einem leichten Wind im Rücken durch die Stadt bis zum Josefskai hinunter. Auf dem anderen Ufer der Donau standen wie schon genau ein Jahr zuvor die Kastanien mit einigen verblühten Kerzen. Der Wind trug in Böen ihren wunderbar leichten Duft über den Fluss. Ein paar Studenten ruderten, weit ausholend und kraftvoll, in schmalen Booten um die Wette stromabwärts. Die Wolken waren wie ein leichtes, schnelles Spiel am Himmel, und die Frauen trugen alle helle Kleider. Er war ohne Gedanken an das Treffen gegangen, aber als er zum Kai kam, sah er ihre Silhouette dunkel gegen den Fluss, der im schrägen Licht gleißte, und er blieb stehen, als hätte ihm jemand eine Hand auf die Brust gesetzt. Louise sah den Ruderern zu und lehnte an einem Fahnenmast, sie hatte eine Hand leicht in die Seite gestützt, in der anderen hatte sie einen Kiesel, mit dem sie spielte. Der Fluss mit den Ruderern, die blühenden Bäume, die Sonne und die Möwen im und über dem Wasser waren wie ein Bild, aus dem man Elena herausgeschnitten hatte: Vor einem Jahr hatte er hier begonnen, ihr sein Wien zu zeigen. Mit einer plötzlichen Bewegung warf Louise den Kiesel in den Fluss. August sah, wie ihr Arm den Bogen beschrieb, kraftvoll und abgezirkelt, und dachte: Sie bewegt sich schön, und dann erschrak er, weil er das schon einmal gedacht hatte.

Das Lachen der Ruderer wehte herüber. Plötzlich war in August wieder die große, verzweifelte Sehnsucht danach, dass alles ungeschehen sein sollte, alles. Er wollte ein Kind sein, das seine Verantwortung an die Mutter abgeben konnte. In diesem Moment drehte Louise sich um und bemerkte ihn.

»Es zieht uns zum Wasser, nicht wahr?«, sagte sie statt einer Begrüßung.

August nickte. Auf dem Fluss begannen die Ruderer einen Wettkampf, sie riefen sich lachend und johlend kleine Bemerkungen zu. Der Wind rauschte leise, die Welt leuchtete, und er sah in sie wie durch eine Glaswand hinein.

»Ich wollte mir nichts nehmen, was mir nicht gehört«, sagte sie nach einer Weile nachdenklich und blickte ans andere Ufer, »aber manchmal ist es in einem wie ... wie eine Strömung. Du willst vielleicht in die andere Richtung schwimmen, aber es zieht dich dahin, wohin der Fluss eben fließt, wo sich etwas bewegt.« Sehr leise fügte sie nach einer Pause hinzu: »Zu dir. Nur jetzt ...«

»Ja, jetzt geht es nicht mehr«, sagte August. Er verstand, was sie meinte.

»Hör zu«, sagte er plötzlich, »sie wollte weiterschwimmen ... Ich wollte sie festhalten, sie hat sich gewehrt!«

Louise antwortete nicht. Sie hob noch einen Kiesel auf und strich abwesend den feinen Sand weg. Dann wog sie ihn in der Hand.

»Du bist nicht gegen sie geschwommen«, sagte sie dann, »ihr seid beide gegen euch selbst geschwommen. Da kann man nur verlieren. Du liebst sie immer noch«, sagte sie dann unvermittelt und ohne große Regung.

»Ich weiß es nicht«, sagte er nach einer langen Pause und hob fast trotzig die Schultern, »ich weiß es nicht!«

Louise schleuderte den Kiesel. Er sprang vier, fünf Mal über das Wasser und ging dann unter. Sie schaute ihm hinterher.

»Es ist so viel leichter, die Toten zu lieben«, sagte sie dann, »oder die weit Entfernten. Sie wollen nicht, dass man sich ändert, sie verlangen nichts, sie wollen bloß verehrt werden. Ich habe darüber nachgedacht, wie es gewesen wäre, wenn du untergegangen wärst, in dem See in Berlin. Ich glaube«, sagte sie dann sehr langsam, »ich hätte nicht wieder aufhören können, dich zu lieben. Vielleicht ist es die Angst davor gewesen, die Angst, dass ich nie wieder frei von dir sein würde, dass ich mein ganzes Leben durch eine tote Liebe an dich gekettet wäre, die Angst vor einer immerwährenden Sehnsucht nach jemandem, den es nicht mehr gibt, weshalb ich die Hütte angesteckt habe. Nur deshalb«, sagte sie, »und nicht aus Angst um dich.«

August dachte nach. Wie klar sie sich sah. Und dann: Wie klar sie ihn erkannte, viel klarer, als er selbst denken konnte. Vom Fluss herauf zog ein warmer Wind, dessen Rauschen seine Sehnsucht verstärkte. Er musste an die Augen des Jungen in der Freudenau denken. An seinen Geruch nach Glück. Er sehnte sich so nach diesem Gefühl.

»Ja«, sagte er langsam, »vielleicht ist das so. Wenn man die Toten liebt, dann sperrt man sich allmählich selbst ein.« Er musste an das Märchenfries in Josefs Haus denken und lächelte freudlos, »wie bei Jorinde und Joringel«, sagte er, »in einen Käfig ...«

Er spürte den Wind auf seinem Gesicht. Die Schatten der Möwen flogen fast noch schneller als sie selbst über das Wasser. Die Welt jenseits des Käfigs war berauschend schön. Sie schmerzte. Louise sah ihn lange an. Dann sagte sie:

»Ich habe etwas geschickt bekommen.«

August hatte gedacht, sie hätte noch einen Kiesel in ihrer Faust verborgen, aber jetzt öffnete sie die Hand, und er beugte sich vor. In dem Augenblick, in dem er den goldenen Skarabäus in Louises offener Hand sah, roch er auch den Duft. Er konnte nicht sagen, ob er vom Käfer kam oder von Louise – es war, wie wenn man an einem heißen Tag die Tür zur Gewürzkammer geöffnet hätte, es war ein Duft, wie August ihn so stark noch nie gerochen hatte, es war, als ob der Duft flüssig wäre und er hineintauchte wie in Wasser, aber dabei doch trotzdem leicht und frei atmen konnte. Er fiel langsam durch diesen flüssigen Duft und war auf einmal in den engen Gassen einer fremden Stadt. Minarette ragten über die Dächer auf, in den Gassen trugen fast alle Männer lange weiße Gewänder und pafften aus kleinen Pfeifen oder zogen an sehr dünnen Zigarren. Es war eine große, von beiden Seiten überwölbte Gasse, die ein einziger Markt war. Ein Markt mit Hunderten von Läden im Schatten der Gewölbe. Die orientalische Allee und die Donau lagen übereinander und wurden zu einer Traumstadt, so kompliziert, dass man sie nach dem Aufwachen nicht mehr hätte beschreiben können. Die Schatten der Bäume wurden zu einem Muster, das feine Gitter der Häuser einer fremden, heißen Stadt auf die Straße malte. In der Luft schien nicht genug Platz für all die Düfte von Ständen mit leuchtendem Obst, das August noch nie gesehen hatte, von fliegenden Garküchen, von Röstereien und winzigen Kaffeehäusern, aus hundert Schalen Süßigkeiten, von Gewürzhändlern, von Räucherwerk und von Blumenkörben mit seltsam blau leuchtenden Blüten. Die Möwenschreie vom Kai waren auf einmal halb menschlich, waren Rufe der Marktleute, der Wind war ein Pfeifen von seltsamen Flöten, das Plätschern des Wassers wurde ein Klingeln tausender Glöckchen. Er roch den unverwechselbaren, zwischen süß und bitter schwebenden Geruch nach röstendem Sesam. Er nahm einen schwach süßen Duft wahr, der ihn wie aus der Kindheit anwehte, der kam von einem Kupferpfännchen auf einem Kohlebecken und war kochende Kokosmilch. Orange und Rosenöl waren wie eine helle Frische mitten an einem Julitag.

»August!«, hörte er einen Ruf, aber eigentlich bedeutete er Vorsicht und war der Ruf der Jungen mit dem heißen Kohlebecken. Aus einem schattigen Gewölbe wie aus Tausendundeiner Nacht zog das Aroma von weicher Schläfrigkeit – da wurden Mohn und Marillen zusammen in Milch mit dünnem Honig gekocht, das roch wie der Spätsommer im wilden Garten des Großvaters in der Wiener Vorstadt. Gestoßene Mandeln mit weichen Datteln verknetet, in heiß knisternde Pasteten gefüllt, das war ein durchsichtig sanfter Duft wie ein Schleier. Es war ein Gefühl, als ob seine Sinne ertranken.

»August«, hörte er wieder dazwischen, aber es war nur der Muezzin, der zum Gebet rief.

Und dann sah er sie. Schlank und schön stand sie in einem Gewölbe vor einem grauen, alten Mann, der gleichmütig zwischen seinen Gewürzsäcken saß und aus einem Glas Tee trank. Auf Schalen zu kleinen Bergen angehäuft waren Paprika und Nelken und Piment und Koriander und Kümmel. Leuchtend gelbe Gewürze. Staubig grüne. Grell orangefarbene. Schwarze. Rosafarbene und weiße. Winzige Sterne und längliche, silberne Blätter. Wirr stachlige Kräuterbüsche. Braune, harte Krönchen. Das kleine Gewölbe war eine eigene Welt. Sie war hell gekleidet, und als sie sich nach vorne beugte, um eine Handvoll betäubend riechender roter Blüten zu nehmen, glitt der Skarabäus aus ihrem Kleid und schaukelte leicht vor ihrer Brust. Voller Sehnsucht, berauscht von Aromen ging oder schwebte oder schwamm August durch die Düfte, war endlich bei ihr und berührte sie an der Schulter, und sie drehte sich um, schön und strahlend, aber voller Sorge sagte sie:

»August!«

Für einen Augenblick gab es Louise zwei Mal – am Fluss und im Gewürzgewölbe, eine fremde, eine nahe, eine lächelnde, eine ernste. Die Gerüche gerieten durcheinander, und Akazie war Honig, und die Kastanienblätter waren Kokos, und August taumelte und fiel hart. Das Bild war vorbei, und er war, wo er sein sollte: auf dem Kai. In Wien. Louise hielt ihn fest und sagte wieder: »August! Was ist? August, hörst du mich?«

Er nickte.

»Ja«, sagte er mühsam, »ja, ich höre dich.«

»Du bist gefallen«, sagte Louise.

»Ja«, sagte August, »warte. Lass mich aufstehen. Es geht wieder.«

Louise reichte ihm die Hand, und er erhob sich. Das Bild der morgenländischen Stadt war verflogen. Er atmete tief ein und roch nur das, was da war: Kastanien. Den Fluss. Akazienblüten. Und Louise. Die Düfte eines Sommernachmittags. Auf einmal, ohne Anstrengung, fühlte er sich leicht und frei.

»Hier«, sagte Louise und streckte die Hand mit dem Goldkäfer aus, »ich denke, das ist für dich.«

August sah den Käfer einen Augenblick an, dann lächelte er. Nicht bitter und nicht sehnsüchtig und nicht spöttisch. Vielleicht ist das ja Glück, dachte er überrascht. Er nahm den Käfer und hielt ihn einen Augenblick in das schräge Nachmittagslicht. Der Käfer glänzte wie die Sonne auf der Donau, und August dachte daran, dass er wusste, wie der Skarabäus im Wasser aussah.

»Nein«, sagte er. Dann: »Es ist ein Geschenk.«

Er öffnete die Kette und trat vor Luise. Sie sah ihn lange an, bevor sie sich zum Fluss umdrehte und sich den Skarabäus von ihm umlegen ließ. Sie blieb so stehen, stützte die Hände auf das Geländer und blickte auf das andere Ufer. August trat zögernd neben sie.

»Und jetzt?«, fragte sie, ohne ihn anzusehen.

Er schwieg lange, weil einen Augenblick lang die Welt im Gleichgewicht war und weil er Angst hatte, dass jedes Wort wie ein zusätzliches Gewicht auf einer Seite wäre. Ein kleiner Windstoß trug ihm Louises Duft zu; ein Hauch aus dem Gewürzgewölbe, und da sagte er lächelnd, ohne sie zu berühren:

»Jetzt besuchen wir Onkel Josef. Er wartet schon so lange darauf, mit uns zu essen.«

Da musste Louise lachen.

15

»Ich bleibe hier!«, sagte Josef ein paar Wochen später, als sie auf dem Bahnsteig standen und der Zug allmählich unter Dampf gesetzt wurde. »Ich bin ein alter Mann. Und ohne mich bringen die doch alles durcheinander. Der Langwieser mag ja ein tüchtiger Konditor sein, aber vom Geschäft versteht er nichts!«

»Josef«, sagte August lachend und zog ihn an der Hand, »du bleibst nicht hier. Wenn ich gewusst hätte, dass du Wien noch nie verlassen hast – ich hätte dich schon viel eher zum Reisen gezwungen!«

»Wahrscheinlich haben die nirgends ordentlichen Kaffee!«, murrte der alte Mann, als er die Stufen zum Waggon hinaufstieg. »Was soll ich denn im Orient? Die Türken kommen eh alle hundert Jahre hierher!«

»Dann müssen Sie eben Cognac trinken!«, sagte Louise und lächelte. »Und schämen Sie sich. Ein Schokoladenfabrikant, der nicht dorthin fahren möchte, wo seine Gewürze herkommen. Außerdem können wir nicht ohne Sie reisen. Sie sind die Anstandsdame, Herr Liebeskind.«

»Dafür«, sagte Onkel Josef, richtete sich zu seiner vollen Größe auf, zog eine kleine Flasche aus dem Handgepäck und entkorkte sie, »ist es hoffentlich schon zu spät.«

Er setzte das Fläschchen erst ab, als es leer war.

Dann, als Josef schlief und Louise las, stand August auf, öffnete das Fenster ein wenig und sah hinaus. Der Fahrtwind fuhr ihm in die Haare, und es roch nach Kohle und Eisen. Plötzlich beugte er sich hinaus, so weit er konnte, und schrie Worte in den ungeheuren Lärm der Räder, der schrillen Pfiffe und des Tosens, die keiner verstehen konnte. Der Sturm riss sie ihm sofort vom Munde weg. Als er nach einer ganzen Weile das Fenster wieder schloss, sah Louise von ihrem Journal auf, musste lachen und kramte in ihrer Tasche. Dann hielt sie ihm ihren Taschenspiegel hin. Sein Gesicht war schwarz von Ruß.

»Was hast du gemacht?«, fragte sie lächelnd.

»Gelebt«, sagte August.

Der Geruch von Ruß und das Aroma von Josefs Cognac und der Hauch von exotischen Gewürzen, der von Louise kam, alles vermischte sich zu einem eigenartig reizvollen Duft.

So, dachte August für einen kleinen Augenblick, so müsste man Schokolade machen können, damit sie nach Leben schmeckt.

Als er wieder neben Louise saß, warf sie einen Blick auf Josef, aber der schlief tatsächlich tief und mit halb geöffnetem Mund. Dann beugte sie sich bedächtig zu August hinüber und küsste ihn auf den Mund.

»Ich weiß, warum dich die Frauen so lieben«, sagte sie dann spöttisch, als sie sich wieder zurück in ihren Sitz lehnte.

»Wieso?«, fragte August überrascht.

»Weil du immer ein klein wenig nach Schokolade schmeckst, Pralinésoldat. Deshalb.«

»Und das ist auch gut so«, sagte August nach einer kleinen Pause im selben Ton, »denn ich bin vielleicht kein guter Soldat gewesen, aber dafür jetzt ein sehr guter Chocolatier.«

Dann schwiegen sie, und für einen kleinen Augenblick schwebte der Duft von Schokolade im Abteil, aber man konnte nicht sagen, ob er von Louise oder Josef oder August oder von allen dreien kam.